DE ZEVENDE HEMEL

Janet Evanovich

DE ZEVENDE HEMEL

ZILVER POCKETS

Zilver Pockets® wordt uitgegeven door Muntinga Pockets,
onderdeel van Uitgeverij Maarten Muntinga bv, Amsterdam

www.zilverpockets.nl

Een uitgave in samenwerking met The House of Books,
Vianen/Antwerpen

www.thehouseofbooks.com

Oorspronkelijke titel *Seven Up*
© 2001 Evanovich Inc.
© 2002 Nederlandse vertaling The House of Books,
Vianen/Antwerpen
Vertaald door J.J. de Wit
Omslagontwerp Marlies Visser
Foto voorzijde omslag Tony Stone Images
Foto achterzijde omslag Herman Estevez
Druk Bercker, Kevelaer
Uitgave in Zilver Pockets december 2003

ISBN 90 417 6014 8   NUR 332

DANKWOORD

Ik bedank Amy Lehmkuhl en Vicky Picha die de titel van dit boek hebben voorgesteld.

PROLOOG

Als kind wist ik precies wat ik wilde worden: intergalactische prinses. Het ging me er niet om te regeren over horden ruimtewezens. Maar ik wilde wel graag een cape en kekke laarsjes en een cool wapen.

Dat prinses worden bleek me niet te liggen, dus ik ging studeren en na mijn studie kreeg ik werk als inkoopster van lingerie voor een warenhuis. Dat werd ook niets, en toen perste ik mijn neef, die in borgsommen doet, een baan af als premiejager. Grappig hoe dat werkt met je lotsbestemming. Een cape of sexy laarsjes kreeg ik niet, wel na enige tijd een tamelijk cool wapen. Nou ja, het is een kleine .38, die ik bewaar in mijn koekjespot, maar het is een wapen, waar of niet?

In de tijd dat ik nog audities deed als prinses had ik het soms aan de stok met de schrik van de buurt. Hij was twee jaar ouder dan ik. Hij heette Joe Morelli. En hij had een slechte naam.

Ik heb het nog steeds geregeld aan de stok met Morelli. En je moet hem nog steeds in de gaten houden... maar voor een vrouw is dat juist aantrekkelijk.

Hij is politieman en hij heeft een zwaarder pistool dan ik en hij bewaart het niet in een koekjespot.

Een paar weken geleden heeft hij me in een aanval van libido ten huwelijk gevraagd. Hij maakte mijn spijkerbroek los, haakte zijn vinger om de tailleband en trok me naar zich toe. 'Wat dat aanzoek betreft, schatje...'

'Over wat voor aanzoek hebben we het?'

'Over trouwen.'

'Meen je dat?'

'Ik ben ten einde raad.'

'Dat is duidelijk.'

In werkelijkheid was ik ook ten einde raad. Ik kreeg al romantische gedachten over mijn elektrische tandenborstel. Het probleem was dat ik niet wist of ik toe was aan *trouwen*. Trouwen is eng. Je moet hetzelfde sanitair gebruiken. Hoe zal dat zijn? En hoe zit het met fantasieën? Stel dat de intergalactische prinses weer de overhand krijgt en ik ergens een wereld moet gaan redden?

Morelli schudde zijn hoofd. 'Je denkt weer na.'

'Er zijn allerlei overwegingen.'

'Zal ik de hoogtepunten opnoemen? Bruidstaart, orale seks en je kunt mijn creditcard gebruiken.'

'Die bruidstaart, daar zie ik wel wat in.'

'In die andere dingen ook,' zei Morelli.

'Ik heb bedenktijd nodig.'

'Goed hoor,' zei Morelli, 'zoveel tijd als je nodig hebt. Zullen we boven in de slaapkamer nadenken?'

Zijn vinger hield mijn spijkerbroek nog steeds vast en het werd warm daar beneden. Onwillekeurig keek ik naar de trap.

Morelli grijnsde en trok me naar zich toe. 'Denk je na over de bruidstaart?'

'Nee,' zei ik. 'En ook niet over de creditcard.'

I

Ik wist dat er iets vervelends zou gebeuren toen Vinnie me zijn privékantoor in riep. Vinnie is mijn baas en mijn neef. Ik heb eens op een wc-deur zien staan dat Vinnie neukt als een fret. Ik weet niet goed wat dat betekent, maar het is geloofwaardig omdat Vinnie líjkt op een fret. Zijn pinkring met robijn deed me denken aan de attracties in hengelautomaten op de pier. Hij droeg een zwart overhemd met een zwarte das en wat hij nog aan zwart haar had was met gel naar achteren gekamd als bij een croupier. Zijn gezicht stond op niet blij.

Ik keek naar hem zoals hij achter zijn bureau zat en probeerde mijn gezicht in de plooi te houden. 'Wat is er?'

'Ik heb werk voor je,' zei Vinnie. 'Ik wil dat je die onbetrouwbare rat van een Eddie DeChooch vindt en dat gratenpakhuis meesleurt. Hij is aangehouden toen hij een vrachtwagen met illegale sigaretten uit Virginia hierheen smokkelde en hij is niet op de zitting verschenen.'

Ik keek zo steil omhoog dat ik mijn haar kon zien groeien. 'Ik ga niet af op Eddie DeChooch. Hij is oud en hij maakt mensen dood en hij gaat uit met mijn oma.'

'Mensen doodmaken doet hij nauwelijks meer,' zei Vinnie. 'Hij heeft staar. De laatste keer dat hij iemand probeerde te doden schoot hij zijn wapen leeg op een strijkplank.'

Vinnie is eigenaar en directeur van Borgstellingsbedrijf Vincent Plum in Trenton, New Jersey. Als iemand van een misdaad wordt beschuldigd, verstrekt Vinnie de rechtbank een borgsom, de rechtbank stelt de beschuldigde op vrije voeten tot de dag waarop de zaak wordt behandeld en Vinnie hoopt vurig dat de betrokkene zich die dag bij de rechtbank zal melden. Als de verdachte besluit het genoegen van de rechtszaak aan zich voorbij te laten gaan, is Vinnie een smak geld kwijt – tenzij ik de verdachte kan vinden en overdragen aan het gezag. Ik heet Stephanie Plum en ik ben borgstellingsfunctionaris... of, zoals het ook wel wordt genoemd, premiejager. Ik heb de baan aangenomen toen de tijden moeilijk waren en ik geen werk kon vinden, ondanks het feit dat ik op college tot de beste achtennegentig procent van mijn jaar had behoord. Sindsdien is de economie aangetrokken en ik heb geen goede reden meer om nog steeds boeven op te sporen, behalve dat mijn moeder er aanstoot aan neemt en dat ik voor mijn werk geen panty hoef te dragen.

'Ik zou deze anders wel aan Ranger geven, maar hij is het land uit,' zei Vinnie. 'Dus dan blijf jij over.'

Ranger is een soort huursoldaat die soms als premiejager optreedt. Hij is erg goed... in alles. En hij jaagt me de stuipen op het lijf. 'Wat doet Ranger in het buitenland? En wat bedoel je met buitenland? Azië? Zuid-Amerika? Miami?'

'Hij haalt iemand voor me op uit Puerto Rico.' Vinnie schoof me een map toe. 'Hier heb je het borgcontract van De-Chooch en je machtiging tot aanhouding. Hij is me vijftigduizend waard – vijf mille voor jou. Ga naar het huis van De-Chooch en zoek uit waarom hij gisteren niet op de zitting is verschenen. Connie heeft gebeld en geen gehoor gekregen. Jezus, hij kan wel dood in de keuken liggen. Uitgaan met je oma kan iedereen fataal worden.'

Vinnies kantoor is aan Hamilton Avenue, wat op het eerste gezicht misschien niet de meest geschikte lokatie lijkt. De meeste borgkantoren zijn tegenover de gevangenis. Het verschil met Vinnie is dat veel mensen voor wie hij borg staat familieleden of buurtgenoten zijn die achter Hamilton in de Wijk wonen. Ik ben opgegroeid in de Wijk en mijn ouders wonen er nog steeds. Het is een heel veilige buurt, omdat de criminelen juist niet in de Wijk crimineel actief zijn. Nou goed, Jimmy Curtains heeft Dubbelteen Garibaldi een keer in zijn pyjama uit zijn huis gehaald om hem naar een vuilstort te rijden... maar de feitelijke afrekening vond niet plaats in de Wijk. En de mensen die begraven lagen in de kelder van de snoepwinkel aan Ferris Street kwamen van buiten de Wijk, dus dat telt eigenlijk niet.

Connie Rosolli keek op toen ik uit Vinnies kamer kwam. Connie is de chef de bureau. Connie houdt de zaken draaiende terwijl Vinnie eropuit is om boeven vrij te kopen en/of boerderijdieren te bespringen.

Connie heeft getoupeerd haar dat wel drie keer zo omvangrijk is als haar hoofd. Ze droeg die dag een roze truitje met V-hals dat borsten omvatte die bij een veel forsere vrouw pasten en een kort zwart tricot rokje dat een veel kleinere vrouw zou hebben gepast.

Connie werkt al sinds de oprichting van het bedrijf voor Vinnie. Ze heeft het zo lang volgehouden omdat ze niks pikt van niemand, alleen gevarengeld uit de kleine kas.

Ze vertrok haar gezicht toen ze de map in mijn hand zag. 'Je gaat toch niet echt achter Eddie DeCooch aan?'

'Ik hoop dat hij dood is.'

Lula zat onderuitgezakt op de skaileren bank die tegen de muur staat en dient als hangplek voor borgvragers en hun onfortuinlijke familieleden. Lula en de bank zijn bijna dezelfde kleur bruin, afgezien van Lula's haar, dat vandaag kersrood was.

Ik voel me altijd een beetje bloedeloos, vergeleken met Lula. Ik ben een derde generatie Amerikaanse van Italiaans-Hongaarse komaf. Ik heb de lichte huid, blauwe ogen en vlotte spijsvertering van mijn moeder, zodat ik verjaarstaart kan eten en toch (bijna altijd) de bovenste knoop van mijn Levi's dichtkrijg. Van vaderskant heb ik een dikke bos onhandelbaar bruin haar meegekregen en de neiging Italiaans met mijn handen te praten. In mijn eentje trek ik op een goede dag met veel mascara en op stilettohakken wel enige aandacht. Naast Lula ben ik behang.

'Ik zou je wel willen helpen die kerel naar de bak te sleuren,' zei Lula. 'Daar kun je zo'n stevige vrouw als ik wel bij gebruiken. Maar ik moet er niks van hebben als ze dood zijn. Jakkes, nee.'

'Ik weet niet zeker of hij dood is,' zei ik.

'Dat is voor mij voldoende,' zei Lula. 'Reken op mij. Als hij nog leeft kan ik zijn miserabele lijf naar de bak sleuren, en als hij dood is... mag je het verder zelf doen.'

Lula praat wel stoer, maar we zijn allebei nogal labbekakkig als er echt geweld moet worden gebruikt. In een vorig leven was Lula hoer en nu archiveert ze voor Vinnie. Lula was net zo goed in de hoer spelen als in archiveren... en daar is ze niet zo goed in.

'Misschien moesten we maar liever een vest dragen,' zei ik.

Lula pakte haar tas uit de onderste la van de archiefkast. 'Wat jij doet moet jij weten, maar ik doe geen kevlarvest aan. Er is er niet één groot genoeg en bovendien staat het me niet.'

Ik droeg een spijkerbroek en T-shirt, dus mij maakte het niet veel uit. Ik haalde een vest uit de achterkamer.

'Wacht even,' zei Lula bij de stoeprand, 'wat krijgen we nou?'

'Ik heb een nieuwe auto gekocht.'

'Verdorie, meid, dat is niet mis. Wat een gave wagen.'

Het was een zwarte Honda terreinwagen op afbetaling, waarvoor ik kromlag. Ik had moeten kiezen tussen eten en cool. Cool had gewonnen. Ja verdomme, alles heeft zijn prijs.

'Waar gaan we heen?' vroeg Lula terwijl ze zich naast me installeerde. 'Waar woont die gozer?'

'We gaan naar de Wijk. Eddie DeChooch woont drie straten bij mijn ouders vandaan.'

'Gaat hij echt stappen met je oma?'

'Twee weken geleden kwam ze hem bij Stiva's Rouwcentrum tegen toen ze daar op bezoek was, en daarna zijn ze samen een pizza gaan eten.'

'Denk je dat ze het hebben gedaan?'

Ik schoot bijna de stoep op. 'Nee! Jasses!'

'Ik vraag maar,' zei Lula.

DeChooch woont in een kleine twee-onder-een-kap van baksteen. Angela Marguchi, in de zeventig, en haar moeder, in de negentig, wonen in de ene helft van het huis en De-Chooch in de andere. Ik parkeerde voor de helft van De-Chooch en Lula en ik liepen naar de deur. Ik droeg het vest en Lula een stretch topje met pantermotief en een gele stretch-broek. Lula is een grote vrouw die van haar lycra het maximale eist.

'Ga jij maar eerst kijken of hij dood is,' zei Lula. 'En als blijkt dat hij niet dood is, laat je het me weten, dan kom ik hem halen.'

'Ja ja.'

'Nou zeg,' zei ze en stak haar onderlip naar voren. 'Ik ben niet bang of zo, maar ik wil geen bloedvlekken op mijn topje.'

Ik belde aan en wachtte op een reactie. Ik belde nog maar eens. 'Meneer DeChooch?' riep ik.

Angela Marguchi stak haar hoofd om haar deur. Ze is een kop kleiner dan ik, een vogeltje met wit haar. Zoals altijd klemde ze een sigaret tussen de lippen en had bijna toegeknepen ogen van ouderdom en door de rook. 'Wat moet dat allemaal?'

'Ik ben op zoek naar Eddie.'

Ze bekeek me eens goed en werd wat vriendelijker toen ze me herkende. 'Stephanie Plum. Lieve help, jou heb ik een hele tijd niet gezien. Ik hoor dat je zwanger bent van die rechercheur, Joe Morelli.'

'Een gemene roddel.'

'Die DeChooch,' vroeg Lula, 'is die nogal eens thuis?'

'Hij is thuis,' zei Angela. 'Hij komt nergens meer. Hij heeft een depressie. Wil niet praten en niks.'

'Hij doet niet open.'

'Hij neemt ook de telefoon niet op. Ga maar gewoon naar binnen. De deur is niet op slot. Hij zegt dat hij erop wacht dat iemand binnenkomt en hem met een kogel uit zijn lijden helpt.'

'Daar zijn wij niet voor,' zei Lula. 'Maar als hij ervoor wil betalen, weet ik misschien wel iemand...'

Voorzichtig deed ik Eddies deur open en liep de gang in. 'Meneer DeChooch?'

'Ga weg.'

De stem kwam uit de huiskamer rechts van me. De gordijnen waren dicht en het was donker in de kamer. Ik tuurde in de richting van de stem.

'Ik ben Stephanie Plum, meneer DeChooch. U bent niet op de zitting verschenen. Vinnie maakt zich zorgen over u.'

'Ik ga niet naar de rechtbank,' zei DeChooch. 'Ik ga nergens heen.'

Ik liep de kamer verder in en zag dat hij in een stoel in de hoek zat. Hij was een pezig mannetje met warrig wit haar. Hij droeg een interlockje en een boxershort, met zwarte schoenen.

'Hoezo die schoenen?' vroeg Lula.

DeChooch keek omlaag. 'Ik had koude voeten.'

'Als u zich nou even verder aankleedt, kunt u met ons mee voor een nieuwe afspraak,' zei ik.

'Ben je soms doof? Ik zeg toch dat ik nergens naartoe ga. Kijk dan. Ik heb een depressie.'

'Misschien heb je een depressie omdat je geen broek aan hebt,' zei Lula. 'Ik zou het heel wat prettiger vinden als ik niet bang hoef te zijn dat ik uw meneertje pielemuis uit uw boxershort zie hangen.'

'Jullie weten niks,' zei DeChooch. 'Jullie weten niet hoe het is om oud te zijn en niets meer goed te kunnen.'

'Nee, dat zou ik niet weten,' zei Lula.

Waar Lula en ik wel weet van hadden was jong zijn en niets goed kunnen. Lula en ik deden nooit iets goed.

'Wat heb jij nou aan?' vroeg DeChooch aan mij. 'Jezus, is dat een kogelvrij vest? Dat is godverdomme een belediging. Alsof je wilt zeggen dat ik te stom ben om je door je kop te schieten.'

'Ze neemt alleen het zekere voor het onzekere na die moord op een strijkplank,' zei Lula.

'Die strijkplank! Dat moet ik overal horen. Iemand vergist zich een keer en niemand praat meer over wat anders.' Hij maakte een wegwerpgebaar. 'Ach verdomme, niemand gelooft me meer. Ik heb het gehad. Weet je waar ik voor ben aangehouden? Ik ben aangehouden omdat ik sigaretten smokkelde uit Virginia. Ik kan geeneens meer sigaretten smokkelen.' Hij liet het hoofd hangen. 'Ik ben een loser. En meer niet. Ik zou mezelf moeten doodschieten.'

'Misschien zat het gewoon tegen,' zei Lula. 'De volgende

keer dat je wat probeert te smokkelen, gaat het vast gesmeerd.'

'Mijn prostaat is naar de kloten,' zei DeChooch. 'Ik moest stoppen om te pissen. Daarbij hebben ze me gepakt... in de wc langs de snelweg.'

'Vette pech,' zei Lula.

'Het gaat niet eerlijk toe in het leven. Ik heb mijn hele leven hard gewerkt en van alles... bereikt. En nu ben ik oud en wat gebeurt er? Ik word aangehouden terwijl ik sta te pissen. Het is toch godverdomme om je kapot te schamen.'

Zijn huis was niet ingericht in een bepaalde stijl. Waarschijnlijk stond er alles in waar hij in de loop van de jaren oneerlijk aan was gekomen. Er was geen mevrouw DeChooch. Die was al jaren terug overleden. Bij mijn weten waren er nooit kleine DeChooches geweest.

'Misschien moest u zich maar liever aankleden,' zei ik. 'We moeten echt de stad in.'

'Waarom niet,' zei DeChooch. 'Maakt me niet uit waar ik zit. Kan net zo goed in de stad zitten.' Hij richtte zich op, zuchtte mismoedig en schuifelde met kromme schouders naar de trap. Hij keek naar ons om. 'Zo terug.'

Het huis leek veel op dat van mijn ouders. Woonkamer aan de voorkant, eetkamer in het midden en keuken met uitzicht op een smalle achtertuin. Boven zouden er drie kleine slaapkamers zijn en een badkamer.

Lula en ik zaten in de stilte en het donker naar DeChooch te luisteren, die boven ons in zijn slaapkamer op en neer liep.

'Hij had Prozac moeten smokkelen, geen sigaretten,' zei Lula. 'Had hij zelf kunnen gebruiken.'

'Wat hij zou moeten doen is zich aan zijn ogen laten opereren,' zei ik. 'Mijn tante Rose is aan staar geopereerd en kan nu weer zien.'

'Ja, als hij iets aan zijn ogen laat doen, kan hij vast nog veel meer mensen neerschieten. Daar wordt hij vast vrolijker van.'

Nou ja, misschien was het ook niet zo'n goed idee.

Lula keek naar de trap. 'Wat voert hij allemaal uit? Hoelang duurt het om een broek aan te trekken?'

'Misschien kan hij hem niet vinden.'

'Zou hij zo slecht zien?'

Ik haalde mijn schouders op.

'Ik hoor hem trouwens niet meer lopen,' zei Lula. 'Misschien is hij in slaap gevallen. Dat doen oude mensen vaak.'

Ik liep naar de trap en riep naar boven: 'Meneer DeChooch? Alles goed daar?'

Geen reactie.

Ik riep nogmaals.

'O jee,' zei Lula.

Ik holde met twee treden tegelijk naar boven. De deur van zijn slaapkamer was dicht, dus klopte ik hard aan. 'Meneer DeChooch?'

Shit.

'Wat is er?' riep Lula naar boven.

'DeChooch is er niet.'

'Watte?'

Lula en ik doorzochten het huis. We keken onder bedden en in kasten. We keken in de kelder en in de garage. De kasten van DeChooch hingen vol met kleren. Zijn tandenborstel stond nog in de badkamer. Zijn auto stond te dutten in de garage.

'Dit is bizar,' zei Lula. 'Hoe kan hij langs ons heen zijn geglipt? We zaten in zijn huiskamer. We hadden het gezien als hij langs was gekomen.'

We stonden achter het huis en ik keek omhoog. Het raam van de badkamer was recht boven het platte dak dat de achterdeur beschutte, de toegang tot de keuken. Precies zoals bij het huis van mijn ouders. Op de middelbare school klom ik 's avonds laat uit dat raam om naar mijn vrienden en vriendinnen te kunnen gaan. Mijn zuster Valerie, de volmaakte dochter, deed zulke dingen nooit.

'Hij kan door het raam zijn gegaan,' zei ik. 'Het is te doen omdat die twee vuilnisbakken tegen het huis aan staan.'

'Nou, het is wel verdomd brutaal om je zo oud en zwak voor te doen en godverdomme zo te somberen, en dan zodra we hem onze rug toekeren uit het raam te springen. Niemand is tegenwoordig nog te vertrouwen.'

'Hij is ons te slim af geweest.'

'Verdomd als het niet waar is.'

We gingen naar binnen, doorzochten de keuken en vonden met heel weinig moeite een sleutelbos. Ik stak een van de sleutels in de voordeur. Het was hem. Ik sloot het huis af en liet de sleutels in mijn zak glijden. Het is mijn ervaring dat iedereen vroeg of laat thuiskomt. En als DeChooch inderdaad thuiskwam, zou hij misschien wél afsluiten.

Ik klopte aan bij Angela en vroeg of ze toevallig Eddie DeChooch onderdak verleende. Ze beweerde dat ze hem de hele dag niet had gezien, dus liet ik mijn kaartje bij haar achter en vroeg haar me te bellen als DeChooch boven water kwam.

Lula en ik stapten in de Honda terreinwagen, ik startte en een beeld van de sleutels van DeChooch kwam bij me op. Huissleutel, autosleutel... en een derde sleutel. Ik haalde de sleutelbos te voorschijn om ernaar te kijken.

'Waar zou die derde sleutel voor zijn?' vroeg ik aan Lula.

'Het is zo'n Yalesleutel als je hebt voor kasten in kleedkamers en schuurtjes en zo.'

'Weet je nog of je een schuurtje hebt gezien?'

'Ik weet het niet. Ik geloof niet dat ik daarop heb gelet.

Denk je dat hij zich in het schuurtje kan hebben verstopt bij de grasmaaier en het onkruidgif?'

Ik zette de motor af en we stapten uit om naar de achtertuin te lopen.

'Ik zie geen schuurtje,' zei Lula. 'Ik zie wat vuilnisbakken en een garage.'

We tuurden opnieuw naar binnen in de schemerige garage.

'Alleen de auto,' zei Lula.

We liepen om de garage heen en troffen een schuurtje aan.

'Ja, maar het is op slot,' zei Lula. 'Hij zou een Houdini moeten zijn om erin te komen en het van buitenaf op slot te doen. Bovendien stinkt dit schuurtje echt verschrikkelijk.'

Ik stak de sleutel in het slot en het slot gaf mee.

'Wacht even,' zei Lula. 'Ik stel voor dit schuurtje op slot te laten. Ik wil niet weten waar die stank vandaankomt.'

Ik trok aan de deurknop, de deur zwaaide wijdopen en Loretta Ricci staarde ons aan, met open mond, nietsziende ogen, vijf kogelgaten midden in haar borst. Ze zat op de zandvloer, met haar rug tegen de wand van metalen golfplaat en wit haar van de dosis ongebluste kalk, die niet erg effectief was tegen het verval dat na de dood begint.

'Shit, dat is geen strijkplank,' zei Lula.

Ik smeet de deur dicht, draaide de sleutel om in het slot en nam afstand van het schuurtje. Ik hield mezelf voor dat ik niet zou braken en haalde een paar keer diep adem. 'Je hebt gelijk,' zei ik. 'Ik had het schuurtje dicht moeten laten.'

'Je luistert nooit naar me. Dat hebben wij weer. Allemaal omdat jij overal je neus in steekt. Dat niet alleen, ik weet ook hoe het nu verdergaat. Jij belt de politie en wij zitten er de hele dag aan vast. Als je verstandig was, zou je doen of je niets hebt gezien en patat en cola halen. Daar ben ik echt aan toe, patat en cola.'

Ik gaf haar mijn autosleutels. 'Ga maar halen, maar zorg dat je over een halfuur terug bent. Als je me laat zitten, stuur ik de politie achter je aan, ik meen het.'

'Nou zeg, is dat nou aardig. Heb ik je ooit laten zitten?'

'Zo vaak!'

'Nietes,' zei Lula.

Ik klapte mijn mobieltje open om de politie te bellen. Minuten later hoorde ik de surveillancewagen voor het huis stoppen. Het waren Carl Costanza en zijn maat, Big Dog.

'Toen de melding binnenkwam, wist ik dat jij het moest zijn,' zei Carl tegen mij. 'Het is al bijna een maand geleden dat je een lijk hebt gevonden. Ik wist dat het eraan kwam.'

'Zoveel lijken vind ik niet!'

'Hé,' zei Big Dog, 'is dat een kevlarvest?'

'En splinternieuw nog wel,' zei Carl. 'Er zitten geeneens kogelgaten in.'

De politie in Trenton is goud, maar hun budget is niet echt Beverley Hills. Als je politieman bent in Trenton, hoop je dat je van de kerstman een kogelvrij vest krijgt, want vesten worden voornamelijk van giften en subsidies betaald en je komt er niet automatisch voor in aanmerking.

Ik had de huissleutel van DeChooch van de ring gehaald en veilig in mijn zak opgeborgen. Ik gaf Costanza de twee overgebleven sleutels. 'Loretta Ricci zit in de schuur. En ze ziet er niet best uit.'

Ik kende Loretta Ricci van gezicht, maar daarmee was het meeste gezegd. Ze woonde in de Wijk en was weduwe. Haar leeftijd zou ik op vijfenzestig schatten. Ik zag haar soms bij slagerij Giovicchini als ze broodbeleg kwam halen.

Vinnie boog zich naar voren op zijn stoel en keek Lula en mij aan met ogen als spleetjes. 'Hoe bedoel je, jullie zijn De-Chooch kwijtgeraakt?'

'We konden er niets aan doen,' zei Lula. 'Hij is 'm stiekem gepeerd.'

'Wel verdomme,' zei Vinnie. 'Ik kan niet van jullie verwachten dat jullie iemand kunnen pakken die hem stiekem peert.'

'Vette pech,' zei Lula.

'Ik durf te wedden dat hij naar zijn club is gegaan,' zei Vinnie.

Vroeger waren er heel wat clubs en sociëteiten in de Wijk. Ze hadden macht omdat de illegale loterijen van daaruit werden gehouden. Toen werd gokken in New Jersey gelegaliseerd en al spoedig viel er met illegale loterijen geen droog brood meer te verdienen. Nu zijn er nog maar een paar over in de Wijk en de leden lezen *Vijftig Plus* en vergelijken pacemakers.

'Ik denk niet dat DeChooch op zijn club is,' zei ik tegen Vinnie. 'We hebben Loretta Ricci dood in zijn schuurtje gevonden en volgens mij is DeChooch op weg naar Rio.'

Omdat ik niets beters te doen had ging ik naar huis. De lucht was betrokken en het motregende. Het was halverwege de middag en ik was me lam geschrokken van Loretta Ricci. Ik zette de Honda op het parkeerterrein, duwde de glazen klapdeur naar de kleine hal open en nam de lift naar één hoog.

Thuis liep ik rechtstreeks naar het knipperende rode lampje van mijn antwoordapparaat.

Het eerste bericht was van Joe Morelli. 'Bel me.' Het klonk niet erg vriendelijk.

De tweede boodschap was van mijn vriend MoonMan. 'Met MoonMan,' zei hij. 'Weetjewel.' Dat was het. Geen boodschap.

Het derde bericht was van mijn moeder. 'Waarom ik?'

vroeg ze. 'Wat moet ik met een dochter die dode mensen vindt? Wat heb ik verkeerd gedaan? De dochter van Emily Beeber vindt nooit dode mensen. De dochter van Joanne Malinoski vindt nooit dode mensen. Waarom de mijne dan wel?'

Het nieuws gaat snel door de Wijk.

Het vierde en laatste bericht was weer van mijn moeder. 'Ik maak vanavond lekkere kip met omgekeerde ananastaart toe. Ik zet er een bord bij voor het geval je geen plannen hebt.'

Mijn moeder maakte het me erg moeilijk met die taart.

Mijn hamster Rex lag in zijn soepblik te slapen in zijn kooi op het aanrecht. Ik tikte tegen de zijkant van de kooi en riep hallo, maar Rex liet zich niet zien. Die haalde zijn slaap in na een vermoeiende nacht in de tredmolen.

Ik overwoog of ik Morelli terug zou bellen en besloot het niet te doen. De laatste keer dat ik Morelli had gesproken, hadden we tegen elkaar staan schreeuwen. Na de middag met mevrouw Ricci had ik geen energie over om tegen Morelli te schreeuwen.

Ik slofte naar de slaapkamer en ging op bed liggen om na te denken. Denken lijkt vaak sterk op een dutje doen, maar de intentie is anders. Ik lag heel diep te slaapdenken toen de telefoon ging. Toen ik me eenmaal uit mijn denkstand had opgehesen in luisterstand, was er niemand meer aan de lijn, er was alleen nog een bericht van Mooner.

'Klote,' zei Mooner. Dat was het. Meer niet.

MoonMan heeft met allerlei farmaceutische preparaten geëxperimenteerd en er valt al jaren geen touw aan vast te knopen met hem. Meestal kun je MoonMan beter negeren.

Ik stak mijn hoofd in de koelkast en vond een pot olijven, wat slijmerige bruine sla, een eenzaam flesje bier en een sinaasappel waarop blauw dons groeide. Geen omgekeerde ananastaart.

Er stond een omgekeerde ananastaart een paar kilometer verderop, in het huis van mijn ouders. Ik bekeek de tailleband van mijn Levi's. Geen speling. Waarschijnlijk kon ik die taart beter overslaan.

Ik dronk het bier op en at een paar olijven. Niet kwaad, maar geen taart. Ik zuchtte gelaten. Ik dreigde te bezwijken. Ik had zin in taart.

Mijn moeder en mijn oma stonden bij de deur toen ik voor het huis parkeerde. Mijn oma Mazur is bij mijn ouders ingetrokken toen opa Mazur met zijn emmer kwartdollarmuntjes naar de grote eenarmige bandiet in de hemel was gegaan. Nog geen maand terug had oma eindelijk haar rijbewijs gehaald en een rode Corvette gekocht. Ze deed er precies vijf dagen over om zoveel bonnen voor te hard rijden te verzamelen dat haar rijbewijs werd ingetrokken.

'De kip staat op tafel,' zei mijn moeder. 'We wilden net gaan eten.'

'Je treft het dat we er laat mee zijn,' zei oma, 'omdat de telefoon geen ogenblik stilstond. Loretta Ricci is groot nieuws.' Ze ging zitten en schudde haar servet uit. 'Niet dat het me verbaasde. Loretta lokte problemen uit. Een echte uitgaande vrouw, die Loretta. Wild geworden na de dood van Dominic. Mannengek.'

Mijn vader zat aan het hoofd van de tafel en keek alsof hij zich een kogel door zijn hoofd wilde jagen.

'Op de seniorenclub huppelde ze van de ene man naar de andere,' zei oma. 'En ik heb gehoord dat ze met een natte vinger over te halen was.'

Het vlees werd altijd voor mijn vader neergezet zodat hij de eerste keus had. Ik denk dat mijn moeder dacht dat mijn vader, als hij meteen ging eten, minder geneigd zou zijn op te springen om mijn grootmoeder te wurgen.

'Hoe is de kip?' wilde mijn moeder weten. 'Vinden jullie hem niet te droog?'

Nee, zei iedereen, de kip was niet droog. De kip was precies goed.

'Laatst zag ik op tv een programma over zo'n soort vrouw,' zei oma. 'Die vrouw was heel sexy en een van de mannen met wie ze flirtte bleek een buitenaards wezen te zijn. En dat buitenaardse wezen nam haar mee naar zijn ruimteschip om allerlei dingen met haar te doen.'

Mijn vader boog zich dieper over zijn bord en mompelde iets waarvan maar enkele woorden te verstaan waren... *dat mens is geschift*.

'En Loretta en Eddie DeCooch?' vroeg ik. 'Denk je dat zij met elkaar optrokken?'

'Bij mijn weten niet,' zei oma. 'Voor zover ik weet hield Loretta van wilde mannen en Eddie DeCooch kon hem niet omhoogkrijgen. Ik ben een paar keer met hem uit geweest, en dat ding van hem was zo dood als een deurknop. Wat ik ook deed, ik kon er geen actie uit krijgen.'

Mijn vader keek op naar oma en er viel een stuk vlees uit zijn mond.

Mijn moeder kreeg een vuurrood hoofd aan het andere uiteinde van de tafel. Ze zoog lucht naar binnen en sloeg een kruis. 'Moeder Gods,' zei ze.

Ik speelde met mijn vork. 'Als ik nu wegga, krijg ik waarschijnlijk geen omgekeerde ananastaart, hè?'

'De rest van je leven niet meer,' zei mijn moeder.

'Hoe zag ze eruit?' wilde oma weten. 'Wat had Loretta aan? Hoe had ze haar haar? Doris Szuch zegt dat ze Loretta gistermiddag nog in de supermarkt heeft gezien, dus ik neem aan dat Loretta nog niet helemaal verrot was en vol maden.'

Mijn vader stak zijn hand uit naar het voorsnijmes en mijn

moeder deed hem verstarren met een onverzettelijke blik: *waag het niet er ook maar aan te denken.*

Mijn vader is gepensioneerd en heeft op het postkantoor gewerkt. Hij is parttime taxichauffeur en rookt sigaren achter de garage als mijn moeder niet thuis is. Ik denk niet dat mijn vader oma Mazur echt te lijf zou gaan met het voorsnijmes. Maar ik weet niet of hij het zo vreselijk zou vinden als ze in een kippenbotje stikte.

'Ik zoek Eddie DeChooch,' zei ik tegen oma. 'Hij heeft verzuimd op de zitting te komen. Heb je enig idee waar hij kan zijn ondergedoken?'

'Hij is bevriend met Ziggy Garvey en Benny Colucci. En dan is er zijn neef Roland.'

'Denk je dat hij naar het buitenland zou gaan?'

'Je bedoelt omdat hij misschien die gaten in Loretta heeft gemaakt? Dat denk ik niet. Hij is eerder van moord beschuldigd en nooit het land uit gegaan. Bij mijn weten althans.'

'Ik vind dit vreselijk,' zei mijn moeder. 'Ik vind het vreselijk dat ik een dochter heb die op moordenaars jaagt. Wat bezielt Vinnie dat hij deze zaak aan jou heeft gegeven?' Ze keek verontwaardigd naar mijn vader. 'Frank, hij is van jouw kant. Je moet met hem praten. En waarom kun jíj niet meer op je zusje Valerie lijken?' vroeg mijn moeder aan mij. 'Gelukkig getrouwd, twee beeldschone kinderen. Zij jaagt niet op moordenaars en vindt geen dode mensen.'

'Stephanie is bíjna gelukkig getrouwd,' zei oma. 'Ze heeft zich een maand geleden verloofd.'

'Zie jij een ring aan haar vinger?' vroeg mijn moeder.

Iedereen keek naar mijn naakte vinger.

'Ik wil er niet over praten,' zei ik.

'Volgens mij heeft Stephanie meer trek in iemand anders,' zei oma. 'Volgens mij is ze verkikkerd op die Ranger.'

Mijn vader verstarde met zijn vork in een berg aardappelen. 'De premiejager? Die zwarte man?'

Mijn vader is bevooroordeeld tegen iedereen. Hij zal geen swastika's op kerken schilderen en hij discrimineert geen minderheden. Maar met de mogelijke uitzondering van mijn moeder deug je eigenlijk niet als je geen Italiaan bent.

'Hij is Cubaans-Amerikaans,' zei ik.

Mijn moeder sloeg opnieuw een kruis.

2

Het was donker toen ik afscheid nam van mijn ouders. Ik verwachtte niet dat Eddie DeChooch thuis zou zijn, maar ik reed toch maar even langs zijn huis. In de Marguchi-helft brandde overal licht. In de helft van DeChooch was geen teken van leven te bespeuren. In het voorbijgaan zag ik dat het gele tape waarmee de plaats delict was afgezet nog de toegang tot de achtertuin blokkeerde.

Er waren vragen die ik mevrouw Marguchi wilde voorleggen, maar dat had geen haast. Ik wilde haar vanavond niet lastigvallen. Ze had het die dag al vervelend genoeg gehad. Ik zou de volgende dag langsgaan, en op weg naar haar toe op kantoor de adressen van Garvey en Colucci vragen.

Ik reed langzaam een rondje en sloeg af naar Hamilton Avenue. Het flatgebouw waarin ik woon staat een paar kilometer bij de Wijk vandaan. Het is een stevig blok met drie woonlagen, in de jaren zeventig prijsbewust opgetrokken uit baksteen en beton. Veel luxe biedt het niet, maar er is wel een fatsoenlijke conciërge die alles doet voor een sixpack bier, de lift werkt vrijwel altijd en de huur kan ermee door.

Ik zette de wagen op het parkeerterrein en keek omhoog naar mijn flat. Er brandde licht. Iemand was thuis en ik was het niet. Waarschijnlijk was het Morelli. Hij had de sleutel. Ik voelde een golf van opwinding bij de gedachte dat hij het was, snel gevolgd door een zekere moedeloosheid. Morelli en ik kennen elkaar van kindsaf en onze relatie is nooit vrij van strubbelingen geweest.

Op de trap experimenteerde ik met gevoelens, tot ik uitkwam bij voorwaardelijk verheugd. Het is zo dat Morelli en ik vrij zeker weten dat we van elkaar houden. We weten alleen niet of we ons verdere leven met elkaar willen doorbrengen. Ik sta niet te trappelen om te trouwen met een politieman. Morelli wil niet trouwen met een premiejager. En dan is Ranger er nog.

Ik deed mijn voordeur open en trof twee oude mannen aan die op mijn bank naar een honkbalwedstrijd zaten te kijken. Morelli was nergens te bekennen. Ze kwamen allebei glimlachend overeind toen ik de kamer in liep.

'Jij moet Stephanie Plum zijn,' zei een van de mannen. 'Mag ik ons beiden voorstellen: ik ben Benny Colucci en dit is mijn vriend en collega Ziggy Garvey.'

'Hoe zijn jullie binnengekomen?'

'Je deur stond open.'

'Welnee.'

De lach werd breder. 'Ziggy is handig met sloten.'

Ziggy straalde en bewoog soepel zijn vingers. 'Ik mag dan een ouwe knar zijn, mijn vingers zijn het nog niet verleerd.'

'Ik vind het niet zo leuk als mensen bij me inbreken,' zei ik.

Benny knikte ernstig. 'Dat begrijp ik, maar we dachten dat het in dit geval wel kon, omdat we een heel ernstige zaak moeten bespreken.'

'Het is dringend,' zei Ziggy. 'Het is ook nog van dringende aard.'

Ze keken elkaar instemmend aan. Het was dringend.

'En verder,' zei Ziggy, 'heb je opdringerige buren. We stonden in de hal op je te wachten, maar er was een dame die telkens haar deur opendeed om naar ons te kijken. Dat vonden we niet zo prettig.'

'Ik geloof dat ze belangstelling voor ons had, als je begrijpt wat ik bedoel. En dat soort rare dingen doen wij niet. Wij zijn getrouwd.'

'Misschien toen we jonger waren,' zei Ziggy met een lachje.

'Wat is er nu zo dringend?'

'Ziggy en ik zijn heel goede vrienden van Eddie DeChooch,' zei Benny. 'Ziggy en Eddie en ik kennen elkaar al ontzettend lang. Dus Ziggy en ik maken ons zorgen omdat Eddie opeens is verdwenen. We zijn bang dat Eddie misschien problemen heeft.'

'Omdat hij Loretta Ricci heeft doodgeschoten?'

'Nee, dat lijkt ons geen groot punt. Mensen beschuldigen Eddie er wel vaker van dat hij mensen neerschiet.'

Ziggy boog zich naar voren en fluisterde op samenzweerderstoon: 'Om hem erin te luizen.'

Natuurlijk.

'We zijn bang dat Eddie niet in staat is om verstandig na te denken,' zei Benny. 'Hij heeft namelijk een depressie. Als we bij hem langsgaan, wil hij niet met ons praten. Zo kennen we hem niet.'

'Het is niet normaal,' zei Ziggy.

'Maar we weten dus dat jij naar hem op zoek bent en we willen niet dat hem iets overkomt, snap je?'

'Jullie willen niet dat ik hem neerschiet?'

'Dat willen we niet.'

'Ik schiet haast nooit iemand neer.'

'Het gebeurt, en God verhoede dat het Choochy overkomt,' zei Benny. 'Dat proberen we voor te zijn.'

'Nou ja,' zei ik, 'als hij wordt neergeschoten, zal het niet met mijn kogel zijn.'

'En dan is er nog iets,' zei Benny. 'We proberen Choochy te vinden om hem te kunnen helpen.'

Ziggy knikte. 'Het lijkt ons beter als hij met een dokter gaat praten. Misschien moet hij naar de psychiater. We hadden dan ook bedacht dat we kunnen samenwerken omdat jij hem ook zoekt.'

'Goed hoor,' zei ik, 'als ik hem vind, laat ik het jullie weten.' Nadat ik hem veilig achter slot en grendel had laten zetten.

'En we vroegen ons af of je aanwijzingen hebt.'

'Nee. Nul komma nul.'

'Tjee, en we hadden nog zo gehoopt dat je aanwijzingen zou hebben. We hebben gehoord dat je een kei in je vak bent.'

'Ik ben niet echt een kei... Soms heb ik geluk.'

Ze keken elkaar weer aan.

'En dacht je dat dat in dit geval weer zo zou kunnen zijn?' vroeg Benny.

Je voelt je niet bepaald iemand die geluk heeft als je net een bejaarde met een depressie door je vingers hebt laten glippen, een dode vrouw in zijn schuurtje hebt gevonden en daarna avondeten met je ouders hebt doorstaan. 'Tja, het is nog wat te vroeg om dat te kunnen zeggen.'

Er werd gemorreld aan de voordeur, de deur zwaaide open en Mooner kwam binnenwandelen. Mooner droeg een nauwsluitend tricot van paarse lycra met een grote zilveren M op zijn borst.

'Weetjewel,' zei Mooner, 'ik heb geprobeerd je te bellen, maar je was telkens niet thuis. Ik wou je mijn nieuwe Super Mooner-pak laten zien.'

'Jakkes,' zei Benny, 'hij lijkt wel een verkleedflikker.'

'Ik ben een superheld, weetjewel,' zei de Mooner.

'Superflikker lijkt er meer op. Loop je de hele dag in dat pakkie rond?'

'Natuurlijk niet, weetjewel. Dit is mijn geheime pak. Normaal draag ik dit alleen wanneer ik superdaden verricht, maar ik wilde die gave chick hier het volle effect laten beleven, daarom heb ik me in de hal verkleed.'

'Kan jij vliegen zoals Superman?' vroeg Benny aan Mooner.

'Nee, maar ik kan vliegen in mijn hoofd, weetjewel. Hoog door de lucht.'

'Allemachtig,' zei Benny.

Ziggy keek op zijn horloge. 'We moeten weg. Als je iets hoort van Choochy laat je het ons wel horen, hè?'

'Natuurlijk.' Misschien.

Ik keek het tweetal na. Het waren net de Dikke en de Dunne. Benny was minstens twintig kilo te zwaar; zijn kinnen hingen over zijn kraag. En Ziggy leek wel een afgekloven kalkoen. Ik nam aan dat ze allebei in de Wijk woonden en lid waren van dezelfde club als Chooch, maar dat wist ik niet zeker. Een andere mogelijkheid was dat Vincent Plum in het verleden voor hun borg had gezorgd, omdat ze het niet nodig hadden gevonden me hun telefoonnummer te geven.

'Wat vind je nou van mijn pak?' vroeg Mooner toen Benny en Ziggy waren vertrokken. 'Dougie en ik hebben een hele doos vol gevonden. Ik denk dat ze voor zwemmers of hardlopers zijn, of zo. Dougie en ik kennen geen zwemmers die ze kunnen gebruiken, maar we willen er Supergoed van maken. Je kunt ze als ondergoed dragen en als je dan als superheld moet optreden, hoef je alleen maar je kleren uit te trekken. Het enige probleem is dat we geen capes hebben. Daarom wist die ouwe waarschijnlijk niet dat ik een superheld was. Geen cape.'

'Je denkt toch niet echt dat je een superheld bent?'

'In werkelijkheid, bedoel je?'

'Ja.'

Mooner keek verbaasd. 'Superhelden zijn bedacht, weetjewel. Hebben ze je dat nooit verteld?'

'Ik vraag maar.'

Ik heb samen met Walter 'MoonMan' Dunphy en Dougie 'de Dealer' Kruper op de middelbare school gezeten.

Mooner woont met twee anderen in een smal huis aan Grant Street. Samen vormen ze het Losers Legioen. Ze blowen allemaal en zijn allemaal mislukt, zwerven van het ene uitzichtloze baantje naar het andere en leven bij de dag. Ze zijn bovendien vriendelijk en zachtzinnig en adopteerbaar. Ik trek niet veel op met Mooner, maar af en toe hebben we contact en wanneer onze paden elkaar kruisen, wekt hij moederlijke gevoelens bij me op. Mooner lijkt op een maf zwerfkatje dat af en toe een bordje voer komt halen.

Dougie woont een eindje verderop in dezelfde straat met rijtjeshuizen. Op de middelbare school was Dougie de jongen met het verkeerde buttondownhemd, terwijl alle andere jongens een T-shirt droegen. Dougie haalde geen goede cijfers, deed niet aan sport, bespeelde geen instrument en had geen mooie auto. Het enige waarmee Dougie indruk kon maken was dat hij met een rietje gelatinepudding door zijn neus kon opzuigen.

Na het eindexamen ging het gerucht dat Dougie naar Arkansas was gegaan en daar was gestorven. Dougie dook levend en wel weer op in de Wijk. Een maand geleden werd Dougie aangehouden omdat hij vanuit zijn huis gestolen goed had verkocht. Ten tijde van zijn arrestatie leek zijn helerswerk meer een dienst aan de gemeenschap dan misdaad, omdat hij tegen gereduceerde prijs Metamucil verkocht, waardoor de bejaarden in de Wijk voor het eerst in jaren weer een regelmatige stoelgang hadden.

'Ik dacht dat Dougie niet meer handelde,' zei ik tegen Mooner.

'Nee, man, deze pakken hebben we echt gevonden! Ze lagen in een doos op zolder. We hebben ze gevonden bij het opruimen.'

Ik wist vrij zeker dat ik hem geloofde.

'Wat vind je er nou van?' vroeg hij. 'Cool, hè?'

Het pak was van lichtgewicht lycra en omsloot rimpelloos zijn slungelige lichaam... tot en met zijn klok- en hamerspel. Het liet weinig aan de fantasie over. Als Ranger zo'n pak zou dragen, zou ik niet klagen, maar dit was meer dan ik van de Mooner wilde zien.

'Het is een fantastisch pak.'

'Omdat Dougie en ik nu deze gave pakken hebben, willen we de misdaad gaan bestrijden... net als Batman.'

Batman leek een verbetering. Meestal waren Mooner en Dougie Captain Kirk en Mr. Spock.

Mooner trok de lycra capuchon naar achteren en zijn lange bruine haar kwam te voorschijn. 'We wilden vanavond beginnen met de misdaad bestrijden. Alleen is er een probleem: Dougie is weg.'

'Weg? Hoe bedoel je?'

'Hij is gewoon verdwenen, weetjewel. Dinsdag belde hij op om te zeggen dat hij dingen moest doen, maar gisteravond zou ik bij hem naar het worstelen komen kijken. Op Dougies breedbeeldscherm. Gigantische wedstrijd, weetjewel. Alleen kwam Dougie niet opdagen. Hij zou nooit zijn weggebleven als er niet iets vreselijks was gebeurd. Hij heeft wel vier piepers bij zich, maar daar reageert hij niet op. Ik weet niet wat ik ervan moet denken.'

'Ben je hem gaan zoeken? Kan hij bij een vriend zijn?'

'Ik zeg toch dat het niets voor hem is om het worstelen over te slaan,' zei Mooner. 'Want dat doet níemand, weetjewel. Hij verheugde zich er enorm op. Ik denk dat er iets heel ergs is gebeurd.'

'Wat dan?'

'Dat weet ik niet. Ik heb er alleen geen goed gevoel over.'

We hielden allebei geschrokken onze adem in toen de telefoon ging, alsof ons vermoeden van onheil een ramp kon uitlokken.

'Hij is hier,' zei oma aan de telefoon.

'Wie? Wie is waar?'

'Eddie DeChooch! Mabel haalde me op toen jij weg was zodat we Anthony Varga de laatste eer konden bewijzen. Hij ligt opgebaard bij Stiva en Stiva heeft het heel goed gedaan. Ik weet niet hoe Stiva dat klaarspeelt. Anthony Varga heeft er in vijfentwintig jaar niet zo goed uitgezien. Hij had naar Stiva moeten gaan toen hij nog leefde. Maar we zijn dus nog hier en Eddie DeChooch is net binnengekomen.'

'Ik kom eraan.'

Ongeacht of je een depressie hebt of wordt gezocht wegens moord, in de Wijk bewijs je de laatste eer.

Ik griste mijn schoudertas van het aanrecht en duwde Mooner naar de deur. 'Ik moet weg. Ik zal wat mensen bellen en je laten weten wat ik heb gehoord. Intussen kun jij beter naar huis gaan en misschien duikt Dougie dan weer op.'

'Maar naar welk huis dan, weetjewel? Moet ik naar Dougies huis of naar mijn eigen huis?'

'Je eigen huis. En ga af en toe even kijken bij Dougies huis.'

Dat Mooner zich zorgen maakte over Dougie deed me wel wat, al had ik niet het gevoel dat het zo ernstig was. Maar Dougie had verstek laten gaan bij die worstelwedstrijd. En

Mooner had gelijk... níemand laat verstek gaan bij het worstelen. Althans niet in New Jersey.

Ik holde door de hal naar de trap. Ik schoot door de ingang naar de deur en sprong in mijn auto. Stiva's Rouwcentrum was een paar kilometer verderop aan Hamilton Avenue. Ik ging in gedachten na wat ik bij me had. Pepperspray en handboeien in mijn tas. Het schokpistool zat er waarschijnlijk ook in, maar misschien was het niet geladen. Mijn .38 lag thuis in de koekjespot. En ik had een nagelvijl voor het geval het tot een handgemeen kwam.

Stiva's Rouwcentrum is gevestigd in een wit gebouw dat vroeger een particuliere woning is geweest. Er zijn garages aangebouwd voor de verschillende bedrijfswagens, en aula's. Er is een kleine parkeerplaats. Voor de ramen hangen zwarte jaloezieën en het brede bordes is bekleed met groen watervast objecttapijt.

Ik parkeerde en snelwandelde naar de ingang. Op het bordes stonden mannen te roken en verhalen uit te wisselen. Het waren arbeiders in onopvallende pakken en je zag hun leeftijd af aan hun kalende hoofd en uitgedijde middel. Anthony Varga lag in Sluimerkamer Eén. En Caroline Bochek lag in Sluimerkamer Twee. Oma Mazur stond verdekt opgesteld achter de nepficus in de hal.

'Hij is bij Anthony,' zei oma. 'In gesprek met de weduwe. Waarschijnlijk zoekt hij een nieuwe vrouw om lek te schieten en in het schuurtje te leggen.'

Er waren ongeveer twintig mensen bij Varga in de aula. De meesten waren gaan zitten. Enkelen stonden bij de kist. Eddie DeChooch stond ook bij de kist. Ik kon naar binnen gaan en stilletjes naar hem toe sluipen en hem de handboeien omdoen. Waarschijnlijk de gemakkelijkste manier om het karwei op te knappen. Jammer genoeg betekende dat een scène, die rouwende mensen onaangenaam zou treffen. Erger nog: mevrouw Varga zou mijn moeder opbellen en het hele lugubere voorval doorvertellen. Ik kon ook naar hem toe gaan terwijl hij daar bij de kist stond en hem vragen mee naar buiten te gaan. Of ik kon wachten tot hij wegging en hem op het bordes of het parkeerterrein te grazen nemen.

'Wat doen we nu?' wilde oma weten. 'Gaan we gewoon naar binnen om hem te pakken?'

Ik hoorde achter me iemand geschrokken de adem inhouden. Het was Loretta Ricci's zuster Madeline. Ze was net binnengekomen en had DeChooch zien staan.

'Moordenaar!' schreeuwde ze hem toe. 'Jij hebt mijn zus vermoord.'

DeChooch verbleekte, deed een stap naar achteren, verloor zijn evenwicht en botste tegen mevrouw Varga op. Zowel DeChooch als mevrouw Varga zocht steun bij de kist, die los op een met geplooide stof behangen wagentje stond, en er klonk een gemeenschappelijke kreet van afgrijzen toen Anthony Varga opzij gleed en zijn hoofd tegen de gecapitonneerde voering stootte.

Madeline stak haar hand in haar handtas, iemand riep dat ze wou schieten en de mensen maakten zich uit de voeten. Sommigen wierpen zich plat op de grond en anderen holden over het middenpad naar de hal.

Stiva's assistent Harold Barrone wierp zich op Madeline, greep haar knieën vast en liet Madeline op oma en mij botsen, zodat we allemaal tegen de grond gingen.

'Niet schieten!' riep Harold Madeline toe. 'Beheers je!'

'Ik wilde alleen een zakdoekje pakken, idioot,' zei Madeline. 'Laat me los.'

'Ja, en ga van mij af,' zei oma. 'Ik ben oud. Mijn botten kunnen knappen als een dorre tak.'

Ik hees mezelf overeind en keek om me heen. Geen Eddie DeChooch. Ik holde naar het bordes waar de mannen stonden te praten. 'Hebt u Eddie DeChooch gezien?'

'Ja,' zei een van de mannen. 'Eddie is net weg.'

'Welke kant op?'

'Naar de parkeerplaats.'

Ik vloog de treden af en bereikte het parkeerterrein op het moment dat DeChooch in een witte Cadillac wegreed. Ik slaakte een paar troostende vloeken en reed DeChooch achterna. Hij had een voorsprong van een straatlengte, reed op de witte streep en negeerde verkeerslichten. Hij sloeg af naar de Wijk en ik vroeg me af of hij naar huis ging. Ik reed achter hem aan over Roebling Avenue, de straat voorbij die hem naar zijn huis zou hebben gevoerd. We waren het enige verkeer op Roebling en ik wist dat ik gezien was. DeChooch was niet zo blind dat hij geen koplampen in zijn spiegel zag.

Hij reed verder door de Wijk, door Washington Street en Liberty Street en weer terug over Division. Ik kreeg een visioen van achter DeChooch aanrijden tot bij een van ons de benzine op was. En wat dan? Ik had geen vuurwapen of vest. En ik had geen assistentie. Ik zou het moeten hebben van mijn overtuigingskracht.

DeChooch stopte op de hoek van Division en Emory en ik stopte een meter of zeven achter hem. Het was een donkere hoek zonder straatverlichting, maar bij het licht van mijn koplampen kon ik de wagen van DeChooch duidelijk zien. DeChooch deed zijn portier open en stapte met stramme knieën en gebogen rug uit. Hij keek even naar me, met zijn hand boven zijn ogen tegen het licht. Daarna hief hij bedaard zijn arm en vuurde drie schoten af. *Pauw. Pauw. Pauw.* Twee raakten de stoep naast mijn auto en één schampte mijn voorbumper.

Jasses. Zo kwam ik niet verder. Ik mikte de terreinwagen in zijn achteruit en gaf plankgas. Ik rondde Morris Street, kwam met gierende banden tot stilstand, ramde de pook in *drive* en schoot als een raket de Wijk uit.

Toen ik mijn parkeerterrein opreed, zat ik bijna niet meer te trillen en ik had het niet in mijn broek gedaan, dus al met al was ik wel trots op mezelf. Ik had een lelijke schram op mijn bumper. Het had erger gekund, hield ik mezelf voor. Het had ook een schram op mijn voorhoofd kunnen zijn. Ik probeerde er rekening mee te houden dat Eddie DeChooch oud was en een depressie had, maar eerlijk gezegd begon ik een hekel aan hem te krijgen.

Mooners kleren lagen nog in de hal toen ik uit de lift kwam, dus raapte ik ze onderweg naar mijn voordeur op. Ik bleef bij mijn deur staan luisteren. De televisie stond aan. Boksen, zo te horen. Ik wist bijna zeker dat ik de tv uit had gezet. Ik steunde mijn hoofd tegen de deur. Wat nu?

Zo stond ik nog steeds toen de deur openging en Morelli me grijnzend aankeek.

'Zware dag gehad?'

Ik keek om me heen. 'Ben je alleen?'

'Wie verwacht je hier dan?'

'Batman, de vader van Hamlet, Jack de Ripper.' Ik liet Mooners kleren in de gang op de grond vallen. 'Ik ben nogal geschrokken. Ik heb net een vuurgevecht geleverd met De-Chooch. Alleen was hij de enige met een wapen.'

Ik vertelde Morelli de onsmakelijke bijzonderheden en net toen ik wilde vertellen dat ik het niet in mijn broek had gedaan, ging de telefoon.

'Alles goed met je?' wilde mijn moeder weten. 'Je oma is net thuis en ze vertelde dat jij achter Eddie DeChooch aan was gegaan.'

'Met mij is alles goed, maar ik ben DeChooch kwijtgeraakt.'

'Myra Szilagy zegt dat ze mensen zoeken bij de knopenfabriek. En ze hebben een premiestelsel. Waarschijnlijk kun je wel aan de band terecht. Of zelfs op kantoor.'

Morelli zat weer onderuitgezakt op de bank naar het boksen te kijken toen ik had opgehangen. Hij droeg een zwart T-shirt en een crème kabeltrui op een zwarte spijkerbroek. Hij was slank en gespierd en mediterraan donker. Hij was een goede politieman. Hij kon mijn tepels laten tintelen met zijn blik. En hij was fan van de New York Rangers. Dus was hij bijna volmaakt... afgezien van het politieaspect.

Bob de Hond zat naast Morelli op de bank. Bob is een kruising tussen een golden retriever en Pluto. Oorspronkelijk is hij bij mij komen wonen, maar Morelli's huis beviel hem beter. Kerels onder elkaar, denk ik. Dus nu woont Bob voornamelijk bij Morelli. Dat vind ik best omdat Bob álles eet. Als Bob mag kiezen, kan hij een huis terugbrengen tot niet meer dan een paar spijkers en wat tegeltjes. En omdat Bob geregeld ruwvoer eet zoals meubels, schoenen en kamerplanten, scheidt Bob geregeld grote hoeveelheden hondenafval uit.

Bob lachte en kwispelde naar me, en daarna ging Bob weer tv-kijken.

'Ik neem aan dat je de man kent die voor je deur zijn kleren heeft uitgetrokken,' zei Morelli.

'Mooner. Hij wou me zijn ondergoed laten zien.'

'Allicht.'

'Volgens hem is Dougie spoorloos verdwenen. Hij zei dat Dougie gisterochtend de deur uit is gegaan en niet meer terug is gekomen.'

Morelli rukte zich los van het boksen. 'Moet Dougie niet voorkomen?'

'Ja, maar Mooner denkt niet dat Dougie daarom is verdwenen. Mooner denkt dat er iets mis is.'

'Mooners hersenen lijken waarschijnlijk op een gebakken ei. Ik zou niet veel waarde hechten aan wat Mooner denkt.'

Ik gaf Morelli de telefoon aan. 'Misschien kun je een paar instanties bellen. Je weet wel, ziekenhuizen en zo.' En het mortuarium. Als politieman drong Morelli gemakkelijker door dan ik.

Een kwartier later had Morelli het lijstje afgewerkt. Er was niemand die op Dougie leek opgenomen in het St. Francis, of in het Helen Fuld, of naar het mortuarium gebracht. Ik belde Mooner op om het hem te vertellen.

'Het wordt gewoon griezelig, weetjewel,' zei Mooner. 'Niet alleen Dougie. Mijn kleren zijn ook verdwenen.'

'Maak je geen zorgen over je kleren. Ik heb je kleren.'

'Goh, wat knap van je,' zei Mooner. 'Je bent echt knap.'

Ik zei er maar niets van en hing op.

Morelli klopte op de plaats naast de zijne. 'Kom bij me zitten, dan kunnen we over Eddie DeChooch praten.'

'Wat is er met DeChooch?'

'Dat is geen aardige man.'

Een zucht ontsnapte onwillekeurig aan mijn lippen.

Morelli negeerde de zucht. 'Costanza zegt dat je DeChooch hebt gesproken voor je achter hem aan ging.'

'DeChooch heeft een depressie.'

'Hij heeft zeker niets over Loretta Ricci gezegd?'

'Nee, geen woord over Loretta. Loretta heb ik helemaal alleen gevonden.'

'Tom Bell draait het onderzoek. Ik kwam hem na diensttijd tegen en volgens hem was Loretta Ricci al dood toen er op haar werd geschoten.'

'Wát?'

'De doodsoorzaak is pas na de schouwing bekend.'

'Waarom zou iemand op een dode schieten?'

Morelli hield me de binnenkant van zijn handen voor.

Fraai hoor. 'Heb je nog meer voor me?'

Morelli keek me grijnzend aan.

'Afgezien daarvan,' zei ik.

Ik sliep en in mijn slaap stikte ik. Er drukte een zwaar gewicht op mijn borst en ik kon geen adem krijgen. Meestal droom ik niet dat ik stik. Ik heb dromen over liftcabines die met mij erin uit gebouwen schieten. Ik droom van dolle stieren die me op straat achternazitten. En ik droom dat ik heb vergeten me aan te kleden en naakt naar het winkelcentrum ga. Maar ik had nog nooit gedroomd dat ik stikte. Tot nu. Moeizaam werd ik wakker en deed mijn ogen open. Bob lag naast me te slapen met zijn grote hondenkop en voorpoten op mijn borst. Verder was het bed leeg. Morelli was weg. Hij was bij het krieken van de dag weggeslopen en had Bob bij mij achtergelaten.

'Weet je wat, kerel,' zei ik, 'als je van me af gaat, krijg je eten van me.'

Bob verstond misschien niet alle woorden, maar Bob begreep meestal de strekking wel als het om eten ging. Hij spitste zijn oren en kreeg een alerte blik in zijn ogen en meteen was hij van bed gesprongen om een vreugdedansje te maken.

Ik stortte een heksenketel vol met hondenbrokken en zocht vergeefs naar menseneten. Geen jamkoeken, geen zoute stengels, geen Kapitein Knap en de Knapbessen. Mijn moeder stuurt me altijd met een zak eten naar huis, maar ik had bij mijn vertrek mijn gedachten bij Loretta Ricci en had de zak met eten op de keukentafel laten staan.

'Moet je nou zien,' zei ik tegen Bob. 'Ik kan niet voor mezelf zorgen.'

Bob keek me aan met een blik van: *Kom zeg, je hebt net mij te eten gegeven, dus een slecht mens ben je niet.*

Ik hees me in een spijkerbroek en laarzen, mikte een jeansjasje aan over mijn nachthemd en haakte Bob aan zijn riem. Daarna joeg ik Bob de trap af en de auto in om hem bij het huis van mijn aartsvijandin Joyce Barnhardt te laten poepen. Dan hoefde ik niet met de poepschep in de weer en het gaf me het gevoel dat ik iets bereikte. Jaren geleden heb ik Joyce erop betrapt dat ze mijn man neukte (inmiddels mijn ex-man) op mijn eettafel, en van tijd tot tijd beantwoord ik die gunst.

Joyce woont maar een paar honderd meter verderop, maar in een andere wereld. Joyce heeft een vette afkoopsom van een van haar ex-mannen losgekregen. Ex-man nummer drie wilde zo graag van Joyce af dat hij het huis vrij en onbezwaard op haar naam zette. Het is een groot huis met een kleine tuin in een yuppenbuurt. Het huis is van rode baksteen, met deftige witte zuilen die het dak aan weerskanten van de voordeur steunen. Een kruising tussen het Parthenon en het huis van de Drie Biggetjes, zeg maar. De buurt ziet streng toe op het gebruik van de poepschep, dus Bob en ik gaan alleen in het donker langs. Of, zoals nu, zo vroeg in de ochtend dat de straat nog slaapt.

Ik parkeerde een halve straatlengte bij Joyce vandaan. Bob en ik slopen naar haar voortuin, Bob deed wat van hem verwacht mocht worden, we slopen terug naar de auto en reden in volle vaart naar McDonald's. Ik nam een muffin met ei en koffie en Bob een muffin met ei en een vanille milkshake.

Na al die activiteit waren we uitgeput, dus keerden we terug naar mijn huis en Bob deed een dutje terwijl ik onder de douche ging. Ik deed wat gel in mijn haar en bewerkte het tot een bos krullen. Ik gebruikte mascara en eyeliner en voltooide het effect met lipgloss. Misschien zou ik vandaag geen problemen oplossen, maar ik zag er verdomd goed uit.

Een half uur later zeilden Bob en ik Vinnies kantoor binnen, klaar om aan het werk te gaan.

'Oho,' zei Lula. 'Bob meldt zich ook.' Ze bukte zich om Bob over zijn kop te krabbelen. 'Hoe is het met je, Bob?'

'We zoeken nog steeds naar Eddie DeChooch,' zei ik. 'Weet iemand waar zijn neef Ronald woont?'

Connie schreef een paar adressen op een vel papier en gaf het aan mij. 'Ronald heeft een huis aan Cherry Street, maar rond deze tijd geef ik je meer kans op zijn werk. Hij heeft een bestratingsbedrijf, aan Front Street, bij de rivier.'

Ik borg de adressen op, boog me naar Connie toe en dempte mijn stem. 'Wordt er over Dougie Kruper gepraat?'

'Hoe bedoel je?' vroeg Connie.

De deur van Vinnies kamer vloog open en Vinnie stak zijn hoofd om de hoek. 'Bedoel je dat hij wordt vermist?'

Ik keek op naar Vinnie. 'Hoe kon je dat nou horen? Ik fluisterde en jij had de deur dicht.'

'Ik heb oren in mijn reet,' zei Vinnie. 'Ik hoor alles.'

Connie liet haar vingers langs de randen van haar bureau glijden. 'Godverdomme,' zei Connie, 'je luistert weer af.' Ze keerde haar beker met potloden om, zocht in haar laden, keerde haar tas om boven haar bureau. 'Waar zit hij, ellendeling?'

'Er is geen microfoon,' zei Vinnie. 'Ik zeg toch dat ik goede oren heb. Ik heb radar.'

Connie vond het zendmicrofoontje onder haar telefoon. Ze rukte hem eraf en vernielde hem met de kolf van haar pistool. Daarna stopte ze haar pistool weer in haar tasje en mikte het microfoontje in de prullenbak.

'Nou zeg,' zei Vinnie. 'Dat was bedrijfseigendom!'

'Wat is er met Dougie?' vroeg Lula. 'Moet die niet voorkomen?'

'Mooner zegt dat hij en Dougie samen naar het worstelen zouden kijken op Dougies breedbeeld, maar Dougie kwam niet opdagen. Hij denkt dat er met Dougie iets beroerds is gebeurd.'

'Ik sla geen gelegenheid over om die worstelkerels met hun lycra minibroekjes op breedbeeld te zien,' zei Lula.

Connie en ik vielen haar bij. Een vrouw zou wel gek zijn om zich al dat mannenvlees op breedbeeld te laten ontgaan.

'Ik heb niets gehoord,' zei Connie, 'maar ik zal navraag doen.'

De voordeur van het kantoor zwaaide open en Joyce Barnhardt stormde binnen. Haar rode haar was maximaal getoupeerd. Ze droeg een soort arrestatieteambroek en overhemd, de broek strak om haar billen en het overhemd opengelaten tot op het borstbeen, zodat een zwarte beha te zien was en een diep decolleté. In witte letters stond op de achterkant van het shirt BORGAGENT. Haar ogen waren zwart aangezet en haar wimpers waren zwaar van de mascara.

Bob verstopte zich onder Connies bureau en Vinnie dook zijn kamer in en deed de deur op slot. Een tijdje terug heeft Vinnie na kort overleg met zijn beste vriend Joyce in dienst genomen als premiejaagster. Zijn beste vriend was nog wel tevreden met dat besluit, maar de rest van Vinnie wist niet wat hij met Joyce aanmoest.

'Vinnie, slappe lul, ik zag wel dat je naar je kamer ging. Kom hier, verdomme,' brulde Joyce.

'Fijn dat je in zo'n goede stemming bent,' zei Lula tegen Joyce.

'Een hond heeft het op mijn gazon gedaan. Dat is al de tweede keer deze week.'

'Dat kun je verwachten als je je vrienden uit het asiel haalt,' zei Lula.

'Kop dicht, dikke.'

Lula kneep haar ogen tot spleetjes. 'Wie maak jij voor dik uit? Als je me nog eens dik noemt, timmer ik je gezicht in elkaar.'

'Dikke, vette reet, spekkont, bolle...'

Lula stortte zich op Joyce en krabbend en klauwend kwamen ze op de grond terecht. Bob bleef vastberaden onder het bureau. Vinnie hield zich verborgen in zijn kamer. En Connie kwam aanlopen, wachtte haar kans af en richtte het schokpistool op het achterste van Joyce. Die slaakte een gilletje en bleef roerloos liggen.

'Het is voor het eerst dat ik zo'n ding gebruik,' zei Connie. 'Wel leuk, eigenlijk.'

Bob kroop onder het bureau vandaan om naar Joyce te kijken.

'Hoelang pas je al op Bob?' vroeg Lula terwijl ze zich overeind hees.

'Hij heeft bij me gelogeerd.'

'Denk je dat die drol bij Joyce op het gras van Bobs formaat was?'

'Alles is mogelijk.'

'Hoe goed mogelijk? Tien procent? Vijftig procent?'

We keken omlaag naar Joyce. Ze had spiertrekkingen, dus gaf Connie haar nog een stoot met het schokpistool.

'Ik heb gewoon een hekel aan de poepschep...' zei ik.

'Ha!' zei Lula en lachte schor. 'Ik wist het toch!'

Connie gaf Bob een donut uit het doosje op haar bureau. 'Wat een brave hond!'

3

'Omdat Bob zo braaf is geweest en ik in zo'n puike stemming ben, zal ik je helpen Eddie DeChooch te vinden,' zei Lula.

Haar haar stond steil rechtop omdat Joyce eraan had getrokken en er was een knoopje van haar blouse gesprongen. Als ik haar meenam, was mijn behoud waarschijnlijk gewaarborgd omdat ze er authentiek doorgedraaid en gevaarlijk uitzag.

Joyce lag nog op de vloer, maar ze had één oog open en haar vingers bewogen. Lula en Bob en ik moesten maar liever weg zijn voordat Joyce haar andere oog ook opendeed.

'Wat vind jij?' wilde Lula weten toen we allemaal in de auto op weg waren naar Front Street. 'Vind jij dat ik dik ben?'

Op het oog had Lola weinig zacht spek. Ze zag er massief uit. Zo massief als plokworst. Maar wel véél plokworst.

'Niet echt dik,' zei ik. 'Wel gróót.'

'En ik heb ook weinig last van cellulitis.'

Dat was waar. Plokworsten hebben geen cellulitis.

Ik reed over Hamilton Avenue, in de richting van de rivier in het westen, naar Front Street. Lula zat rechts voorin op de dodemansplaats en Bob zat op de achterbank met zijn kop buitenboord, ogen als spleetjes en wapperende oren in de wind. De zon scheen en het was net iets te fris voor een lentedag. Als Loretta Ricci geen overweging was geweest, had ik de jacht op Eddie DeChooch eraan gegeven en was naar het strand gegaan. Het feit dat ik een afbetalingstermijn op de terreinwagen moest voldoen was een extra stimulans om naar de bestraters te rijden.

Het bestratingsbedrijf walste asfalt en was gemakkelijk te vinden. Het kantoor was klein. De garage was groot. Achter het hek naast de garage stond een reusachtige asfaltstortmachine, omringd door allerlei teerzwart geworden machinerie.

Ik parkeerde in de straat, sloot Bob in de auto op en liep met Lula naar het kantoor. Ik had een chef de bureau verwacht. Wat ik aantrof was Ronald DeChooch die met drie mannen zat te kaarten. Ze waren allemaal in de veertig, nonchalant gekleed in tricot polo en sportpantalon. Niet als kantoormensen, niet als arbeiders. Eerder standup comedians bij de lokale tv. Goed voorbeeld voor New Jersey.

Ze zaten op metalen klapstoelen aan een wankel tafeltje te kaarten. Er lag een stapel geld op tafel en niemand leek blij Lula of mij te zien.

DeChooch oogde als een jongere, langere uitgave van zijn oom, maar dan vijfentwintig kilo zwaarder, gelijkmatig verdeeld. Hij legde zijn kaarten blind neer en kwam overeind. 'Kan ik u helpen, dames?'

Ik stelde mezelf voor en vertelde dat ik op zoek was naar Eddie.

De mannen grijnsden.

'Die DeChooch,' zei een van de mannen, 'die is niet mis. Ik hoor dat jullie bij hem in de voorkamer zaten te wachten terwijl hij in de slaapkamer uit het raam sprong.'

Er werd smakelijk gelachen.

'Als jullie Choochy hadden gekend, hadden jullie geweten dat je de ramen in de gaten moet houden,' zei Ronald. 'Hij is in de loop van de tijd door heel wat ramen gegaan. Hij werd eens betrapt in de slaapkamer van Florence Selzer. Flo's man, Joey de Pruik, kwam thuis, trof Choochy aan terwijl hij door het raam naar buiten ging en schoot hem in zijn... hoe noem je dat: glutamus maximus?'

Een forse kerel met een flinke pens wipte naar achteren op zijn stoel. 'Daarna is Joey verdwenen.'

'O ja?' vroeg Lula. 'Wat is er dan met hem gebeurd?'

De man stak zijn handen op. 'Dat weet niemand. Zulke dingen gebeuren.'

Inderdaad. Waarschijnlijk was hij verwerkt tot terreinwagenbumper, zoals Jimmy Hoffa. 'Heeft iemand van jullie Choochy gezien? Weet iemand waar hij zou kunnen zijn?'

'Probeer het eens bij zijn club,' zei Ronald.

We wisten allemaal dat hij niet op zijn club zou zijn.

Ik legde mijn kaartje op tafel. 'Voor het geval jullie iets te binnen schiet.'

Ronald glimlachte. 'Ik zou meteen wel wat weten.'

Jasses.

'Die Ronald is een slijmbal,' zei Lula bij het instappen. 'Hij keek hongerig naar je.'

Ik huiverde onwillekeurig en reed weg. Misschien hadden mijn moeder en Morelli gelijk. Misschien moest ik ander werk zoeken. Of misschien géén werk. Misschien kon ik beter met Morelli trouwen en huisvrouw worden, zoals mijn volmaakte zuster Valerie. Ik kon een paar kinderen nemen en mijn dagen doorbrengen met het inkleuren van kleurboeken en verhaaltjes voorlezen over locomotiefjes en beren.

'Zou best leuk kunnen zijn,' zei ik tegen Lula. 'Ik hou wel van locomotieven.'

'Dat zal best,' zei Lula. 'Waar heb je het verdomme over?'

'Voorleesboeken. Die gaan toch vaak over locomotieven?'

'Ik had geen boeken als kind. En als ik wel een boek had gehad, was het niet over een locomotief gegaan... Eerder over een cracklepel.'

Ik stak Broad Street over en reed terug naar de Wijk. Ik wilde met Angela Marguchi praten en misschien nog even rondkijken in Eddies huis. Meestal kon ik op vrienden of familieleden van een voortvluchtige rekenen om me te helpen hem te vinden. Bij Eddie dacht ik niet dat het op die manier zou lukken. Eddies vrienden en familieleden waren geen verlinkers.

Ik parkeerde voor Angela's huis en zei tegen Bob dat ik maar heel kort weg zou blijven. Lula en ik waren halverwege Angela's voordeur toen Bob in de auto begon te blaffen. Bob vond het niet prettig om alleen te worden gelaten. En hij wist dat heel kort gelogen was.

'Tjonge, wat kan die Bob hard blaffen,' zei Lula. 'Ik krijg er nou al hoofdpijn van.'

Angela stak haar hoofd om de deur. 'Waar komt al dat lawaai vandaan?'

'Dat is Bob,' zei Lula. 'Hij vindt het niet leuk om in zijn eentje in de auto te zitten.'

Angela begon te stralen. 'Een hond! Wat een schatje. Ik ben gek op honden.'

Lula deed het portier open en Bob sprong eruit. Hij holde op Angela af en zette zijn poten tegen haar borst, waardoor ze op haar achterste belandde.

'Toch niets gebroken?' vroeg Lula terwijl ze Angela overeind hielp.

'Ik geloof het niet,' zei Angela. 'Ik heb een pacemaker om me aan de gang te houden en ik heb heupen en knieën van teflon en roestvrij staal. Het enige waar ik voorzichtig mee moet zijn is blikseminslag of een magnetron.'

De gedachte aan Angela in een magnetron bracht me op Hans en Grietje, die met een soortgelijke verschrikking waren bedreigd. Daardoor moest ik denken aan broodkruimels als onbetrouwbaar middel om een spoor te markeren. En dat leidde tot de mismoedige erkenning dat ik er slechter aan toe was dan Hans en Grietje omdat Eddie DeChooch niet eens broodkruimels had gestrooid.

'U hebt Eddie zeker niet gezien,' vroeg ik aan Angela. 'Hij is zeker niet thuisgekomen? Of heeft hij gebeld of u de plantjes water wilt geven?'

'Nee. Ik heb niets van Eddie gehoord. Hij is waarschijnlijk de enige in de Wijk waar ik niets van heb gehoord. Ik word platgebeld. Iedereen wil alles weten over die arme Loretta.'

'Kreeg Eddie veel bezoek?'

'Hij had wat vrienden. Ziggy Garvey en Benny Colucci. En een paar anderen.'

'Iemand die in een witte Cadillac reed?'

'Eddie rijdt rond in een witte Cadillac. Zijn eigen wagen is kapot en hij heeft een witte Cadillac van iemand geleend. Ik weet niet van wie. Hij parkeerde hem in de steeg achter de garage.'

'Kwam Loretta Ricci vaak langs?'

'Bij mijn weten was ze voor het eerst bij Eddie. Loretta was vrijwilligster bij Tafeltje Dekje voor bejaarden. Ik zag haar rond etenstijd met een doos naar binnen gaan. Ik neem aan dat iemand haar had verteld dat Eddie een depressie had en niet goed at. Of misschien had Eddie zich opgegeven. Al is dat eigenlijk niets voor Eddie.'

'Hebt u Loretta ook zien weggaan?'

'Ik heb haar niet echt zien weggaan, maar ik heb wel gezien dat de auto weg was. Ze zal ongeveer een uur bij hem zijn geweest.'

'En de schoten?' vroeg Lula. 'Hebt u gehoord dat ze werd afgeknald? Hebt u haar horen gillen?'

'Ik heb niemand horen gillen,' zei Angela. 'Mams is stok-doof. Als mams de tv heeft aangezet, hoor je hier niets meer. En de televisie staat van zes tot elf aan. Willen jullie koffie met iets erbij? Ik heb tulband gehaald.'

Ik bedankte Angela voor het aanbod, maar zei dat Lula en Bob en ik nog moesten werken.

We verlieten het huis van de Marguchi's en liepen naar de helft van DeChooch. Dat huis was nog afgezet met politie-tape; het onderzoek was nog niet afgerond. Er waren geen agenten om het huis te bewaken, dus ik nam aan dat ze de vo-rige dag hard hadden gewerkt om bewijsmateriaal te vergaren.

'Waarschijnlijk kunnen we beter niet naar binnen gaan, nu het tape er nog zit,' zei Lula.

Ik viel haar bij. 'Het zou de politie niet bevallen.'

'Natuurlijk zijn we gisteren ook binnen geweest. Waar-schijnlijk hebben we overal vingerafdrukken achtergelaten.'

'Dus jij denkt dat het niet erg is als we nu weer naar binnen gaan?'

'Nou ja, zolang niemand het te weten komt,' zei Lula.

'En ik heb de sleutel, dus het is niet echt inbreken.' Alleen had ik die sleutel wel zo'n beetje gestolen.

Als borgagent heb ik het recht het domicilie van een voort-vluchtige te betreden als ik een goede reden heb om te ver-moeden dat hij zich daar bevindt. Als puntje bij paaltje kwam, zou ik vast wel een goede reden kunnen bedenken. Ik mag dan bepaalde onderdelen van het premiejagersvak niet zo goed be-heersen, liegen kan ik als de beste.

'Misschien moet je kijken of dat inderdaad Eddies huissleu-tel is,' zei Lula. 'De proef op de som nemen.'

Ik stak de sleutel in het slot en de deur zwaaide open.

'Verdorie,' zei Lula. 'Moet je nou kijken. De deur staat open.'

We haastten ons de donkere gang in en deden de deur achter ons op slot.

'Jij gaat op de uitkijk staan,' zei ik tegen Lula. 'Ik wil niet overlopen worden door de politie of door Eddie.'

'Op mij kan je rekenen,' zei Lula. 'Op de uitkijk ben ik in mijn element.'

Ik begon in de keuken, keek in de kastjes en laden en snuffelde tussen de kranten op het aanrecht. Ik was als Hans en Grietje op zoek naar een broodkruimel die me op een spoor zou zetten. Ik hoopte op een telefoonnummer dat op een servetje was genoteerd, of misschien een kaart met een grote oranje pijl die naar een plaatselijk motel wees. Wat ik vond was de gebruikelijke rommel die in alle keukens terechtkomt. Eddie had messen en vorken en borden en soepkommen die door mevrouw DeChooch waren gekocht en tijdens het huwelijk waren gebruikt. Er stond geen vuile vaat op het aanrecht. Alles stond netjes in de kast. Niet veel eten in de koelkast, maar meer dan in de mijne. Een klein pak melk, gesneden kalkoenborst van slagerij Giovichinni, eieren, een pakje boter, flessen saus.

Ik keek spiedend rond op het toilet beneden, in de eetkamer en de huiskamer. Ik tuurde in de jassenkast en zocht in jaszakken terwijl Lula door een kier tussen de gordijnen de straat in het oog hield.

Ik ging naar boven om in de slaapkamers te zoeken, nog altijd hopend op een broodkruimel. De bedden waren allemaal netjes opgemaakt. In de grote slaapkamer lag een kruiswoordpuzzelboekje op het nachtkastje. Geen broodkruimels. Ik liep door naar de badkamer. Schone wasbak. Schoon bad. Medicijnkastje volgepropt met zware pijnstillers, aspirine, zeventien verschillende middelen tegen brandend maagzuur, slaappillen, een pot Vicks, gebitreiniger, aambeiencrème.

Het raam boven het bad stond open. Ik stapte in bad en keek naar buiten. Het leek niet onmogelijk dat DeChooch hierdoor was ontsnapt. Ik stapte uit het bad en dacht na over Loretta Ricci. Er was geen spoor van haar te bekennen in het hele huis. Geen bloedvlekken. Niets dat op een worsteling wees. Het huis was opmerkelijk schoon en opgeruimd. Dat was me de vorige dag al opgevallen, toen ik er doorheen was gelopen op zoek naar meneer DeChooch.

Geen aantekeningen op het blokje bij de telefoon. Geen lucifersboekjes van restaurants op het aanrecht. Geen sokken op de vloer. Geen vuile was in de mand in de badkamer. Tja, weet ik veel? Misschien krijgen oude mannen met een depressie een schoonmaakmanie. Of misschien was DeChooch de hele nacht bezig geweest het bloed van de vloer te dweilen en daarna de was te doen. Waar het opaan kwam was dit: geen broodkruimels.

Ik liep terug naar de huiskamer en probeerde niet zuur te kijken. Er was nog maar één plek over om in te zoeken. De kelder. Jasses. Kelders in huizen zijn altijd donker en eng, met brommende boilers en balken met spinrag.

'Nou, ik geloof dat ik maar eens in de kelder moet gaan kijken,' zei ik tegen Lula.

'Best,' zei Lula. 'De kust is nog vrij.'

Ik deed de kelderdeur open en deed het licht aan. Ruwhouten trap, grijze betonvloer, balken met spinrag en enge kelderbromgeluiden. Alles volgens verwachting.

'Wat is er?' vroeg Lula.

'Het is eng.'

'Nee hoor.'

'Ik wil niet naar beneden.'

'Het is maar een kelder,' zei Lula.

'Ga jij dan naar beneden.'

'Mij niet gezien. Ik moet niets hebben van kelders. Die zijn eng.'

'Heb je een pistool?'

'Kakken beren in het bos?'

Ik leende Lula's pistool en sloop de trap af. Ik wist niet wat ik met het pistool wilde doen. Een spin doodschieten, misschien.

Er stonden een wasmachine en een droger in de kelder. Een ophangbord met gereedschap... schroevendraaiers, tangen, hamers. Een werkbank met een bankschroef. Het gereedschap leek niet recent gebruikt. In een hoek stond een stapel kartonnen dozen. De dozen waren dicht maar niet dichtgeplakt. Het tape waarmee ze dichtgeplakt waren geweest lag op de vloer. Ik snuffelde in een paar dozen. Kerstversiering, boeken, een doos met bakvormen en ovenschalen. Geen broodkruimels.

Ik nam de trap naar boven en deed de kelderdeur dicht. Lula stond nog naar buiten te kijken.

'O jee,' zei Lula.

'Wat o jee?' Ik háát o jee!

'De politie komt net aanrijden.'

'Shit!'

Ik greep Bobs riem en holde naar de achterdeur. We schoten naar buiten en over de stoep naar de achterdeur van Angela's huis. Lula wrikte Angela's deur open en we draafden naar binnen.

Angela en haar moeder zaten aan de kleine keukentafel koffie te drinken met tulband erbij.

'Help! Politie!' gilde Angela's moeder toen we kwamen binnenstormen.

'Dit is Stephanie,' schreeuwde Angela tegen haar moeder. 'Weet je nog: Stephanie?'

'Wie?'

'*Stephanie!*'

'Wat moet die hier?'

'We hebben ons bedacht over die tulband,' zei ik, pakte een stoel en ging zitten.

'Wat?' schreeuwde Angela's moeder. 'Wát?'

'Tulband,' schreeuwde Angela tegen haar moeder. 'Ze willen een plak tulband.'

'Geef ze dat dan in godsnaam, voor ze ons neerschieten.'

Lula en ik keken naar het pistool in mijn hand.

'Misschien kun je dat beter opbergen,' zei Lula. 'Je wilt niet dat de oude mevrouw het in haar broek doet.'

Ik gaf Lula haar pistool terug en nam een stuk tulband.

'Maak u geen zorgen,' schreeuwde ik. 'Het is een neppistool.'

'Volgens mij is het een echte,' schreeuwde Angela's moeder terug. 'Volgens mij is het een punt veertig veertienschots Glock. Daar kan je iemand een flink gat mee in zijn hoofd schieten. Vroeger had ik er zelf zo een, maar toen ik slechte ogen kreeg, ben ik overgeschakeld op een jachtgeweer.'

Carl Costanza klopte op de achterdeur en we schrokken ons allemaal wild.

'We doen een controleronde en zagen je auto staan,' zei Costanza en pakte me het stuk tulband af. 'Wou even kijken of je geen plannen had om iets verbodens te doen... een plaats delict betreden, bijvoorbeeld.'

'Ikke? Hoezo?'

Costanza glimlachte en ging met mijn stuk tulband de deur uit.

We richtten onze aandacht op de tafel, waarop nu een lege schaal stond.

'Allemachtig,' zei Angela. 'Daarnet lagen er nog twee. Wat is daar in vredesnaam mee gebeurd?'

Lula en ik keken elkaar even aan. Bob had een rand witte poedersuiker aan zijn lip.

'We moesten maar eens gaan,' zei ik en sleurde Bob mee naar de voordeur. 'Laat het me weten als jullie nog iets van Eddie horen.'

'Daar zijn we niet veel mee opgeschoten,' zei Lula in de auto. 'We zijn niks over Eddie DeChooch te weten gekomen.'

'Hij koopt gesneden kalkoenfilet bij Giovichinni,' zei ik.

'Wat wou je daarmee zeggen? Moeten we hem zien te lokken met kalkoenfilet?'

'Nee. Ik wil alleen zeggen dat deze man zijn hele leven in de Wijk heeft doorgebracht en nergens anders heen zal gaan. Hij is ergens hier en rijdt rond in een witte Cadillac. Ik zou hem moeten kunnen vinden.' Het zou gemakkelijker zijn als ik het kenteken van de Cadillac had geweten. Ik had mijn vriendin Norma bij de dienst kentekenbewijzen naar witte Cadillacs laten zoeken, maar er waren er te veel.

Ik zette Lula af bij kantoor en ging op zoek naar de Mooner. Mooner en Dougie brengen hun dagen voornamelijk door met tv-kijken en kaaschips eten; ze leven van een semi-illegale meevaller die ze samen delen. Ik vermoed dat die meevaller binnenkort in kruidige tabakswolken zal zijn opgegaan, waarna Mooner en Dougie de buikriem zullen moeten aanhalen.

Ik parkeerde voor Mooners huis en Bob en ik marcheerden naar de voordeur. Ik klopte aan. Huey Kosa deed open en grijnsde me toe. Huey Kosa en Zero Bartha zijn Mooners huisgenoten. Aardige jongens, maar net als Mooner leven ze in een andere dimensie.

'Hallo, weetjewel,' zei Huey.

'Ik zoek Mooner.'

'Die is bij Dougie thuis. Hij moest zeg maar een wasje

draaien en de Dougster heeft een machine. De Dougster heeft alles.'

Ik reed naar Dougies huis, een eindje verderop, en parkeerde. Ik had het kunnen lopen, maar zulke dingen doen we niet in New Jersey.

'Weetjewel,' zei Mooner toen ik op Dougies deur aanklopte. 'Leuk dat je er bent, met Bob. Mi casa su casa. Nou ja, eigenlijk is deze casa van de Dougster, maar ik weet niet hoe ik dat moet zeggen.'

Hij droeg weer een Superpak. Groen deze keer en zonder een M op de borst; hij leek meer op Augurkenman dan op MaanMan.

'Ben je de wereld aan het redden?' vroeg ik.

'Nee. Ik doe de was.'

'Heb je nog iets van Dougie gehoord?'

'Helemaal niks, weetjewel. Nada.'

De voordeur ging open van een huiskamer waarin niet meer stond dan een bank, een stoel, een enkele staande lamp en een grootbeeld-tv. Op het scherm kreeg Bob Newhart een zak overreden dieren aangeboden van Larry, Daryl en Daryl.

'Het is een Bob Newhart-retrospectief,' zei Mooner. 'Ze draaien alle klassiekers. Massief goud.'

'Dus,' zei ik terwijl ik rondkeek in de kamer, 'Dougie is nog nooit op deze manier verdwenen?'

'Zolang als ik hem ken niet.'

'Heeft Dougie een vriendin?'

Mooners gezicht werd uitdrukkingsloos. Het leek of de vraag te moeilijk was om te begrijpen.

'Vriendin,' zei hij ten slotte. 'Wow. Daar heb ik nooit aan gedacht, de Dougster met een vriendin. Ik heb hem nooit met een meisje gezien, weetjewel.'

'Een vriend dan?'

'Die heeft hij ook niet, geloof ik. De Dougster is meer... hij heeft genoeg aan zichzelf.'

'Nou, laten we dan iets anders proberen. Waar ging Dougie naartoe toen hij verdween?'

'Dat heeft hij niet gezegd.'

'Was hij met de auto?'

'Ja. Met de Batmobiel.'

'Hoe ziet de Batmobiel er precies uit?'

'Die lijkt op een zwarte Corvette. Ik heb wel rondgereden om ernaar uit te kijken, maar hij is nergens te vinden.'

'Waarschijnlijk zou je het bij de politie moeten aangeven.'

'Nee! Dan krijgt de Dougster ellende met zijn borgstelling.'

Ik kreeg het gevoel dat hier iets goed scheef zat. Mooner leek zenuwachtig, een kant van zijn persoonlijkheid die zelden aan het licht kwam. Mooner is meestal zo mellow als de pest.

'Er is nog iets anders aan de hand,' zei ik. 'Wat heb je me nog niet verteld?'

'Niks, ik zweer het je, weetjewel.'

Het zal wel maf van me zijn, maar ik mag Dougie graag. Hij mag dan een malloot zijn en een ritselaar, maar wel een áárdige malloot en ritselaar. En nu hij werd vermist, had ik een beroerd gevoel in mijn maag.

'En Dougies familie? Heb je die al gesproken?' vroeg ik.

'Nee, joh, die zitten allemaal ergens in Arkansas. Daar hoorde je de Dougster niet vaak over.'

'Heeft Dougie een boekje met telefoonnumers?'

'Heb ik nooit gezien. Misschien in zijn kamer.'

'Blijf hier met Bob om te zorgen dat hij niets opeet, dan ga ik in Dougies kamer kijken.'

Boven waren drie kleine slaapkamers. Ik was eerder in het huis geweest, dus ik wist welke kamer van Dougie was. En ik wist wat ik qua inrichting kon verwachten. Dougie verdeed zijn tijd niet met schoonmaken of opruimen. De vloer in Dougies kamer lag bezaaid met kledingstukken, het bed was niet opgemaakt, de kast was een rommeltje van stukken papier, een model van de ruimteraket *Enterprise*, blootblaadjes en borden en bekers met etensresten.

Er stond een telefoon bij het bed, maar er lag geen klapper of boekje bij. Er lag een vel geel notitiepapier op de vloer bij het bed. Er stonden allerlei namen en nummers op gekrabbeld, zonder systematische volgorde; sommige waren onleesbaar geworden door een koffievlek. Ik bestudeerde het document kort en ontdekte dat diverse Krupers een telefoonnummer in Arkansas hadden. In Jersey waren er geen. Ik snuffelde tussen de troep in zijn kast en nam voor de zekerheid nog even een kijkje in zijn hangkast.

Geen aanwijzingen.

Ik had geen goede reden om in de andere kamers te kijken, maar ik ben nieuwsgierig aangelegd. De tweede slaapkamer was een karig ingerichte logeerkamer. Het bed was beslapen en ik gokte dat Mooner hier wel eens bleef logeren. En de derde slaapkamer was van vloer tot plafond volgepropt met geheelde goederen. Dozen met broodroosters, telefoons, wekkers, stapels T-shirts en god mocht weten wat nog meer. Dougie was weer bezig.

'Mooner!' riep ik. 'Kom boven. Nu!'

'Tjonge,' zei Mooner toen hij me in de deuropening van de derde kamer zag staan. 'Waar komt dat allemaal vandaan?'

'Ik dacht dat Dougie niet meer handelde?'

'Hij kon het niet laten, weetjewel. Hij heeft het echt wel geprobeerd, maar het zit hem in het bloed. Hij is voor de handel in de wieg gelegd.'

Nu begreep ik Mooners onrust beter. Dougie had nog altijd

contacten met slechte mensen. Slechte mensen zijn prima zolang alles goed gaat. Het wordt pas zorgelijk als je vriend verdwenen is.

'Weet je waar deze dozen vandaankomen? Weet je met wie Dougie samenwerkte?'

'Ik heb echt geen idee, weetjewel. Iemand belde op en voor ik het wist stond er een vrachtwagen voor de deur en daar kwamen die spullen uit. Ik heb er niet zo op gelet. Het was tijdens Rocky and Bullwinkle en je weet zelf hoe moeilijk het is je los te rukken bij die ouwe Rocky.'

'Had Dougie schulden? Is er iets misgegaan met de deal?'

'Daar leek het niet op. Hij was er heel tevreden over. Hij zei dat hij de spullen gemakkelijk kwijt kon raken. Behalve de broodroosters. Wil jij niet een broodrooster?'

'Moet het kosten?'

'Tien pop.'

'Akkoord.'

Ik ging nog even langs Giovichinni voor wat noodzakelijke aankopen op voedselgebied en daarna reden Bob en ik haastig naar huis om te lunchen. Ik had mijn broodrooster onder de ene arm en het tasje van de slagerij in de andere hand bij het uitstappen.

Benny en Ziggy doken uit het niets op.

'Zal ik dat tasje voor je dragen,' zei Ziggy. 'Een dame hoort niet zelf de boodschappen te dragen.'

'En wat is dit? Een broodrooster,' zei Bennie, die de doos van me overnam om hem te bekijken. 'En het is een goede. Met zo'n extra brede gleuf voor broodjes.'

'Het lukt me best,' zei ik, maar ze hadden de boodschappen en mijn aankoop al in handen en liepen naar de ingang van mijn flat.

'We komen alleen even langs om te kijken hoe het ermee staat,' zei Benny en drukte de liftknop in. 'Heb je al succes gehad met Eddie?'

'Ik heb hem bij Stiva gezien, maar hij is ontsnapt.'

'Ja, dat hebben we gehoord. Zonde.'

Ik deed mijn voordeur open en ze gaven me mijn tasje en broodrooster terug en loerden naar binnen.

'Je hebt Eddie toch niet hier?' vroeg Ziggy.

'Nee!'

Ziggy haalde zijn schouders op. 'Het leek me al niet waarschijnlijk.'

En ze vertrokken.

'Je hoeft niet over een minimum aan intelligentie te beschikken om bij de maffia te kunnen werken,' zei ik tegen Bob.

Ik stak de stekker van mijn nieuwe broodrooster in het stopcontact en voerde het twee sneden brood. Voor Bob maakte ik van ongeroosterd brood een sandwich met pindakaas. Ik nam toast met pindakaas en staande in de keuken genoten we van het ogenblik.

'Huisvrouw zijn is volgens mij zo moeilijk niet,' zei ik tegen Bob, 'zolang je pindakaas en brood hebt.'

Ik belde Norma bij de Dienst Motorvoertuigen en kreeg het kenteken van Dougies 'Vette. Daarna belde ik Morelli om te vragen of hij nog iets had gehoord.

'Het sectierapport over Loretta Ricci is nog niet binnen,' zei Morelli. 'Niemand is DeChooch komen brengen en Kruper is niet bij vloed aangespoeld. Je mag het allemaal zelf doen, schatje.'

Nou, fantastisch.

'Dan zie ik je vanavond,' zei Morelli. 'Ik kom jou en Bob om half zes halen.'

'Best. Hoezo eigenlijk?'

Stilte op de lijn. 'Ik dacht dat je ouders ons te eten hadden gevraagd.'

'O nee toch! Dat is waar ook. Verdomme.'

'Daar had je even niet meer aan gedacht?'

'Ik ben er gisteren nog geweest.'

'Wou je zeggen dat we er niet naartoe hoeven?'

'Was het maar zo eenvoudig.'

'Ik kom jullie om half zes halen,' zei Morelli en hing op.

Ik mag mijn ouders echt heel graag. Ik word alleen gek van ze. Ten eerste is er mijn volmaakte zus Valerie met haar twee volmaakte kinderen. Gelukkig wonen zij in LA, en die afstand doet afbreuk aan hun volmaaktheid. Dan is er mijn bedreigde ongehuwde staat en het feit dat mijn moeder zich geroepen voelt daar iets aan te doen. Daaraan en aan mijn baan, mijn kleren, mijn eetgewoonten en kerkbezoek (of gebrek daaraan).

'Oké, Bob,' zei ik. 'Tijd om weer aan het werk te gaan. Laten we maar wat rondrijden.'

Ik wilde die middag uitkijken naar auto's. Ik moest een witte Cadillac vinden en de Batmobiel. Beginnen in de Wijk, besloot ik, en dan het gebied uitbreiden. En ik had een mentaal lijstje van restaurants en cafetaria's met een vroege dagschotel voor vijfenzestigplussers. De cafetaria's wilde ik tot het laatst bewaren en kijken of er een witte Cadillac kwam voorrijden.

Ik liet een stuk brood voor Rex in de kooi vallen en riep dat ik om vijf uur thuis zou zijn. Ik had Bobs riem in mijn hand toen er op mijn deur werd geklopt. Een bezorger van een bloemisterij.

'Prettige verjaardag,' zei de jongen. Hij overhandigde me een boeket en ging weg.

Dat was een beetje vreemd omdat ik in oktober jarig ben, en

het was pas april. Ik legde het boeket op het aanrecht om het kaartje te lezen.

Rozen zijn rood. Viooltjes zijn blauw. Ik heb een stijve en dat komt door jou.

Ronald DeChooch, stond eronder. Ik durfde al niet eens naar zijn club en nu stuurde hij me bloemen.

4

'Jasses. Jakkebah. Wat smerig!' Ik greep het boeket en probeerde het weg te gooien, maar kon het toch niet over mijn hart verkrijgen. Het kostte me al de grootste moeite uitgebloeide bloemen weg te gooien, laat staan bloemen die vers en hoopvol en mooi waren. Ik liet het kaartje op de grond vallen en sprong er een paar keer op. Daarna versnipperde ik het en liet het in de vuilnisbak vallen. De bloemen lagen nog op mijn aanrecht en zagen er gelukkig en kleurig uit, maar ik kreeg er toch nog de griebels van. Ik pakte het boeket en zette het voorzichtig neer in de hal. Ik bleef even staan om na te gaan hoe het voelde.

'Nou ja, zo kan het wel,' zei ik tegen Bob.

Bob leek er niet zo'n uitgesproken mening over te hebben.

Ik pakte een jasje van de haak op de gang. Bob en ik sloten mijn flatdeur af, liepen haastig langs de bloemen in de hal en gingen toen bedaard naar beneden, naar de auto.

Na een half uur rondrijden door de Wijk besloten Bob en ik dat het geen zin had om verder uit te kijken naar de Cadillac. Ik parkeerde aan Roebling en belde Connie met mijn mobieltje.

'Heb je nieuws?' vroeg ik. De halve maffia in Jersey is familie van Connie.

'Dodie Carmine heeft haar borsten laten doen.'

Interessant, maar niet wat ik wilde weten. 'En verder?'

'Je bent niet de enige die oom DeChooch zoekt. Ik ben gebeld door mijn oom Bingo, die wou weten of we meer wisten.
Daarna heb ik mijn tante Flo gesproken en volgens haar is er
iets misgegaan in Richmond toen DeChooch daar was om de
sigarettten te halen. Meer wist ze niet.'

'In het proces-verbaal staat dat DeChooch alleen was toen
hij werd aangehouden. Onwaarschijnlijk dat hij niet met iemand zou samenwerken.'

'Bij mijn weten was hij alleen. Hij regelde de deal, huurde
een vrachtwagen en reed naar Richmond.'

'Blinde ouwe man rijdt naar Richmond om sloffen op te halen.'

'Precies.'

Ik liet Metallica scheuren. Bob zat naast me mee te swingen
met Lars op drums. De Wijk deed zaken achter gesloten deuren. En ik kreeg opeens een verontrustende gedachte.

'DeChooch is aangehouden tussen hier en New York?'

'Ja, op de toiletten bij Edison.'

'Denk je dat hij een deel van de sigaretten in de Wijk kan
hebben afgezet?'

Het werd even stil. 'Je denkt aan Dougie Kruper,' zei Connie.

Ik klapte de telefoon dicht, schakelde en reed naar Dougies
huis. Ik nam niet de moeite aan te kloppen. Bob en ik banjer-
den zo naar binnen.

'Hé,' zei Mooner die uit de keuken kwam aangewandeld,
met een lepel in zijn ene hand en een geopend blik in de andere. 'Ik ben met de lunch bezig. Wil je oranje en bruin spul uit
blik? Ik heb over. De supermarkt had blikken zonder etiket in
de aanbieding, twee voor de prijs van één.'

Ik was halverwege de trap. 'Nee, dank je. Ik wil nog even naar Dougies inventaris kijken. Is er meer dan eens afgeleverd?'

'Ja, een paar dagen geleden heeft een ouwe kerel een paar dozen afgezet. Niets aan te zien. Gewoon een paar dozen.'

'Weet je wat er in die dozen zit?'

'Eersterangs sigaretten. Belangstelling?'

Ik wrong me tussen de spullen in de derde slaapkamer door en vond de dozen met sloffen sigaretten. Verdomme.

'Dit is niet best,' zei ik tegen Mooner.

'Weet ik toch. Je gaat eraan dood, weetjewel. Wiet is beter.'

'Superhelden gebruiken geen wiet,' zei ik.

'Welnee!'

'Het is waar. Je kunt geen superheld zijn als je drugs gebruikt.'

'Straks zeg je nog dat ze geen bier drinken.'

Moeilijk te zeggen. 'Van bier weet ik het niet precies.'

'Nou zeg.'

Ik probeerde me Mooner voor te stellen als hij niet high was, maar ik kreeg er geen beeld van. Zou hij dan opeens een driedelig pak dragen? Republikein worden?

'Dit spul moet je zien kwijt te raken,' zei ik.

'Verkopen, bedoel je?'

'Nee. Opruimen. Als de politie hier komt, pakken ze je op bezit van gestolen goed.'

'De politie komt hier zo vaak, weetjewel. Sommigen van Dougies beste klanten zijn erbij.'

'Ik bedoel officieel. Als ze een onderzoek instellen naar Dougies verdwijning.'

'Ahhh,' zei Mooner.

Bob keek naar het blik in Mooners hand. Het spul in het blik leek sterk op hondenvoer. Wanneer je een Bobhond hebt, is alles hondenvoer. Ik duwde Bob de deur uit en we gingen allemaal naar beneden.

'Ik moet een paar mensen bellen,' zei ik tegen Mooner. 'Ik laat het je weten als er iets bekend wordt.'

'Ja, maar wat moet ik nou?' vroeg Mooner. 'Wat moet ik doen? Moet ik niet... eh... helpen?'

'Zie dat spul in de derde slaapkamer te lozen!'

De bloemen stonden nog in de hal toen Bob en ik uit de lift kwamen. Bob rook eraan en at een roos op. Ik sleurde Bob mee naar binnen en luisterde meteen mijn berichten af. Ze waren allebei van Ronald. Hoop dat je de bloemen mooi vindt, luidde de eerste, ze hebben me een smak geld gekost. De tweede was de suggestie van een ontmoeting omdat hij meende dat er iets tussen ons aan het groeien was.

Jakkes.

Ik smeerde nog een boterham met pindakaas om mijn gedachten af te leiden van Ronald. Daarna smeerde ik er een voor Bob. Ik nam de telefoon mee naar de eettafel en belde alle Krupers die op het gele velletje papier stonden. Ik vertelde dat ik een vriendin was en op zoek naar Dougie. Toen ik Dougies adres in de Wijk kreeg, veinsde ik verbazing dat hij terug was in Jersey. Het had geen zin Dougies familie ongerust te maken.

'De telefoon heeft ons nul komma niks opgeleverd,' zei ik tegen Bob. 'Wat nu?'

Ik kon rondgaan met een foto van Dougie, maar de kans dat iemand zich hem herinnerde was gering. Ik kon me Dougie al nauwelijks herinneren als ik voor hem stond. Ik belde om zijn krediet na te gaan en kreeg te horen dat Dougie een Master-Card had. Daartoe beperkte zich Dougies kredietgeschiedenis.

Tja, nu kwam ik op heel onvruchtbaar terrein terecht. Ik had vrienden, familie en geld gehad; veel meer had ik niet in mijn arsenaal. Erger nog, ik had een hol en naar gevoel in mijn maag. Het was het gevoel van er-is-iets-mis. Ik wilde echt niet dat Dougie dood zou zijn, maar ik kon niet het bewijs vinden dat hij nog leefde.

Doe niet zo stom, hield ik mezelf voor. Dougie is een mafkees. God mag weten wat hij uitvreet. Misschien brengt hij een pelgrimsbezoek aan Graceland. Misschien zit hij in Atlantic City aan de blackjacktafel. Of hij raakt zijn maagdelijkheid kwijt bij de nachtcaissière van de supermarkt.

En misschien is dat nare holle gevoel in mijn maag wel honger. Tuurlijk, dat zal het zijn! Verstandig dat ik bij Giovichinni langs was geweest. Ik haalde de gemengde cakejes te voorschijn en gaf Bob er een met kokos. Zelf nam ik de butterscotch-cake.

'Wat vind jij?' vroeg ik aan Bob. 'Voel je je nu beter?'

Ik voelde me in elk geval beter. Ik voel me altijd beter na het eten van cake. Ik voelde me zelfs zo goed dat ik besloot weer uit te gaan kijken naar Eddie DeChooch. In een andere buurt. Deze keer die van Ronald. Daar kwam als stimulans bij dat ik wist dat Ronald niet thuis was.

Bob en ik reden dwars door de stad naar Cherry Street. Cherry Street ligt in een woonwijk in de noordoosthoek van Trenton. De buurt, met twee-onder-een-kaphuizen en kleine tuinen, is net zoiets als de Wijk. Het liep tegen het einde van de middag. De scholen waren uit. In huiskamers en keukens stond de tv aan. Pannen stonden op sudderpitsjes.

Ik reed voorzichtig langs Ronalds huis om uit te kijken naar de witte Cadillac en Eddie DeChooch. Ronald had een eengezinswoning van rode baksteen. Niet zo aanstellerig als dat van Joyce met haar zuilen, maar ook niet erg smaakvol. De garagedeur was dicht. Op de oprit stond een bestelbus. De verzorgde kleine voortuin was afgestemd op een blauw met wit

Mariabeeld van een meter hoog. Ze zag er sereen en vredig uit in haar plastic stolp. Meer dan ik van mezelf kon zeggen in mijn fiberglas Honda.

Bob en ik reden langzaam verder, loerden naar links en naar rechts en probeerden de schimmige gedaanten achter de vitrage te onderscheiden. We reden twee keer door Cherry Street en verkenden daarna de rest van de buurt vierkant voor vierkant. We zagen heel wat grote oude auto's, maar geen grote oude witte Cadillacs. En geen Eddie DeChooch.

'Geen steen op de andere,' zei ik tegen Bob, als rechtvaardiging van de verspilde tijd.

Bob wierp me een neutrale blik toe. Hij loerde met zijn kop uit het raam naar leuke dwergpoedeltjes.

Ik reed naar Olden Avenue en naar huis. Ik wilde net Greenwood oversteken toen Eddie DeChooch in de witte Caddy langsdweilde, in de tegenovergestelde richting.

Midden op de kruising keerde ik. Het liep tegen het spitsuur en er waren veel auto's. Tien of twaalf mensen leunden op hun claxon en lieten me vingers zien. Ik perste me in de verkeersstroom en probeerde Eddie in het oog te blijven houden. Ik reed ongeveer tien auto's achter hem. Ik zag hem afslaan naar State Street, richting centrum. Toen ik zelf kon afslaan, was ik hem kwijt.

Ik was tien minuten eerder thuis dan Joe.

'Hoe kom je aan die bloemen in de hal?' wilde hij weten.

'Die heeft Ronald DeChooch laten bezorgen. En ik wil er niet over praten.'

Morelli keek me even schattend aan. 'Moet ik een kogel door zijn hoofd jagen?'

'Hij lijdt onder het misverstand dat we iets voor elkaar voelen.'

'Dat misverstand komt vaker voor.'

Bob draafde op Morelli af en sprong tegen hem op om zijn aandacht te trekken. Morelli sloeg zijn armen om Bob heen en begon hem uitgebreid te masseren. Bofkont, die Bob.

'Ik heb Eddie DeChooch vandaag gezien,' zei ik.

'En?'

'En ik ben hem weer kwijtgeraakt.'

Morelli grijnsde. 'Beroemde premiejager afgetroefd door bejaarde... Opnieuw afgetroefd door bejaarde.' In feite was het al de derde keer.

Morelli verkleinde de ruimte tussen ons en legde zijn armen om me heen. 'Heb je behoefte aan troost?'

'Waar denk je aan?'

'Hoeveel tijd hebben we nog?'

Ik zuchtte. 'Niet genoeg.' Ik hoefde het niet in mijn hoofd te halen om vijf minuten te laat te komen voor het avondeten. Dan was het vlees uitgedroogd. Door mijn schuld. Allemaal mijn schuld dat het avondeten was verpieterd. Voor de zoveelste keer. Erger nog, mijn volmaakte zuster Valerie heeft het eten nooit laten verpieteren. Mijn volmaakte zuster is zo verstandig geweest een paar duizend kilometer verderop te gaan wonen. Daaruit blijkt wel dat ze volmaakt is.

Mijn moeder deed de deuren voor Joe en mij. Bob huppelde naar binnen, met wapperende oren en stralende ogen.

'Wat een schatje,' zei oma. 'Wat een leuke hond is dat.'

'Zet de taart op de koelkast,' zei mijn moeder. 'En waar is het braadstuk? Zorg dat hij niet bij het braadstuk kan.'

Mijn vader zat al aan tafel en hield een oogje op het runderbraadstuk.

'Hoe staat het met de bruiloft?' vroeg oma toen we allemaal

aan tafel zaten en hadden opgeschept. 'Ik was vandaag nog in de schoonheidssalon en alle meisjes wilden de datum weten. En of we al een zaal hadden gehuurd. Marilyn Biaggi had de brandweerkazerne willen hebben voor het vriendinnenfeestje van haar dochter Carolyn, maar die was al voor de rest van het jaar verhuurd.'

Mijn moeder keek tersluiks naar mijn ringvinger. Geen ring aan de ringvinger. Net als de dag daarvoor. Mijn moeder perste haar lippen opeen en sneed haar vlees in kleine stukjes.

'We denken na over een datum,' zei ik, 'maar we hebben nog niets beslist.' Kindje mag niet jokken. We hebben het nóóit over een datum gehad. We mijden het spreken over een datum als de pest.

Morelli legde zijn arm om mijn schouders. 'Steph heeft voorgesteld de bruiloft over te slaan en te gaan samenwonen, maar ik weet niet of dat wel zo'n goed idee is.' Morelli was evenmin in zijn eerste leugen gestikt en soms had hij een pervers gevoel voor humor.

Mijn moeder hield geschrokken haar adem in en prikte zo verwoed in een stukje vlees dat haar vork over het bord schraapte.

'Ik hoor dat dat de moderne aanpak is,' zei oma. 'Ik vind het zelf helemaal niet verkeerd. Als ik bij een man wilde intrekken, deed ik het gewoon. Wat maakt zo'n onnozel papiertje nou nog uit? Ik had wel bij Eddie DeChooch willen intrekken, maar zijn penis doet het niet.'

'Jezus Christus,' zei mijn vader.

'Niet dat ik bij een man alleen belangstelling heb voor zijn penis,' vervolgde oma. 'Maar Eddie en ik voelden ons alleen lichamelijk tot elkaar aangetrokken. Eigenlijk hadden we elkaar niet zoveel te vertellen.'

Mijn moeder maakte gebaren alsof ze zichzelf in de borst

stak. 'Maak me maar dood,' zei ze. 'Dat is gemakkelijker.'

'Het is de overgang,' fluisterde oma Joe en mij toe.

'Het is niet de overgang,' krijste mijn moeder. 'Het komt door jou! Ik word gek van jou!' Ze wees met haar vinger naar mijn vader. 'En jij maakt me ook gek,' zei ze dreigend tegen mij. 'Jullie maken me allemaal gek. Ik zou wel eens één keer rustig willen eten zonder dat er over schaamdelen wordt gepraat en over schieten. En ik wil kleinkinderen aan deze tafel. Die wil ik volgend jaar en ik wil dat ze wettig zijn. Denken jullie soms dat ik het eeuwige leven heb? Straks ben ik dood en dan hebben jullie allemaal spijt.'

Iedereen zat verbijsterd en als verlamd naar haar te kijken. Gedurende een volle minuut zei niemand iets.

'We gaan in augustus trouwen,' flapte ik eruit. 'De derde week van augustus. We wilden de verrassing nog even geheimhouden.'

Mijn moeder begon te stralen. 'Echt waar? De derde week van augustus?'

Nee. Het was je reinste verzinsel. Ik weet niet wat me bezielde. Het ontglipte me gewoon. In werkelijkheid was mijn verloving losvast, omdat het aanzoek was gedaan in een tijd toen het moeilijk was onderscheid te maken tussen het verlangen de rest van ons leven gezamenlijk door te brengen en het verlangen naar seks op een regelmatige basis. Omdat Morelli's libido het mijne ruimschoots overtreft is hij veel vaker een voorstander van trouwen dan ik. Ik vermoed dat de juiste formulering zou zijn dat we ons hadden verloofd om ons te verloven. En dat bevalt ons allebei goed omdat het Morelli en mij ontslaat van de noodzaak serieus over trouwen te praten. Serieus over trouwen praten leidt altijd tot veel geschreeuw en tot slaan met deuren.

'Heb je al naar jurken gekeken?' vroeg oma. 'Augustus laat

ons niet veel tijd. Je moet een japon hebben. En dan zijn er de bloemen en de receptie. En je moet de kerk reserveren. Heb je al navraag gedaan bij de kerk?' Oma stond haastig op. 'Ik moet Betty Szajack en Marjorie Swit bellen om het nieuws te vertellen.'

'Nee, wacht nog even!' zei ik. 'Het is nog niet officieel.'

'Hoe bedoel je... niet officieel?' vroeg mijn moeder.

'Er zijn nog niet veel mensen die het weten.' Joe, bijvoorbeeld.

'En de oma van Joe?' vroeg oma. 'Weet die het al? De oma van Joe wil ik niet dwarszitten. Die zou een vloek over de hele zaak kunnen uitspreken.'

'Niemand kan de zaak vervloeken,' zei mijn moeder. 'Dat bestaat helemaal niet.' Terwijl ze het zei kon ik zien dat haar vingers jeukten om een kruis te slaan.

'En bovendien,' zei ik, 'wil ik geen grote bruiloft met een japon en zo. Ik wil een... barbecue.' Ik kon mijn oren niet geloven. Het was al erg genoeg dat ik een datum had bepaald, nu maakte ik al plannen. Een barbecue! Tjees! Het leek wel of ik geen macht had over wat ik zei.

Ik keek naar Joe en mimede *help*!

Joe legde zijn arm om mijn schouders en grijnsde. De niet uitgesproken boodschap was: *zie maar dat je je eruit redt, lieverd*.

'Het zal zo'n opluchting zijn als jullie trouwen,' zei mijn moeder. 'Allebei mijn dochters... gelukkig getrouwd.'

'Dat is waar ook,' zei oma tegen mijn moeder. 'Valerie heeft gisteravond gebeld toen je naar de winkel was. Iets over een reis, maar ik kon niet goed verstaan wat ze zei omdat er achter haar rug zo hard werd geschreeuwd.'

'Door wie dan?'

'Ik denk dat het de televisie moet zijn geweest. Valerie en

Steven schreeuwen nooit. Die twee zijn een ideaal koppel. En de meisjes zijn zulke keurige dametjes.'

Nog even en ik hield het niet meer.

'Wilde ze dat ik zou terugbellen?' vroeg mijn moeder.

'Dat heeft ze niet gezegd. Er gebeurde iets en toen werd de verbinding verbroken.'

Oma ging rechtop zitten. Door de huiskamer kon ze naar buiten kijken en iets op straat had haar aandacht getrokken.

'Er stopt een taxi voor het huis,' zei oma.

Iedereen rekte zijn hals om de taxi te zien. In de Wijk is een taxi die voor de deur stopt een gebeurtenis.

'Allemachtig!' riep oma uit. 'Ik zou zweren dat het Valerie is die daar uit de taxi stapt.'

We schoten allemaal overeind en haastten ons naar de deur. Vervolgens stormden mijn zuster en haar kinderen naar binnen.

Valerie is twee jaar ouder dan ik en drie centimeter kleiner. We hebben allebei bruine krullen, maar Valerie heeft het haar geblondeerd en kort, in zo'n kapsel als Meg Ryan. Dat doen ze zeker met haar in Californië.

Toen we kinderen waren, was Valerie vanillepudding, goede cijfers en schone witte gymschoenen. En ik was chocolade-cake, de hond heeft mijn huiswerk opgegeten en geschaafde knieën.

Valerie is direct na haar studie getrouwd en direct zwanger geworden. In mijn hart ben ik jaloers op haar. Ik ben getrouwd en direct gescheiden. Natuurlijk ben ik met een stompzinnige versierder getrouwd en Valerie met een echt aardige man. Het was Valerie wel toevertrouwd de ideale echtgenoot te vinden.

De nichtjes lijken veel op Valerie voordat ze zichzelf omtoverde in Meg Ryan. Bruine krullen, grote bruine ogen, huid een nuance Italiaanser dan de mijne. In Valeries erfmassa was niet veel Hongaars terechtgekomen. En nog minder in die van haar dochters Angie en Mary Alice. Angie is negen, bijna veertig. En Mary Alice denkt dat ze een paard is.

Met een rood hoofd, betraande ogen en in een hormonenstorm omhelsde mijn moeder de kinderen en kuste Valerie. 'Ik kan het niet geloven,' zei ze telkens weer. 'Wat een verrassing. Ik had geen idee dat je kwam logeren.'

'Ik heb toch gebeld,' zei Valerie. 'Heeft oma dat niet gezegd?'

'Ik kon je niet verstaan,' zei oma. 'Eerst dat lawaai en toen werd de verbinding verbroken.'

'Nou ja, daar ben ik,' zei Valerie.

'Net op tijd voor het eten,' zei mijn moeder. 'Ik heb een mooi runderbraadstuk en we hebben taart toe.'

We zetten er gauw wat stoelen bij en borden en extra glazen. We gingen zitten en gaven het vlees en de aardappelen en sperziebonen door. Het eten kreeg meteen iets feestelijks en er hing een bijzondere sfeer in huis.

'Hoelang blijven jullie?' vroeg mijn moeder.

'Tot ik genoeg geld heb gespaard om een huis te kunnen kopen,' zei Valerie.

Mijn vader verbleekte.

Mijn moeder was verrukt. 'Jullie verhuizen terug naar New Jersey?'

Valerie koos een enkel mager stukje vlees uit. 'Dat leek me het beste.'

'Is Steve overgeplaatst?' vroeg mijn moeder.

'Steve komt niet.' Met chirurgische precisie verwijderde Valerie het enige vetrandje van haar vlees. 'Steve is bij me weggelopen.'

Daarmee was het feest over.

Morelli was de enige die niet zijn vork liet vallen. Ik keek even naar Morelli en concludeerde dat hij zijn best deed om het niet uit te proesten.

'Wat een drol,' zei oma.

'Weggelopen,' herhaalde mijn moeder. 'Hoe bedoel je: weggelopen? Jij en Steve passen perfect bij elkaar.'

'Dat dacht ik ook. Ik weet niet wat er mis is gegaan. Ik dacht dat alles goed ging tussen ons en toen was hij opeens patsboem weg.'

'Patsboem?' vroeg oma.

'Patsboem,' antwoordde Valerie. Ze beet in haar onderlip om het trillen te onderdrukken.

Mijn moeder en vader en grootmoeder en ik raakten in paniek bij het trillen van die lip. Wij zijn niet zo geneigd onze gevoelens op die manier tonen. Wij doen het met schreeuwen en sarcasme. Al het andere dan schreeuwen en sarcasme is onbekend gebied. En we wisten vooral niet hoe we dit van Valerie moesten opvatten. Valerie is de ijskoningin. Bovendien is Valeries leven altijd rimpelloos verlopen. Dergelijke dingen overkomen Valerie gewoon niet.

Valeries ogen werden rood en betraand. 'Mag ik de jus?' vroeg ze aan oma Mazur.

Mijn moeder schoot overeind. 'Ik haal even warme uit de keuken.'

De keukendeur zwaaide achter mijn moeder dicht. Er klonk een kreet en gerinkel van een schaal tegen de muur. Automatisch keek ik waar Bob was, maar die lag onder de tafel te slapen. De deur ging open en mijn moeder kwam bedaard te voorschijn met de juskom.

'Het zal wel tijdelijk zijn,' zei mijn moeder. 'Ik weet zeker dat Steve tot bezinning komt.'

'Ik dacht dat we een goed huwelijk hadden. Ik kookte lekker. En ik hield het huis netjes. Ik ging naar de sportschool voor mijn figuur. Ik heb zelfs zo'n kapsel genomen als Meg Ryan. Ik begrijp niet wat er mis is gegaan.'

Valerie heeft zich altijd het beste kunnen uitdrukken. Altijd beheerst. Haar vriendinnen noemden haar Valerie onze heilige, omdat ze er altijd zo sereen uitzag... als het Mariabeeld bij Ronald DeChooch. En nu was haar wereld ingestort en al was ze niet echt sereen, ze schreeuwde ook niet alles bij elkaar. Ze leek bedroefd en beduusd.

Ik vond het een tikkeltje vreemd, want toen het in mijn huwelijk misging, konden de mensen me straten ver horen schreeuwen. En toen Dickie en ik naar de rechtbank gingen, schijnt er een ogenblik te zijn geweest dat mijn hoofd net zo draaide als in *The Exorcist*. Dickie en ik hadden geen groots huwelijk, maar van de scheiding hebben we echt wat gemaakt.

Ik liet me meeslepen door de stemming van het ogenblik en wierp Morelli een blik toe van mannen-zijn-schoften.

Morelli's ogen werden donkerder en een lachje trok aan zijn mondhoek. Met zijn vingertop streelde hij mijn nek en de hitte vlamde door mijn maag naar mijn dinges. 'Jezus,' zei ik.

Zijn lach werd breder.

'Maar financieel zit je in elk geval goed,' zei ik. 'Volgens de Californische wet heb je toch recht op de helft van alles?'

'De helft van niets is niets,' zei Valerie. 'De hypotheek op het huis bedraagt meer dan de waarde. En er staat niets op de bankrekening omdat Steve geld heeft weggesluisd naar de Cayman-eilanden. Hij is zó goed in zaken. Dat zegt iedereen altijd. Het is een van de dingen die ik het aantrekkelijkst aan hem vond.' Ze haalde diep adem en sneed Angies vlees klein. En daarna dat van Mary Alice.

'Alimentatie voor de kinderen,' zei ik. 'Die moet er toch zeker komen?'

'Theoretisch zou hij de kinderen natuurlijk moeten ondersteunen, maar ja: Steve is verdwenen. Misschien zit hij wel op de Cayman-eilanden, met ons geld.'

'Wat vreselijk!'

'Eigenlijk is Steve weggelopen met onze oppas.'

Zachte kreten van ontzetting.

'Ze is vorige maand achttien geworden,' zei Valerie. 'Ik heb haar voor haar verjaardag een Beanie-Babypop gegeven.'

Mary Alice hinnikte. 'Ik wil hooi. Paarden eten geen vlees. Paarden moeten hooi eten.'

'Wat schattig,' zei oma. 'Mary Alice denkt nog steeds dat ze een paard is.'

'Ik ben een mannetjespaard,' zei Mary Alice.

'Toch geen mannetjespaard, lieverd,' zei Valerie. 'Mannen zijn uitschot.'

'Sommige mannen kunnen ermee door,' zei oma.

'Alle mannen zijn uitschot,' zei Valerie. 'Behalve papa, natuurlijk.'

Voor Joe werd geen uitzondering gemaakt.

'Mannetjespaarden kunnen sneller galopperen dan vrouwtjespaarden,' zei Mary Alice en vuurde een lepel aardappelpuree op haar zusje af. De puree vloog langs Alice en kwam op de vloer terecht. Bob schoot onder de tafel vandaan om de puree op te eten.

Valerie keek fronsend naar Mary Alice. 'Het is niet netjes om met puree te gooien.'

'Inderdaad,' zei oma. 'Kleine dametjes mikken niet met puree op hun zusje.'

'Ik ben geen klein dametje,' zei Mary Alice. 'Hoe vaak moet ik het nou nog zeggen. Ik ben een paard!' En ze gooide een handje puree naar oma.

Oma kneep haar ogen tot spleetjes en liet een sperzieboon van Mary Alices hoofd stuiteren.

'Oma heeft een boon naar me gegooid!' brulde Mary Alice. 'Ze moet ophouden! Ze mag me niet met bonen gooien!'

Modeldochtertjes.

Bob hapte meteen de boon weg.

'Niet de hond voeren,' zei mijn vader.

'Ik hoop dat jullie het niet erg vinden dat ik thuis ben gekomen,' zei Valerie. 'Ik moet zo gauw mogelijk een baan zien te vinden.'

'We hebben maar één wc,' zei mijn vader. 'Ik moet 's morgens als eerste naar de wc kunnen. Om zeven uur is de wc van mij.'

'Het lijkt me enig om jou en de meisjes in huis te hebben,' zei mijn moeder. 'En je kunt helpen met Stephanies bruiloft. Stephanie en Joe hebben net een datum vastgesteld.'

Valerie moest weer tranen wegslikken die in haar rode, vochtige ogen opwelden. 'Gefeliciteerd,' zei ze.

'Het trouwritueel van de Tuzistam duurt zeven dagen en eindigt met de rituele doorboring van het maagdenvlies,' zei Angie. 'Daarna trekt de bruid in bij de familie van haar man.'

'Ik heb op tv een documentaire over buitenaardse wezens gezien,' zei oma. 'En die hadden geen maagdenvlies. Die hadden helemaal niets in hun kruis.'

'Hebben paarden een maagdenvlies?' wilde Mary Alice weten.

'Mannetjespaarden niet,' zei oma.

'Het is echt heel leuk dat jullie gaan trouwen,' zei Valerie. En toen begon Valerie te huilen. Geen damesachtig gesnuf. Grote gierende uithalen, natte snikken, hijgen en brullen van ellende. De twee dametjes begonnen ook te huilen, met wijdopen mond zoals alleen kinderen kunnen. En toen zat mijn moeder in haar servet te snikken. En Bob jankte: *Auoeoeoe! Auoeoeoe!*

'Ik ga nooit meer trouwen,' zei Valerie tussen het snikken door. 'Nooit, nooit, nooit. Het huwelijk is duivelswerk. Mannen zijn de antichrist. Ik word lesbisch.'

'Hoe doe je dat?' vroeg oma. 'Dat heb ik altijd willen weten. Moet je dan een nep-penis dragen? Ik heb een keer een tv-programma gezien en daarin droegen de vrouwen dingen van zwart leer in de vorm van een grote dikke...'

'Maak me maar dood,' riep mijn moeder. 'Maak me maar dood. Ik wil dood.'

Mijn zuster en Bob hervatten hun gehuil en Mary Alice hinnikte zo hard als ze kon. En Angie sloeg haar handen voor haar oren om het niet te horen. 'La, la, la,' zong Angie.

Mijn vader at zijn bord leeg en keek om zich heen. Waar bleef zijn koffie? Waar was de taart?

'Ik voel hoofdpijn opkomen,' zei oma. 'Ik kan niet tegen dat lawaai. Laat iemand iets doen. De tv aanzetten. De drank pakken. Er moet iets gebeuren!'

Ik hees mezelf overeind en ging naar de keuken om de taart te halen. Zodra die op tafel stond, verstomde het gehuil. Als er in mijn familie iets belangrijk is... dan het nagerecht.

Morelli en Bob en ik reden in stilte naar huis; niemand wist wat hij moest zeggen. Morelli reed mijn parkeerterrein op, zette de motor af en keek me aan.

'Augustus?' vroeg hij met een iets hogere stem dan normaal, niet in staat zijn ongeloof te verbergen. 'Je wilt in augustus trouwen?'

'Het ontglipte me gewoon! Het kwam door mijn moeder die riep dat ze dood wou.'

'Vergeleken bij jouw familie is de mijne de Brady Bunch.'

'Wat krijgen we nou? Jouw grootmoeder is getikt. Zij vervloekt mensen.'

'Dat is Italiaans.'

Een auto draaide het parkeerterrein op, kwam rukkerig tot stilstand, het portier ging open en Mooner schoof eruit. Joe en ik stapten tegelijkertijd uit. Toen we bij Mooner kwamen, had hij zich zover opgericht dat hij zat. Hij hield zijn hoofd vast en bloed sijpelde tussen zijn vingers door.

'Weetjewel,' zei Mooner, 'd'r is op me geschoten, geloof ik. Ik zat tv te kijken en hoorde iets bij de voordeur, dus ik keek opzij en toen was er een heel eng gezicht dat door het raam naar binnen keek. Het was een erg enge oude vrouw met erg enge ogen. Het was donker, eigenlijk, maar ik kon haar door het donkere glas heen zien. En toen had ze opeens een pistool in haar hand en schoot op me. Dougies raam was aan diggelen en alles. Het zou verboden moeten zijn, zulke dingen, weetjewel.'

De Mooner woonde twee straten bij het St. Francis vandaan, maar hij was het ziekenhuis voorbijgereden en naar mij toe gekomen om hulp. Waarom bij mij? vroeg ik mezelf af. En toen besefte ik dat ik klonk als mijn moeder en gaf mezelf een denkbeeldige dreun.

We hielpen Mooner weer in zijn auto. Joe bracht de Mooner naar het ziekenhuis en ik reed er in de pick-up van Joe achteraan. Twee uur later waren alle medische en politionele formaliteiten achter de rug en Mooner had een grote pleister op zijn voorhoofd. De kogel had hem net boven de wenkbrauw geschampt en was tegen Dougies huiskamerdeur geketst.

We stonden in Dougies huiskamer en bestudeerden het gat in het raam aan de voorkant.

'Ik had het Superpak moeten dragen,' zei Moon. 'Dan hadden ze niet gedurfd, weetjewel.'

Joe en ik keken elkaar aan. Tja, wie weet.

'Denk je dat het veilig is als hij thuisblijft?' vroeg ik aan Joe.

'Moeilijk te zeggen wat veilig is voor de Mooner,' zei Joe.

'Amen,' zei Mooner. 'Veiligheid vliegt op vlindervleugels.'

'Ik weet verdomme niet wat dat betekent,' zei Joe.

'Dat veiligheid ongrijpbaar is, weetjewel.'

Joe trok me een eindje mee. 'Misschien moeten we hem naar de ontwenningskliniek brengen.'

'Dat heb ik gehoord, weetjewel. Dat is een heel slecht idee. Die mensen in de kliniek zijn bizar. Daar word je ontzettend mies van. Ze zijn allemaal junks, weetjewel.'

'Tjee, nou, we zouden je niet bij een stel junks willen onderbrengen,' zei Joe.

Mooner knikte. 'Absoluut, man.'

'Hij kan wel een paar dagen bij mij logeren,' zei ik. Terwijl ik het zei... kreeg ik er al spijt van. Wat had ik toch vandaag? Het leek wel of mijn mond los van mijn verstand functioneerde.

'Wow, wil je dat doen voor de Mooner? Dat is echt te gek.' Mooner omhelsde me. 'Je zult er geen spijt van krijgen. Ik ben een uitstekende huisgenoot.'

Joe leek lang niet zo blij als de Mooner. Joe had plannen voor die avond. Aan tafel had hij die opmerking gemaakt over dat ik hem een hondennummertje schuldig was. Waarschijnlijk was het plagend bedoeld. Maar misschien ook niet. Moeilijk te zeggen bij mannen. Misschien kon ik me beter bij de Mooner houden.

Ik haalde voor Joe mijn schouders op om te zeggen: *wat moet ik anders?*

'Goed,' zei Joe, 'laten we maar afsluiten, dan kunnen we weg. Jij neemt Mooner mee en ik neem Bob weer over.'

Mooner en ik stonden in de hal voor de deur van mijn flat. Mooner had een kleine sporttas meegenomen met, nam ik aan, schone kleren en een rijk scala aan drugs.

'Goed,' zei ik. 'Dit is belangrijk. Je mag gerust komen loge-ren, maar dan zonder drugs.'

'Weetjewel,' zei Mooner.

'Heb je in de tas drugs bij je?'

'Zeg, waar zie je me voor aan?'

'Je lijkt me een geregelde gebruiker.'

'Ja, nou, maar dat is omdat je me kent.'

'Maak die tas eens leeg.'

Mooner haalde de tas leeg. Ik deed Mooners kleren terug in de tas en nam al het overige in beslag. Pijpen en papiertjes en een assortiment verboden middelen. Ik deed de voordeur open, spoelde de inhoud van plastic zakjes door de wc en mik-te de benodigdheden in de vuilnisbak.

'Geen drugs zolang je hier woont,' zei ik.

'Goed hoor,' zei Mooner. 'De Mooner heeft niet echt drugs nodig. De Mooner is een gezelligheidsgebruiker.'

Ja ja.

Ik gaf Mooner een kussen en een doorgestikte deken en ging naar bed. Om vier uur die nacht werd ik wakker van de luide tv in de huiskamer. Ik schuifelde erheen in mijn T-shirt en flanellen boxershort en keek met bijna dichtgeknepen ogen naar Mooner.

'Wat is er? Slaap jij niet?'

'Meestal slaap ik als een blok. Ik weet niet hoe het komt. Het is allemaal te veel, weet je. Ik voel me beroerd. Snap je? Onrustig.'

'Ja. Zo te horen moet je een joint hebben.'

'Medicinaal gebruik, weetjewel. In Californië kun je hasj op recept krijgen.'

'Vergeet het maar.' Ik ging terug naar mijn slaapkamer, deed de deur dicht en op slot en legde het kussen over mijn hoofd.

De volgende keer dat ik kwam aanstrompelen, lag Mooner op de vloer te slapen en de tekenfilms van zaterdagochtend stonden aan. Ik schakelde het koffiezetapparaat in, gaf Rex schoon water en wat te eten en liet een boterham in mijn splinternieuwe rooster zakken. Door de geur van koffie kwam Mooner overeind.

'Yo,' zei hij. 'Waarmee gaan we ontbijten?'

'Geroosterd brood en koffie.'

'Je grootmoeder zou pannekoeken voor me hebben gebakken.'

'Mijn grootmoeder is er niet.'

'Je probeert gewoon het moeilijk voor me te maken, man. Waarschijnlijk heb je zelf donuts zitten schransen, terwijl ik alleen maar brood krijg. Ik heb ook rechten.' Hij was niet echt aan het schreeuwen, maar fluisteren was het ook niet. 'Ik ben een mens, ik heb rechten.'

'Over welke rechten heb je het? Het recht op pannekoeken? Het recht op donuts?'

'Weet ik niet meer.'

Allemachtig.

Hij liet zich op de bank vallen. 'Wat een treurige flat. Ik word er nerveus van. Hoe kun je hier nou leven?'

'Wil je nog koffie of hoe zit het?'

'Ja! Ik wil koffie, ik wil nu koffie.' Zijn stem schoot uit. Nu was hij toch echt aan het schreeuwen. 'Je kunt toch niet van me verwachten dat ik een eeuwigheid op koffie blijf wachten!'

Ik mepte een mok neer op het aanrecht, goot er koffie in en duwde het ding naar Mooner toe. Daarna belde ik Morelli.

'Ik moet wat hebben,' zei ik tegen Morelli. 'Je moet me wat bezorgen.'

'Bedoel je dat ik antibiotica moet langsbrengen?'

'Nee. Ik bedoel hasj of zo. Gisteren heb ik alle drugs va.
Mooner door de wc gespoeld en nu kan ik zijn bloed wel drinken. Hij is totaal geflipt.'

'Ik dacht dat het de bedoeling was om hem te laten afkicken.'

'Dat is nergens goed voor. Ik vind hem aardiger als hij high is.'

'Wacht maar af,' zei Morelli en hing op.

'Dit is geen koffie, weetjewel. Ik wil cappuccino.'

'Goed! Dan gaan we verdomme wel cappuccino halen.' Ik greep mijn tas en sleutels en duwde Mooner de deur uit.

'Ik moet schoenen hebben, man,' zei Mooner.

Ik rolde met mijn ogen en zuchtte heel hoorbaar terwijl Mooner terugslofte om zijn schoenen te gaan halen. Geweldig. Ik had niet eens last van onthoudingsverschijnselen, maar ik kon hem wel schieten.

5

In een koffiehuis ongehaast cappuccino zitten drinken was niet wat ik met mijn ochtend wilde doen, dus verkoos ik de McDonald's drive-in waar op het ontbijtmenu zowel cappuccino als pannekoeken stonden. Die van oma waren beter, maar ze waren niet slecht en gemakkelijker verkrijgbaar.

De lucht was betrokken en het zag ernaar uit dat het zou gaan regenen. Niet verrassend. Regen is verplicht in Jersey in april. Een gestage grijze druilregen die overal in de staat haar doet kroezen en aanzet tot hangen op de bank. Op school kregen we te horen dat aprilregen bloemen geeft in mei. Aprilregen leidt ook tot kettingbotsingen op de snelweg en gezwollen, door snot verstopte neusholten. Het voordeel daarvan is dat we in Jersey geregeld reden hebben om een nieuwe wagen uit te zoeken en onze karakteristieke nasale uitspraak van de Engelse taal is wereldwijd bekend.

'Hoe is het met je hoofd?' vroeg ik Mooner op de terugweg.

'Vol met cappuccino. Mijn hoofd is relaxed, weetjewel.'

'Nee, ik bedoel je twaalf hechtingen.'

Mooner bevoelde de pleister. 'Gaat wel.' Zijn mond bleef even openhangen terwijl hij de verste uithoeken van zijn hersenen verkende; toen ging hem een licht op. 'O ja,' zei hij. 'Er is op me geschoten door een erg enge vrouw.'

Dat is het aardige van je hele leven blowen: geen last van je kortetermijngeheugen. Je maakt iets verschrikkelijks mee en tien minuten later weet je er niets meer van.

Natuurlijk is dat meteen ook het vervelende van blowen, want als er een ramp gebeurt en je vriend verdwijnt, bestaat de mogelijkheid dat belangrijke berichten en gebeurtenissen in de nevelen verdwijnen. En de kans bestaat dat je een gezicht voor het raam hallucineert, terwijl het schot in werkelijkheid vanuit een rijdende auto is afgevuurd.

In het geval van de Mooner was die kans aardig groot.

Ik reed langs Dougies huis om te kijken of het niet was afgebrand terwijl we sliepen.

'Ziet er heel gewoon uit,' zei ik.

'Ziet er eenzaam uit,' zei Mooner.

Toen we in mijn flat terugkwamen, troffen we Ziggy Garvey en Benny Colucci in de keuken aan. Ze hadden allebei een mok koffie en een geroosterde boterham voor zich.

'Hoop dat je het niet erg vindt,' zei Ziggy. 'We waren benieuwd naar je broodrooster.'

Benny gebaarde met zijn boterham. 'Uitstekend geroosterd. Kijk eens hoe regelmatig bruin. De korst is nergens verbrand. En het brood is door en door knapperig geworden.'

'Had je nou maar jam,' zei Ziggy. 'Aardbeienjam, dat is lekker op geroosterd brood.'

'Jullie hebben weer ingebroken! Dat wil ik niet hebben!'

'Je was niet thuis,' zei Ziggy. 'Je wilt toch niet dat er mannen rondhangen bij je voordeur.'

'Ja, we wilden je goede naam beschermen,' zei Benny. 'We dachten wel dat je dat belangrijk zou vinden. Hoewel we in de loop van de jaren heel wat geruchten hebben gehoord over jou en Joe Morelli. Je mag wel voor hem uitkijken. Hij is berucht.'

'Hé, kijk nou eens,' zei Ziggy. 'Daar is dat mietje ook. Waar is je uniform, jochie?'

'Ja, en hoe kom je aan die pleister? Gestruikeld op je hoge hakken?' vroeg Benny.

Ziggy en Benny stootten elkaar aan en schaterden alsof dit een toppunt van humor was.

Er flitste een gedachte door mijn hoofd. 'Jullie tweeën weten zeker niets af van de noodzaak voor die pleister?'

'Ikke niet,' zei Benny. 'Ziggy, weet jij er iets van?'

'Ik weet er helemaal niets van,' zei Ziggy.

Ik stond tegen het aanrecht geleund en deed mijn armen over elkaar. 'Wat doen jullie hier dan?'

'Even checken,' zei Ziggy. 'Het is al weer een tijd geleden dat we hebben gepraat en we wilden weten of er nog iets is gebeurd.'

'Het is nog geen vierentwintig uur geleden,' zei ik.

'Ja, dat zeg ik. Een tijd geleden.'

'Er is niets gebeurd.'

'Jee, wat jammer,' zei Benny. 'Je bent ons nog zo aanbevolen. We hadden echt gehoopt dat je ons kon helpen.'

Ziggy dronk zijn mok leeg, spoelde hem om in de gootsteen en zette hem op het afdruiprek. 'We moesten maar eens opstappen.'

'Klootzak,' zei Mooner.

Ziggy en Benny bleven bij de deur staan.

'Dat is niet netjes,' zei Ziggy. 'We zien het door de vingers omdat je bevriend bent met juffrouw Plum.' Hij keek aanmoedigend naar Benny.

'Inderdaad,' zei Benny. 'We zien het door de vingers, maar je moet wel manieren leren. Zo spreek je niet tegen heren op leeftijd.'

'Je hebt mij voor mietje uitgemaakt!' riep Mooner.

Ziggy en Benny keken elkaar verbijsterd aan.

'Ja,' zei Ziggy. 'Nou en?'

'Blijf volgende keer gerust in de hal wachten,' zei ik. Ik deed de deur achter Benny en Ziggy dicht en op slot. 'Je moet nadenken,' zei ik tegen Mooner. 'Heb je enig idee waarom iemand op je zou schieten? Weet je zeker dat je het gezicht van een vrouw voor je raam hebt gezien?'

'Ik weet het niet, man. Denken kost me moeite. Mijn hoofd is bezet, weetjewel.'

'Heb je rare telefoontjes gehad?'

'Eentje maar en dat was niet zo vreemd. Er belde een vrouw op toen ik bij Dougie was en die zei dat ze dacht dat ik iets had dat niet van mij was. En ik zei ja, nou, weet ik veel.'

'Heeft ze nog iets anders gezegd?'

'Nee, ik heb gevraagd of ze een broodrooster wou of een Superpak, en toen hing ze op.'

'Is dat alles wat je nog in de aanbieding hebt? Wat is er met de sigaretten gebeurd?'

'De sigaretten heb ik weggewerkt. Ik ken iemand die echt heel veel rookt...'

Het was alsof Mooner in een tijdlus verstrikt was geraakt. Ik kon me herinneren dat hij er op de middelbare school precies zo uitzag als nu. Lang, dun bruin haar, met een middenscheiding en een staart. Bleke huid, smal lichaam, normaal gewicht. Hij droeg een hawaiihemd en een spijkerbroek die waarschijnlijk in een pikdonker uur Dougies huis was binnengedragen. Hij is door de middelbare school gezweefd in een wolk van met hasj opgewekt welzijn, bracht de pauze door met kletsen en giechelen en dommelde in onder de Engelse les. En nu... liet hij zich nog steeds drijven. Geen baan. Geen verantwoordelijkheidsbesef. Bij nader inzien klonk dat wel aantrekkelijk.

Connie werkt meestal op zaterdagochtend. Ik belde het kantoor en wachtte terwijl ze een ander telefoontje afdeed.

'Ik had net mijn tante Flo aan de lijn,' zei ze. 'Ik heb je toch verteld van die toestand in Richmond met DeChooch? Volgens haar heeft het ermee te maken dat Louie D het loodje heeft gelegd.'

'Louie D. Dat is toch een zákenman?'

'En een hele grote. Dat was hij althans. Hij is in een hartaanval gebleven terwijl DeChooch zijn vrachtje ophaalde.'

'Misschien was die hartaanval veroorzaakt door een kogel.'

'Dat denk ik niet. Als Louie D was omgelegd, hadden we het gehoord. Zulke dingen worden meteen bekend. Vooral omdat zijn zuster hier woont.'

'Wie is dat? Ken ik haar?'

'Estelle Colucci. De vrouw van Benny Colucci.'

Godallemachtig. 'De wereld is klein.'

Ik hing op en werd door mijn moeder gebeld.

'We moeten een japon uitzoeken voor de bruiloft,' zei ze.

'Ik wil geen japon.'

'Je moet op zijn minst gaan kijken.'

'Nou goed, kijken wil ik wel.' Helemaal niet.

'Wanneer?'

'Weet ik niet. Ik ben nu bezig. Ik ben aan het werk.'

'Het is zaterdag,' zei mijn moeder. 'Wie werkt er nou op zaterdag? Denk toch aan je ontspanning. Je oma en ik komen eraan.'

'Nee!' Te laat, ze had al opgehangen.

'We moeten hier weg,' zei ik tegen Mooner. 'Noodtoestand. We moeten weg.'

'Wat voor noodtoestand? Ze gaan toch niet weer op me schieten?'

Ik griste de gebruikte mokken van het aanrecht en mikte ze

in de afwasmachine. Vervolgens graaide ik Mooners deken en kussen weg en rende ermee naar de slaapkamer. Mijn oma heeft een tijdje bij me gewoond en ik weet vrijwel zeker dat ze nog de sleutel van mijn flat heeft. God verhoede dat mijn moeder binnen zou komen en een puinhoop zou aantreffen. Het bed was niet opgemaakt, maar daar gunde ik me de tijd niet meer voor. Ik verzamelde losse kledingstukken en liet ze in de wasmand vallen. Ik raasde naar de huiskamer, door naar de keuken, pakte mijn tas en jasje en schreeuwde Mooner toe dat hij mee moest.

We kwamen mijn moeder en grootmoeder tegen in de hal.

Verdomme!

'Je had voor ons niet naar beneden hoeven komen,' zei mijn moeder. 'We kunnen zelf wel naar boven.'

'Ik wacht niet op jullie,' zei ik, 'ik moet weg. Het spijt me, maar ik moet vanochtend werken.'

'Wat doe je?' wilde oma weten. 'Zit je achter een moordzuchtige psychopaat aan?'

'Ik zoek Eddie DeChooch.'

'Ik had half gelijk,' zei oma.

'Eddie DeChooch kun je wel een andere keer zoeken,' zei mijn moeder. 'Ik heb een afspraak voor je gemaakt bij Tina's Bruidswinkel.'

'Ja, en daar mag je je handjes voor dichtknijpen,' zei oma. 'We konden alleen komen omdat iemand op het laatste ogenblik heeft afgezegd. Bovendien moesten we het huis uit omdat we dol werden van het gegaloppeer en gehinnik.'

'Ik wil geen bruidsjapon,' zei ik. 'Ik wil een besloten trouwerij. Of helemaal niet trouwen.'

'Ja, maar het kan toch geen kwaad om te kijken,' zei mijn moeder.

'Tina's Bruidswinkel is cool,' zei Mooner.

Mijn moeder keek naar Mooner. 'Ben jij niet Walter Dunphy? Lieve help, ik heb jou in jaren niet gezien.'

'Weetjewel,' zei Mooner tegen mijn moeder.

Toen deed hij met oma Mazur zo'n ingewikkelde handdruk waarvan ik nooit kan onthouden hoe hij moet.

'Gauw dan maar,' zei oma. 'We willen niet te laat komen.'

'Ik wil geen japon!'

'We gaan alleen maar kijken,' zei mijn moeder. 'We gaan een halfuurtje kijken en dan kun je verder met je werk.'

'Goed dan! Een halfuur. Niet langer. En we gaan alléén kijken.'

Tina's Bruidswinkel is in het hart van de Wijk. De zaak neemt de helft in beslag van een twee-onder-een-kaphuis. De andere helft is ook Tina's eigendom en verhuurd. Tina staat wijd en zijd bekend als een kreng van een hospita en de meeste bewoners zoeken na afloop van het eerste jaarcontract hun heil elders. Omdat huurruimte in de Wijk zo zeldzaam is als tanden bij een kip, kost het Tina geen moeite nieuwe slachtoffers te maken.

'Beeldschoon,' zei Tina die een stap achteruit deed om naar me te kijken. 'Verblindend. Een plaatje.'

Ik was gehuld in satijn tot op de grond. Het lijfje was afgespeld, de lage halslijn toonde een vermoeden van de aanzet van mijn boezem en de wijde plooirok had een sleep van anderhalve meter.

'Hij is wél mooi,' zei mijn moeder.

'De volgende keer dat ik trouw neem ik ook zo'n jurk,' zei oma. 'Of misschien ga ik naar Vegas om in zo'n Elviskerk te trouwen.'

'Je moet het gewoon doen, weetjewel,' zei Mooner.

Ik draaide iets om mezelf beter te kunnen bekijken in de

driedelige spiegel. 'Vinden jullie hem niet te... wit?'

'Geen sprake van,' zei Tina. 'Dit is crème. Crème is echt iets heel anders dan wit.'

De japon stond me inderdaad goed. Ik leek Scarlett O'Hara wel, klaar voor een grote bruiloft op Tara. Ik maakte een paar danspasjes.

'Maak eens een paar sprongetjes, zodat we kunnen zien hoe je eruitziet als je de bunny hop doet,' zei oma.

'Hij is mooi, maar ik wil geen japon,' zei ik.

'Ik kan hem zonder verplichting in haar maat bestellen,' zei Tina.

'Zonder verplichting,' zei oma. 'Meer kun je niet willen.'

'Zolang er maar geen verplichting is,' zei mijn moeder.

Ik moest chocola hebben. Véél chocola. 'Jeetje,' zei ik. 'Moet je zien hoe laat het is. Ik moet echt weg.'

'Cool,' zei Mooner. 'Gaan we nu misdaadbestrijding doen? Ik heb bedacht dat ik een gereedschapsriem moet hebben voor mijn Superpak. Daar kan ik dan al mijn misdaadbestrijdings-gereedschap aan hangen.'

'Waar heb je het over?'

'Ik ben er nog niet helemaal uit, maar ik denk aan spullen zoals antizwaartekrachtsokken om over muren te kunnen lopen. En een spuitbus om mezelf onzichtbaar te maken.'

'Weet je zeker dat je hoofd geen pijn doet waar ze je hebben geraakt? Heb je hoofdpijn, ben je duizelig?'

'Nee, ik voel me prima. Ik heb wel een beetje honger.'

Het motregende toen Mooner en ik uit Tina's winkel kwamen.

'Dat was een totaalervaring,' zei Mooner. 'Ik voelde me net een bruidsmeisje.'

Ik wist niet goed hoe ik me voelde. Ik dacht aan *bruid* en kwam uit bij *dikke domme oen*. Ik kon nog niet geloven dat ik me door mijn moeder had laten overhalen bruidsjaponnen te passen. Wat had me bezield? Ik sloeg me met mijn hand voor mijn hoofd.

'Weetjewel,' zei Mooner.

Je meent het. Ik draaide het contactsleuteltje om en schoof Godsmack in de cd-speler. Ik wilde niet denken aan het bruidsfiasco en er gaat niets boven metal om je hoofd te ontdoen van alles wat op een gedachte lijkt. Ik reed weg in de richting van Mooners huis en even later waren Mooner en ik serieus aan het headbangen.

We speelden luchtgitaar en lieten ons haar zwiepen en bijna had ik de witte Cadillac niet opgemerkt. Hij stond geparkeerd voor het huis van pastoor Carolli, naast de kerk. Pastoor Carolli is stokoud en woont al zo lang als ik me kan herinneren in de Wijk. Het lag voor de hand dat hij en Eddie DeChooch bevriend zouden zijn en dat DeChooch naar hem zou gaan om raad te vragen.

Ik bad kort dat DeChooch binnen zou zijn. Dan kon ik hem daar aanhouden. In de kerk, dat was een andere zaak. Daar moest je rekening houden met dat vrijplaatsgedoe en zo. En als mijn moeder erachter kwam dat ik de rechten van de kerk had geschonden, kreeg ik ellende.

Ik liep naar Carolli's voordeur en klopte aan. Geen reactie.

Mooner waadde door de struiken en loerde door een raam naar binnen. 'Ik zie niemand, weetjewel.'

Hè, verdorie. Waarschijnlijk was DeChooch aan het biechten. *Ik vraag u vergiffenis omdat ik Loretta Ricci koud heb gemaakt.*

'Nou goed,' zei ik, 'laten we dan maar in de kerk gaan kijken.'

'Misschien kan ik beter naar huis gaan om mijn Superpak aan te trekken.'

'Ik weet niet of dat wel passend is in de kerk.'

'Niet gekleed genoeg?'

Ik deed de kerkdeur open en keek naar het schemerige interieur. Bij zonnig weer baadde de kerk in het licht dat door de glas-in-loodramen viel. Bij slecht weer oogde de kerk troosteloos en onbezield. Vandaag kwam het enige licht van een paar votiefkaarsen die voor het Mariabeeld stonden te flakkeren.

De kerk leek leeg. Geen gemompel uit de biechtstoelen. Niemand aan het bidden. Alleen de brandende kaarsen en de geur van wierook.

'Hallo,' riep ik. 'Is daar iemand?'

'Alleen wij maar.'

Dat klonk als DeChooch.

Voorzichtig liepen Mooner en ik over het middenpad om achter het altaar te kijken. DeChooch en Carolli zaten op de vloer, met hun rug tegen het altaar, en deelden een fles rode wijn. Een lege fles lag een meter verder op de vloer.

Mooner maakte het vredesteken. 'Peace, man.'

Pastoor Carolli maakte het vredesteken naar hem terug en herhaalde de mantra. 'Peace, man.'

'Wat komen jullie doen?' vroeg DeChooch. 'Jullie zien toch dat ik in de kerk ben?'

'Jullie drinken!'

'Medicinaal gebruik. Ik ben depressief.'

'Je moet met me mee naar de rechtbank om een nieuwe afspraak te maken,' zei ik tegen DeChooch.

DeChooch nam een flinke slok uit de fles en veegde met zijn hand zijn mond af. 'Ik ben in de kerk. Daar kan je me niet aanhouden. Anders moet je branden in de hel.'

'Het is een gebod,' zei Carolli.

Mooner lachte. 'Die lui doen het in hun broek.'

Ik rommelde in mijn tas en haalde handboeien te voorschijn.

'Oeioei, handboeien,' zei DeChooch. 'Wat ben ik bang.'

Ik sloot de klem om zijn linkerpols en graaide naar zijn andere hand. DeChooch haalde een 9 mm uit zijn jaszak, vroeg Carolli de andere helft van de handboeien vast te pakken en schoot de ketting doormidden. Beide mannen uitten een kreet toen de kogel de ketting doorboorde en schokgolven door hun dunne armen joeg.

'Nou zeg,' zei ik. 'Daar heb ik zestig dollar voor moeten betalen.'

DeChooch kneep zijn ogen bijna dicht en staarde naar Mooner. 'Ken ik jou?'

'Ik ben de Mooner, man. Je hebt me in Dougies huis gezien.' Mooner stak twee tegen elkaar gelegde vingers op. 'Dougie en ik zijn zó. Een team.'

'Ik wist toch dat ik jou kende!' zei DeChooch. 'Ik haat jou en je graaiende dief van een maat. Ik had moeten weten dat Kruper dit niet in zijn eentje zou doen.'

'Weetjewel,' zei Mooner.

DeChooch richtte het vuurwapen op Mooner. 'Jij vindt jezelf zeker heel wat. Jullie denken dat je van een oude man kan profiteren. Meer geld... is het jullie daarom te doen?'

Mooner tikte met zijn knokkels tegen zijn voorhoofd. 'Onderschat me niet.'

'Ik wil het nu hebben,' zei DeChooch.

'Voor zaken ben ik altijd in,' zei Mooner. 'Waar gaat de gedachte naar uit? Broodroosters of Superpakken?'

'Debiel,' zei DeChooch. En hij loste een schot dat voor Mooners knie bedoeld was, maar op vijftien centimeter afstand naast ging en tegen de vloer kaatste.

'Allemachtig,' zei Carolli met zijn handen over zijn oren,

'ik word nog doof van je. Doe dat ding weg.'

'Pas nadat ik hem aan de praat heb gekregen,' zei De-Chooch. 'Hij heeft iets van mij.' DeChooch richtte het wapen opnieuw en Mooner zette een sprint in over het middenpad.

In gedachten was ik een held die DeChooch ontwapende. In werkelijkheid was ik verlamd. Zodra me een loop onder de neus wordt geduwd, verander ik in pudding.

DeChooch loste nog een salvo dat langs Mooner ging en een scherf uit het doopvont hakte.

Carolli gaf DeChooch met zijn vlakke hand een mep tegen zijn achterhoofd. 'Ophouden!'

DeChooch wankelde naar voren en het wapen ging af en de kogel maakte een gat in het metershoge schilderij van de krui-siging dat aan de achtermuur hing.

Onze mond viel open. En we sloegen allemaal een kruis.

'Sodeju,' zei Carolli. 'Je hebt op Jezus geschoten. Dat gaat je heel wat weesgegroetjes kosten.'

'Het ging per ongeluk,' zei DeChooch. Hij tuurde naar het schilderij. 'Waar heb ik hem geraakt?'

'In de knie.'

'Gelukkig maar,' zei DeChooch. 'Dat is in elk geval niet do-delijk.'

'Over de rechtbank gesproken,' zei ik. 'Ik zou het als een gunst beschouwen als je met me meegaat naar het bureau om een nieuwe afspraak te maken.'

'Jee, wat ben jij vervelend,' zei DeChooch. 'Hoe vaak moet ik het nog zeggen... het gebeurt niet. Ik ben depressief. Ik ga niet achter slot zitten als ik depressief ben. Heb je ooit geze-ten?'

'Dat eigenlijk niet.'

'Neem dan maar van mij aan dat je daar niet moet zijn als je depressief bent. En bovendien moet ik iets afhandelen.'

Ik zocht in mijn tas. Ik moest nog ergens een busje pepperspray hebben. En waarschijnlijk ook mijn schokpistool.

'Bovendien loeren er mensen op me die heel wat gevaarlijker zijn dan jij,' zei DeChooch. 'En als je mij in de cel zet, maak je het ze wel erg gemakkelijk me te vinden.'

'Ik ben best gevaarlijk!'

'Meid, je bent een amateur,' zei DeChooch.

Ik haalde een bus haarspray uit mijn tas, maar de pepperspray kon ik niet vinden. Ik moest toch eens wat systematischer worden. Waarschijnlijk zou ik de pepperspray en het schokpistool in het ritsvak moeten opbergen, maar dan moest ik een andere plek vinden voor mijn pistool en pepermunt.

'Ik ga nu weg,' zei DeChooch. 'En ik wil niet dat je achter me aan komt, anders moet ik je neerschieten.'

'Eén vraag nog. Wat wilde je van Mooner terughebben?'

'Dat is privé tussen hem en mij.'

DeChooch vertrok door een zijdeur en Carolli en ik staarden hem na.

'U hebt net een moordenaar laten ontsnappen,' zei ik tegen Carolli. 'U hebt hier met een moordenaar zitten drinken!'

'Welnee. Choochy is geen moordenaar. We kennen elkaar al ontzettend lang. Hij heeft echt een goed hart.'

'Hij heeft geprobeerd Mooner neer te schieten.'

'Hij was over zijn toeren. Sinds hij een hersenbloeding heeft gehad, is hij al zo.'

'Heeft hij een hersenbloeding gehad?'

'Een kleintje. Stelde heel weinig voor. Ik heb zelf zwaardere gehad.'

Allemachtig.

Ik haalde Mooner in op korte afstand van zijn huis. Hij draafde en liep, keek over zijn schouder en deed de Moonerversie van een konijn dat voor een meute honden vlucht. Toen ik had geparkeerd, stond Mooner inmiddels binnen, had een joint gevonden en stak er de brand in.

'Er schieten mensen op je,' zei ik. 'Dan moet je geen dope roken. Van dope roken word je duf en je moet juist slim zijn.'

'Weetjewel,' zei Mooner en blies rook uit.

Jasses.

Ik sleurde Mooner mee naar buiten en naar Dougies huis. We moesten een nieuwe ontwikkeling bespreken. DeChooch wilde iets hebben waarvan hij dacht dat Dougie het had. En nu denkt hij dat Mooner het heeft.

'Waar had DeChooch het over?' vroeg ik aan Mooner. 'Waar is het hem om te doen?'

'Dat weet ik niet, man. Niet om een broodrooster.'

We stonden in Dougies huiskamer. Dougie is niet zo van opruimen, maar de chaos in het vertrek leek erger dan normaal. Kussens lagen scheef op de bank en de hangkast stond open. Ik stak mijn hoofd om de keukendeur en trof iets dergelijks aan. De kastjes en laden stonden open. De deur naar de kelder stond open en de deur naar de kleine provisiekamer stond open. Dat kon ik me van de avond daarvoor niet herinneren.

Ik liet mijn tas op de kleine keukentafel vallen en grabbelde erin tot ik de pepperspray en het schokpistool had gevonden.

'Er is hier iemand geweest,' zei ik tegen Mooner.

'Ja, dat gebeurt vaak.'

Ik staarde hem verbaasd aan. 'Dat gebeurt vaak?'

'Deze week is het al de derde keer. Ik denk dat het iemand om onze voorraad te doen is. En wat heeft die oude man? Hij was best wel bevriend met Dougie en is nog een tweede keer langsgekomen. En nu scheldt hij me uit. Dat is verwarrend, weetjewel.'

Ik stond daar met mijn mond open. 'Wacht even. Vertel je

me nou dat DeChooch terug is geweest na het afleveren van de sigaretten?'

'Ja. Alleen wist ik niet dat het DeChooch was. Ik wist niet hoe hij heette. Dougie en ik noemden hem gewoon die ouwe. Ik was hier toen hij de sigaretten uitlaadde. Dougie riep mij erbij om te helpen de vrachtwagen uit te laden. En toen kwam hij een paar dagen terug om Dougie te spreken. Die tweede keer heb ik hem niet gezien, dat heb ik alleen van Dougie gehoord.' Mooner nam een laatste trek aan zijn joint. 'Tjonge, wat een toeval. Wie zou denken dat jij die ouwe zocht.'

Jaja.

'Ik ga de rest van het huis controleren. Blijf jij maar hier. Als je me hoort gillen, bel je de politie.'

Dapper van mij, hè? Maar ik was er vrij zeker van dat er verder niemand in huis was. Het regende al een uur of langer en nergens was te zien dat iemand met natte voeten was binnengekomen. Het was waarschijnlijker dat het huis na ons vertrek in de loop van de nacht was doorzocht.

Ik deed het licht in de kelder aan en liep de trap af. Het was een klein huis met een kleine kelder, en ik zag al snel dat de kelder grondig was doorzocht en verlaten. Vervolgens ging ik naar de bovenverdieping, waar ik dezelfde ervaring opdeed. Dozen in de kelder en de logeerkamer waren opengescheurd en op de vloer omgekeerd.

Kennelijk had Mooner geen idee wat DeChooch van hem wilde hebben. Mooner was niet intelligent genoeg voor misleiding.

'Is er iets weg?' vroeg ik aan Mooner. 'Is Dougie ooit iets kwijt geweest nadat het huis was doorzocht?'

'Een runderbraadstuk.'

'Pardon?'

'Nee, ik weet het. Er lag een runderbraadstuk in de vrieskist en iemand heeft dat meegenomen. Het was geen grote. Ruim een kilo. Over van een half rund dat Dougie had gevonden. Je weet wel... uit een vrachtwagen gevallen. Meer was er niet van over. We hadden hem bewaard om een andere keer klaar te maken als we zin hadden om zelf te koken.'

Ik liep terug naar de keuken om in de koelkast en de vriezer te kijken. IJs en diepvriespizza in de vrieskist. Cola en pizzaresten in de koelkast.

'Ik vind dit niks,' zei Mooner. 'Er ontbreekt iets in dit huis als de Dougster er niet is.'

Ik gaf het niet graag toe, maar ik had hulp nodig met De-Chooch. Ik vermoedde dat hij de sleutel had om Dougie te vinden, en hij liep telkens weg.

Op kantoor wilde Connie net afsluiten toen Mooner en ik binnenkwamen. 'Goed dat je er bent,' zei ze. 'Ik heb een klantje voor je. Roseanne Kreiner. Zakenvrouw op het erotische vlak. Houdt kantoor op de hoek van Stark Street en Twelfth Avenue. Beschuldigd van het aftuigen van een cliënt. Die wilde zeker niet betalen voor de bewezen diensten. Ze lijkt me niet moeilijk te vinden. Vond het waarschijnlijk zonde van haar tijd om naar de rechtbank te komen.'

Ik pakte het dossier van Connie aan en stopte het in mijn tas. 'Nog iets van Ranger gehoord?'

'Die heeft vanmorgen zijn man afgeleverd.'

Hoera. Ranger was terug. Ik kon Ranger om hulp vragen.

Ik toetste zijn nummer in, maar hij nam niet op. Ik sprak een boodschap in en probeerde zijn pieper. Even later ging mijn mobieltje en ik voelde een warme gloed in mijn buik. Ranger.

'Yo,' zei Ranger.

'Ik kan wel wat hulp gebruiken met een voortvluchtige.'

'Wat is je probleem?'

'Hij is oud en als ik hem neerschiet, sta ik voor paal.'

Ik hoorde Ranger lachen. 'Wat heeft hij gedaan?'

'Alles. Het is Eddie DeChooch.'

'Wil je dat ik met hem ga praten?'

'Nee. Ik wil dat je me vertelt hoe ik hem moet opbrengen zonder hem dood te maken. Ik ben bang dat hij het loodje legt als ik mijn schokpistool gebruik.'

'Doe het samen met Lula. Neem hem tussen jullie in en doe hem boeien om.'

'Al geprobeerd.'

'Hij is aan jou en Lula ontsnapt? Meissie, hij is in de tachtig. Hij ziet niets. Hij hoort niets. Hij heeft anderhalf uur nodig om zijn blaas leeg te krijgen.'

'Het was ingewikkeld.'

'Probeer de volgende keer hem in zijn voet te schieten,' zei Ranger. 'Dat is meestal effectief.' En hij verbrak de verbinding.

Briljant.

Vervolgens belde ik Morelli.

'Ik heb nieuws voor je,' zei Morelli. 'Ik kwam Costanza tegen toen ik de krant ging halen. Hij vertelde dat het sectierapport binnen is en dat Loretta Ricci aan een hartaanval is doodgegaan.'

'En daarna is ze beschoten?'

'Precies, hartje.'

Bizar.

'Ik weet dat je vandaag vrij bent, maar ik vroeg me af of je me een gunst wilt bewijzen,' zei ik tegen Morelli.

'O jee.'

'Ik hoopte dat je op Mooner zou willen passen. Hij is betrokken bij dat gedoe met DeChooch en ik weet niet of het vertrouwd was hem in zijn eentje bij mij thuis te laten.'

'Bob en ik willen zo meteen de wedstrijd zien. Daar hebben we ons de hele week al op verheugd.'

'Mooner kan met jullie meekijken. Ik kom hem brengen.'

Ik hing op voordat Morelli nee kon zeggen.

Roseanne Kreiner stond doorweekt op haar hoek in de regen en leek te balen als een stekker. Als ik een man was geweest, had ik mijn slurfje niet aan haar durven blootstellen. Ze droeg laarzen met hoge hakken en een zwarte vuilniszak. Moeilijk te zeggen wat ze onder die zak aanhad. Misschien niets. Ze ijsbeerde en zwaaide naar langsrijdende auto's en als een auto niet stopte, stak ze haar vinger op. Volgens mijn documentatie was ze tweeënvijftig.

Ik stopte en deed mijn raampje open. 'Doe je vrouwen?'

'Meid, ik doe varkens, koeien, eenden en vrouwen. Als je maar betaalt. Twintig voor met de hand. Als je er lang over doet, moet je bijbetalen.'

Ik liet haar een briefje van twintig zien en ze stapte in. Ik vergrendelde de portieren en reed weg in de richting van het politiebureau.

'Doe maar een zijstraat,' zei ze.

'Ik moet iets bekennen.'

'O, shit. Ben je van de kit? Vertel me niet dat je van de kit bent.'

'Ik ben niet van de politie. Ik regel borgstellingen. Je bent niet bij de rechtbank verschenen en nu moet je een nieuwe afspraak maken.'

'Kan ik het geld houden?'

'Ja hoor, dat mag je houden.'

'Wil je er iets voor terug?'

'Nee!'

'Tjees, je hoeft niet te schreeuwen. Ik wou je alleen niet het gevoel geven dat je bent afgezet. Ik geef de mensen waar voor hun geld.'

'En die kerel die je buiten westen hebt geslagen?'

'Die wou me belazeren. Denk je dat ik voor mijn gezondheid op die hoek sta? Ik heb een moeder in een aanleunwoning. Als ik niet elke maand dok, moet ze bij mij intrekken.'

'Zou dat zo erg zijn?'

'Ik neuk nog liever een rinoceros.'

Ik parkeerde achter het bureau, wilde haar de boeien omdoen en ze begon met haar handen te wapperen.

'Ik wil geen handboeien om,' zei ze. 'Dat gebeurt niet.'

En toen ging door het gewapper en gestribbel het portier van het slot en Roseanne vloog de straat op. Ze had een voorsprong, maar zij was op hoge hakken en ik droeg sportschoenen, en na twee zijstraten had ik haar ingehaald. We waren geen van beiden fit. Ze hijgde zwaar en ik had het gevoel dat ik vuur inademde. Ik deed haar de handboeien om en ze ging zitten.

'Opstaan,' zei ik.

'Nee hoor. Ik ga nergens naartoe.'

Ik had mijn tas in de auto laten liggen en de auto leek ver weg. Als ik terugrende naar de auto voor mijn mobieltje, zou Roseanne er niet meer zijn wanneer ik terugkwam. Zij zat te pruilen en ik stond razend te wezen.

Op sommige dagen kun je beter in bed blijven.

Ik had heel sterk de aandrang haar een flinke schop voor haar nieren te geven, maar dan bleef er waarschijnlijk een blauwe plek achter en dan kon ze Vinnie voor de rechter slepen omdat ze was mishandeld. Dat zou Vinnie niet leuk vinden.

Het regende stevig en we waren allebei doorweekt. Mijn haar plakte aan mijn gezicht en mijn spijkerbroek was drijfnat. We hadden een patstelling bereikt. Aan de patstelling kwam een eind toen Eddie Gazarra langsreed, op weg naar zijn lunch. Eddie is een politieman uit Trenton en hij is getrouwd met mijn nicht Shirley-de-zeurpiet.

Eddie draaide zijn raampje open, schudde zijn hoofd en liet vermanende geluiden horen.

'Ik heb problemen met een arrestant,' zei ik tegen Eddie.

Eddie grijnsde. 'Je meent het.'

'Wil je me helpen haar in je auto te krijgen?'

'Het regent! Dan word ik nat.'

Ik keek hem dreigend aan.

'Daar mag je dan wel iets voor doen.'

'Ik kom niet op je kinderen passen.' Het zijn lieve kinderen, maar de laatste keer dat ik op ze had gepast, was ik in slaap gevallen en toen hadden ze vijf centimeter van mijn haar geknipt.

Hij liet weer een *tsk* horen. 'Hé, Roseanne,' riep hij. 'Wil je een lift?'

Roseanne kwam overeind om haar hem te kijken. Ze nam het in overweging.

'Als je instapt, geeft Stephanie je tien dollar,' zei Gazarra.

'Nee, dat doe ik niet,' riep ik. 'Ik heb haar al twintig dollar gegeven.'

'Heeft ze je bepoteld?' vroeg Gazarra.

'Nee!'

Hij deed weer *tsk*.

'Nou,' zei Roseanne. 'Komt er nog wat van?'

Ik streek mijn haar naar achteren. 'Je krijgt een trap tegen je nieren als je niet bij die diender instapt.'

Als je in het nauw zit... probeer het dan eens met een loos dreigement.

6

Ik parkeerde op mijn parkeerterrein en sjokte naar mijn flat, waarbij ik plasjes water achterliet. Benny en Ziggy wachtten in de hal.

'We hebben aardbeienjam voor je meegebracht,' zei Benny. 'Van Smucker, een goed merk.'

Ik pakte het potje aan en deed mijn voordeur open. 'Wat is er?'

'We hoorden dat je Chooch hebt betrapt terwijl hij zat te drinken met pastoor Carolli.'

Ze glimlachten, genietend van het ogenblik.

'Die Choochy is een mooie,' zei Ziggy. 'Heeft hij echt op Jezus geschoten?'

Ik lachte met hen mee. Choochy was inderdaad een mooie. 'Het nieuws gaat snel rond,' zei ik.

'We hebben onze bronnen, zoals dat heet,' zei Ziggy. 'Maar we willen het uit jouw mond horen. Hoe zag Choochy eruit? Wel goed? Was hij geschift, zeg maar?'

'Hij heeft een paar keer op Mooner geschoten, maar hem niet geraakt. Volgens Carolli is Chooch na zijn hersenbloeding nogal kortaangeboden.'

'Hij hoort ook niet zo goed meer,' zei Benny.

Ze keken elkaar even aan, ditmaal zonder te lachen.

Het water droop uit mijn pijpen en vormde een plasje op mijn keukenvloer. Ziggy en Benny hielden afstand.

'Waar is dat opdondertje gebleven?' vroeg Benny. 'Woont die niet meer bij je?'

'Hij moest wat doen,' zei ik.

Zodra Benny en Ziggy weg waren, trok ik mijn kleren uit. Rex draafde in zijn rad en stond af en toe stil om naar me te kijken; regen ging zijn verstand te boven. Soms zat hij onder zijn waterflesje en dan drupte het op zijn kop, maar met het weer had hij een beperkte ervaring.

Ik schoot een nieuw T-shirt aan en een schone Levi en bewerkte mijn haar met de föhn. Toen ik klaar was, had ik veel volume maar weinig vorm, dus bracht ik om de blik af te leiden knalblauwe oogschaduw aan.

Toen ik mijn laarzen aantrok, ging de telefoon.

'Je zus is onderweg,' zei mijn moeder. 'Ze moet met iemand praten.'

Valerie moest wel ten einde raad zijn als ze mij uitkoos om mee te praten. We vinden elkaar best aardig, maar we zijn nooit intiem geweest. Onze karakters lopen te veel uiteen. En na haar verhuizing naar Californië is de afstand nog groter geworden.

Gek hoe de dingen gaan. We dachten allemaal dat Valerie een ideaal huwelijk had.

De telefoon ging opnieuw en nu was het Morelli.

'Hij neuriet,' zei Morelli. 'Wanneer kom je hem halen?'

'Hij neuriet?'

'Bob en ik proberen naar de wedstrijd te kijken en die jodelaar blijft maar neuriën.'

'Misschien is hij zenuwachtig.'

'Verdomd als het niet waar is. Hij moet ook zenuwachtig

zijn. Als hij niet ophoudt met neuriën, ga ik hem wurgen.'

'Probeer hem wat te eten te geven.'

En ik hing op.

'Ik wou dat ik wist wat iedereen zoekt,' zei ik tegen Rex. 'Ik weet zeker dat Dougies verdwijning ermee te maken heeft.'

Er werd op de voordeur geklopt en mijn zuster maakte haar entree, zo kwiek en charmant als Doris Day of Meg Ryan. Voor Californië waarschijnlijk passend, maar in Jersey doen we niet aan kwiek en charmant.

'Kwiek en charmant,' zei ik. 'Ik kan me niet herinneren dat je vroeger al zo was.'

'Ik ben niet kwiek... Ik ben opgewekt. Ik ga absoluut nooit meer huilen. Niemand ziet graag dat Jantje huilt. Ik ga de touwtjes in handen nemen en ik ga gelukkig worden. Godverdomme, wat ga ik gelukkig worden. Jantje lacht en is overal populair.'

Jasses.

'En weet je waarom ik gelukkig kan zijn? Ik kan gelukkig zijn omdat ik in balans ben.'

Heel goed dat Valerie weer in Jersey was komen wonen. Daar weten wij wel raad mee.

'Dus dit is je flat,' zei ze en keek om zich heen. 'Ik ben hier nog nooit geweest.'

Ik keek ook om me heen en was niet onder de indruk van wat ik zag. Ik heb allerlei uitstekende ideeën voor mijn huis, maar om een of andere reden kom ik er niet toe bij Illuminations glazen kandelaars te kopen of die bronzen fruitschaal bij de Pottery Barn. Voor mijn ramen hangen brave gordijnen en zonwering. Mijn meubels zijn betrekkelijk nieuw, maar ongeïnspireerd. Ik woon in een goedkope doorsneeflat uit de jaren zeventig. Een binnenhuisarchitect zou er een rolberoerte van krijgen.

'Tjees,' zei ik. 'Ik vind het echt heel naar van Steve. Ik had geen idee dat jullie problemen hadden.'

Valerie liet zich op de bank vallen. 'Dat wist ik ook niet. Hij heeft me van de ene dag op de andere laten zitten. Ik kwam thuis van de sportschool en zag dat Steves kleren weg waren. Toen vond ik een briefje op het aanrecht dat hij het gevoel had dat hij klem zat en weg moest. En de volgende dag kreeg ik bericht dat het huis terug moest naar de bank.'

'Tjonge.'

'Ik heb bedacht dat het gunstig kan zijn. Ik bedoel: dit kan het begin zijn van allerlei nieuwe ervaringen, toch? Zo moet ik bijvoorbeeld werk zoeken.'

'Waar denk je aan?'

'Ik wil premiejager worden.'

Ik was sprakeloos. Valerie. Premiejager.

'Heb je het er al met ma over gehad?'

'Nee. Vind je dat een goed idee?'

'Nee!'

'Waar het om gaat is dat premiejagers zelf hun werktijden bepalen, toch? Dus ik kan naar huis wanneer de meisjes uit school komen. En premiejagers zijn weerbaar en dat wil ik ook voor de nieuwe Valerie... opgewekt, maar weerbaar.'

Valerie droeg een rood vest met V-hals van Talbots, een designerspijkerbroek die was gestreken, en instapschoenen van slangeleer.

Weerbaar was niet de eerste indruk.

'Ik weet niet zeker of je wel het type bent om premiejager te worden,' zei ik.

'Natuurlijk ben ik wel het type om premiejager te worden,' zei ze enthousiast. 'Ik moet me alleen de juiste instelling eigen maken.' Ze ging rechtop op mijn bank zitten en begon het liedje over de mier in de rubberboom te zingen.

'*Hoge verwachtingen… hóóóge verwachtingen!*'

Gelukkig lag mijn pistool in de keuken, want ik voelde de behoefte Valerie neer te schieten. Dit was me al te monter.

'Oma zei dat je aan een grote zaak werkt en ik dacht dat ik misschien kon helpen,' zei Valerie.

'Ik weet het niet… het is wel een moordenaar.'

'Maar het is toch een bejaarde man?'

'Ja. Een bejaarde moordenaar.'

'Dat lijkt me een goed begin,' zei Valerie en kwam energiek overeind. 'Laten we hem maar gaan halen.'

'Ik weet niet precies waar ik hem kan vinden,' zei ik.

'Waarschijnlijk voert hij de eendjes bij het meer. Dat is wat oude mannen doen. 's Avonds kijken ze tv en overdag voeren ze de eendjes.'

'Het regent. Ik denk niet dat hij in de regen de eenden zal voeren.'

Valerie keek naar het raam. 'Goed opgemerkt.'

Er werd hard op de deur geklopt en daarna voelde iemand of de deur op slot was. Toen werd er weer geklopt.

Morelli, dacht ik. Die Mooner terugbrengt.

Ik deed open en Eddie DeChooch liep mijn gang in. Hij had zijn pistool in de hand en keek ernstig.

'Waar is hij?' vroeg DeChooch. 'Ik weet dat hij bij jou woont. Waar is die vuile verrader?'

'Heb je het over Mooner?'

'Ik heb het over die waardeloze schijtbak die denkt dat hij me kan belazeren. Hij heeft iets dat van mij is en dat wil ik terug.'

'Hoe weet je dat Mooner dat heeft?'

DeChooch duwde me weg en ging mijn slaapkamer en badkamer in. 'Zijn vriend heeft het niet. En ik heb het niet. Dan blijft alleen die sukkel van een Mooner over.' DeChooch trok kastdeuren open en mepte ze dicht. 'Waar is hij? Ik weet dat je hem ergens verstopt houdt.'

Ik haalde mijn schouders op. 'Hij zei dat hij boodschappen moest doen en daarna heb ik hem niet meer gezien.'

Hij zette de loop tegen Valeries hoofd. 'Wie is dit juffertje?'

'Dat is mijn zuster Valerie.'

'Misschien moest ik haar maar doodschieten.'

Valerie keek opzij naar het wapen. 'Is dat een echte?'

DeChooch verplaatste het wapen vijftien centimeter naar rechts en drukte af. De kogel ging een millimeter langs mijn tv en bleef in mijn muur steken.

Valerie werd bleek en maakte een piepgeluid.

'Getver, ze klinkt als een muis,' zei DeChooch.

'Wat moet ik nu met die muur?' vroeg ik. 'Daar heb je een groot kogelgat in gemaakt.'

'Laat dat gat maar aan je vriend zien. Zeg maar tegen hem dat zijn hoofd op dat gat zal lijken als hij niet over de brug komt.'

'Misschien kun je dat ding terugkrijgen als je mij vertelt wat het is.'

DeChooch liep achteruit naar mijn voordeur, waarbij hij Valerie en mij onder schot bleef houden. 'Kom niet achter me aan,' zei hij, 'anders schiet ik.'

Valeries knieën knikten en ze smakte tegen de vloer.

Ik wachtte een paar tellen voordat ik in de deuropening naar de hal keek. Ik geloofde DeChooch op zijn woord als hij het over schieten had. DeChooch was niet meer in de hal. Ik deed mijn deur dicht en op slot en holde naar het raam. Ik woon aan de achterkant van het flatgebouw en heb uitzicht op het parkeerterrein. Geen mooi uitzicht, maar wel handig als je wilt weten hoe een geschifte oude man ervandoor gaat.

Ik zag DeChooch naar buiten lopen en wegrijden in de witte

Cadillac. Niet echt een misdadiger die op zijn hoede is. Dus waarom konden we hem niet aanhouden? Ik wist het antwoord van mijn kant. Ik was niet handig.

Valerie zat nog op de grond, met een lijkbleek gezicht.

'Misschien wil je nog eens nadenken over de premiejagerij,' stelde ik Valerie voor. Misschien moest ik dat zelf ook maar doen.

Valerie ging terug naar mijn ouderlijk huis en haar valium en ik belde Ranger.

'Ik ga de zaak teruggeven,' zei ik tegen Ranger. 'Jij moet het maar van me overnemen.'

'Dat doe je anders ook niet,' zei Ranger. 'Waarom nu wel?'

'DeChooch zet me voor gek.'

'Nou en?'

'Dougie Kruper is verdwenen en ik heb het gevoel dat De-Chooch daar iets mee te maken heeft. Ik ben bang dat ik Dougie in gevaar breng door telkens te falen bij DeChooch.'

'Dougie Kruper is waarschijnlijk door buitenaardse wezens ontvoerd.'

'Wil je de zaak overnemen?'

'Nee.'

'Barst dan toch.' Ik hing op en stak mijn tong uit naar de telefoon. Ik pakte mijn tas en regenjack en ging stampvoetend naar buiten.

Mevrouw DeGuzman was beneden in de hal. Mevrouw De-Guzman komt uit de Filippijnen en spreekt geen woord Engels.

'Vernederend,' zei ik tegen mevrouw DeGuzman.

Mevrouw DeGuzman glimlachte en knikte als zo'n hondje dat sommige mensen voor hun achterruit hebben liggen.

Ik stapte in mijn CR-V en bleef een ogenblik dingen zitten

denken als *Bereid je voor op je dood, DeChooch*. En *Geen flu-welen handschoentjes meer, nu is het oorlog*. Maar toen kon ik niet bedenken hoe ik DeChooch moest vinden, dus ging ik snel even naar de bakker.

Het was bijna vijf uur toen ik thuiskwam. Ik deed mijn deur open en smoorde een gil. Er was een man in mijn huiskamer. Ik keek nog eens goed en besefte dat het Ranger was. Hij zat ontspannen in een stoel peinzend naar me te kijken.

'Je had opgehangen,' zei hij. 'Doe dat nooit meer.'

Zijn stem klonk rustig, maar zoals altijd met gezag. Hij droeg een zwarte broek, een dunne zwarte trui met opge-stroopte mouwen en dure zwarte instapschoenen. Zijn haar was heel kort geknipt. Ik was gewend hem in zijn arrestatie-pak te zien met lang haar, en ik had hem niet direct herkend. Dat was de bedoeling ook, nam ik aan.

'Ben je vermomd?' vroeg ik.

Hij keek naar me zonder antwoord te geven. 'Wat heb je in je tas?'

'Een kaneelbol, vanwege de noodtoestand. Wat doe je hier?'

'Ik dacht dat we een deal konden maken. Hoe graag wil je DeChooch hebben?'

Ai. 'Waar denk je aan?'

'Jij vindt DeChooch. Als je hulp nodig hebt bij de aanhou-ding, bel je mij. Als het mij lukt hem aan te houden, breng je een nacht met me door.'

Mijn hart stond stil. Ranger en ik speelden dit spel al een tijdje, maar het was nog nooit concreet onder woorden ge-bracht.

'Ik ben zeg maar verloofd met Morelli,' zei ik.

Ranger glimlachte.

Shit.

Er klonk het geluid van een sleutel in mijn voordeurslot en de deur zwaaide open. Morelli kwam met grote passen binnen en hij en Ranger knikten naar elkaar.

'Wedstrijd afgelopen?' vroeg ik aan Morelli.

Morelli keek me vernietigend aan. 'De wedstrijd is afgelopen en het babysitten ook. En ik wil die vent nooit meer zien.'

'Waar is hij?'

Morelli draaide zich om en keek. Geen Mooner. 'Jezus,' zei Morelli. Hij liep terug naar de gang en sleurde Mooner de kamer in aan Mooners jaskraag, de in Trenton gebruikelijke politiemethode, als een kat die een zwakzinnig jong aan zijn nekvel versleept.

'Weetjewel,' zei Mooner.

Ranger kwam overeind en gaf me een kaartje met een naam en adres erop. 'De eigenaar van de witte Cadillac,' zei hij. Hij schoot in een zwartleren jasje en vertrok. Gezelligheidsdier, die Ranger.

Morelli zette Mooner in een stoel voor de tv neer, wees met zijn vinger naar hem en zei blijf.

Ik trok mijn wenkbrauwen op naar Morelli.

'Bij Bob helpt dat,' zei Morelli. Hij zette de tv aan en gebaarde me naar de slaapkamer. 'We moeten praten.'

Er is een tijd geweest dat ik doodsbang was voor een bezoek aan een slaapkamer met Morelli. Nu is het voornaamste dat mijn tepels hard worden.

'Wat is er?' vroeg ik en deed de deur dicht.

'Ik hoor van Mooner dat je vandaag een bruidsjapon hebt uitgezocht.'

Ik deed mijn ogen dicht en liet me op bed vallen. 'Dat is waar ook. Ik heb me laten overreden.' Ik kreunde. 'Mijn moeder en grootmoeder stonden voor mijn neus en voor ik het wist stond ik te passen bij Tina.'

'Je zult het me toch wel vertellen als we gaan trouwen? Ik bedoel: je zult toch niet zomaar op een dag in die japon bij me aan de deur komen en zeggen dat we over een uur in de kerk moeten zijn?'

Ik ging rechtop zitten en en keek hem met bijna dichtgeknepen ogen aan. 'Je hoeft niet zo snibbig te doen.'

'Mannen doen niet snibbig,' zei Morelli. 'Mannen worden kwaad. Vrouwen doen snibbig.'

Ik sprong van het bed. 'Echt iets voor jou om een seksistische opmerking te maken!'

'Kom zeg,' zei Morelli. 'Ik ben Italiaan. Van mij kun je seksistische opmerkingen verwachten.'

'Het wordt niets zo.'

'Schatje, je moest maar liever bedenken wat je wilt voordat je moeder die japon afrekent met haar creditcard.'

'Wat wil jij? Wil jij trouwen?'

'Best wel. Nu meteen.' Hij deed de slaapkamer op slot. 'Kleed je uit.'

'Wát?'

Morelli drukte me op het bed en boog zich over me heen. 'Het huwelijk is een kwestie van instelling.'

'Niet in mijn familie.'

Hij pakte mijn blouse en keek eronder.

'Hé, zeg! Wacht even!' zei ik. 'Ik kan dit niet met Mooner in de kamer hiernaast.'

'Mooner zit tv te kijken.'

Zijn hand omvatte mijn pubis, hij deed iets magisch met zijn wijsvinger, mijn ogen werden glazig en speeksel druppelde uit mijn mondhoek. 'De deur is toch op slot?'

'Zeker,' zei Morelli. Hij had mijn broek op mijn knieën.

'Misschien kun je beter nog even kijken.'

'Waarnaar?'

'Mooner. Kijken of hij niet aan de deur luistert.'

'Het kan me niet schelen of hij naar de deur luistert.'

'Mij wel.'

Morelli zuchtte en rolde van me af. 'Ik had verliefd moeten worden op Joyce Barnhardt. Die zou Mooner hebben uitgenodigd te komen kijken.' Hij deed de deur op een kier en keek. Hij deed hem verder open. 'O, shit,' zei hij toen.

Ik stond al en deed mijn broek dicht. 'Wat? Wát?'

Morelli was al weg, keek overal in huis, deed deuren open en dicht. 'Mooner is weg.'

'Hoe kan hij nou weg zijn?'

Morelli bleef staan om me aan te kijken. 'Kan het ons wat schelen?'

'Natuurlijk wel!'

Weer een zucht. 'We zijn maar een paar minuten in de slaapkamer geweest. Hij kan niet ver weg zijn. Ik ga hem zoeken.'

Ik liep door de kamer naar het raam en keek naar beneden. Op het parkeerterrein reed een auto weg. Door de regen was de auto slecht te zien, maar het leek die van Ziggy en Benny. Donker, Amerikaans merk, middelslag. Ik greep mijn tas, sloot mijn deur af en holde de gang door. Beneden in de hal haalde ik Morelli in. We duwden de deur naar het parkeerterrein open en bleven staan. Geen Mooner te zien. De donkere personenauto was verdwenen.

'Het lijkt me mogelijk dat hij met Ziggy en Benny is meegegaan,' zei ik. 'We moesten het maar bij hun club proberen.' Ik kon me niet voorstellen waar ze anders met Mooner naar toe zouden gaan. Ik dacht niet dat ze hem mee naar huis zouden nemen.

'Ziggy en Benny en Chooch zijn lid van Domino in Mulberry Street,' zei Morelli terwijl we in zijn pick-up klommen.

'Waarom denk je dat Mooner met Benny en Ziggy mee is gegaan?'

'Ik dacht dat ik hun auto zag wegrijden. En ik heb het gevoel dat Dougie en DeChooch en Benny en Ziggy allemaal verwikkeld zijn in iets dat is begonnen met de sigarettenhandel.'

We zigzagden door de Wijk naar Mulberry en daar stond inderdaad Benny's donkerblauwe auto voor de Dominoclub. Ik stapte uit en bevoelde de motorkap. Warm.

'Hoe wil je het aanpakken?' vroeg Morelli. 'Wil je dat ik in de cabine blijf wachten? Of wil je dat ik je naar binnen loods?'

'Ik ben wel een bevrijde vrouw, maar geen idioot. Loods me naar binnen.'

Morelli klopte aan en een oude man deed de deur open, met de veiligheidsketting erop.

'Ik wil Benny graag spreken,' zei Morelli.

'Benny heeft geen tijd.'

'Zeg dat Joe Morelli naar hem vraagt.'

'Dan heeft hij nog geen tijd.'

'Zeg dat als hij niet gelijk komt, ik zijn wagen in brand steek.'

De oude man verdween en kwam na nog geen minuut terug. 'Benny zegt dat hij je zal moeten vermoorden als je zijn wagen in brand steekt. En hij zal het tegen je grootmoeder zeggen.'

'Zeg tegen Benny dat er wat voor hem zwaait als hij daar Walter Dunphy heeft zitten, want Dunphy staat onder bescherming van mijn grootmoeder. Als Dunphy iets overkomt, krijgt Benny het óóg.'

Twee minuten later ging de deur een derde keer open en Mooner werd eruit gegooid.

'Verdorie,' zei ik tegen Morelli. 'Ik ben onder de indruk.'

'Weetjewel,' zei Morelli.

We zetten Mooner in de pick-up en brachten hem terug naar mijn huis. Halverwege kreeg hij een giechelbui en Morelli en ik wisten wat voor lokaas Benny aan Mooner had voorgezet.

'Dat was boffen,' zei Mooner met een glimlach vol ontzag. 'Ik was even naar buiten gegaan om wat te scoren en die twee ouwe mannen stonden al op het parkeerterrein. En nu vinden ze me aardig.'

Zo lang als ik me kan herinneren zijn mijn moeder en groot-moeder op zondagochtend naar de kerk gegaan. En op de te-rugweg gaan mijn moeder en grootmoeder naar de bakker om een zak jamdonuts te kopen voor mijn vader, de zondaar. Als Mooner en ik het goed uitmikten, konden we een minuut of twee na de donuts binnen zijn. En dan zou ik tevreden zijn omdat mijn oma al de nieuwste roddels over alles en iedereen zou hebben gehoord, ook over Eddie DeChooch.

'Ik heb groot nieuws,' zei oma toen ze opendeed. 'Stiva heeft gisteren Loretta Ricci binnengekregen en de eerste gele-genheid tot bezoek is vanavond zeven uur. De kist zal wel dicht zijn, maar het levert allicht iets op. Misschien komt Ed-die zelfs wel langs. Ik doe mijn nieuwe rode jurk aan. Het wordt bomvol vanavond. Iedereen komt.'

Angie en Mary Alice zaten in de huiskamer voor de televi-sie met het geluid zo hard dat de ramen trilden. Mijn vader zat ook in de huiskamer, verschanst in zijn lievelingsstoel achter de krant, zijn knokkels wit van de inspanning.

'Je zuster ligt met migraine in bed,' zei oma. 'Die opge-wektheid is haar kennelijk te veel geworden. En je moeder maakt koolrolletjes. We hebben donuts in de keuken en als je iets anders wilt, heb ik een fles in mijn kamer. Het is hier een gekkenhuis.'

Mooner pakte een donut en ging in de huiskamer tv-kijken met de meisjes. Ik schonk koffie voor mezelf in en ging met mijn donut aan de keukentafel zitten.

Oma kwam tegenover me zitten. 'Wat ga je vandaag doen?'

'Ik heb een spoor naar Eddie DeChooch. Hij rijdt in een witte Cadillac rond en ik heb net de naam van de eigenares gekregen. Mary Maggie Mason.' Ik haalde het kaartje uit mijn broekzak en keek ernaar. 'Waarom komt die naam me bekend voor?'

'Iedereen kent Mary Maggie Mason,' zei oma. 'Ze is een ster.'

'Nooit van gehoord,' zei mijn moeder.

'Omdat je nooit ergens naartoe gaat,' zei oma. 'Mary Maggie is een van de moddervechtsters in de Snake Pit. En een hele goeie.'

Mijn moeder keek op van haar pan met rundergehakt en rijst en tomaat. 'Hoe weet je dat allemaal?'

'Elaine Barkolowski en ik gaan na de bingo wel eens naar de Snake Pit. Op donderdag wordt er door mannen geworsteld en die hebben alleen maar zo'n piepklein lapje over hun dinges. Ze zijn niet zo goed als The Rock, maar ze kunnen ermee door.'

'Dat is walgelijk,' zei mijn moeder.

'Ja,' zei oma. 'Het kost vijf dollar om erin te komen, maar het is het waard.'

'Ik moet aan het werk,' zei ik tegen mijn moeder. 'Is het goed als ik Mooner zolang hier laat?'

'Hij is toch niet meer verslaafd, hè?'

'Nee. Hij is clean.' Al twaalf uur. 'Maar misschien wil je de lijm en hoestsiroop opbergen... voor de zekerheid.'

Het adres van Mary Maggie Mason dat Ranger me had gegeven was van een chique koopflat met uitzicht op de rivier.

Ik reed door de ondergrondse parkeergarage en monsterde de auto's. Geen witte Cadillac, wel een zilveren Porsche met MMM-YUM op de kentekenplaat.

Ik parkeerde op een gastenplaats en nam de lift naar zes hoog. Ik droeg een spijkerbroek en laarzen en een zwart leren jack over een zwarte tricot blouse, en ik voelde me verkeerd gekleed voor het gebouw. De omgeving suggereerde grijze zijde en een na laserbehandeling en massage smetteloze huid.

Mary Maggie Mason deed open na de tweede keer kloppen. Ze droeg een trainingspak en had haar bruine haar in een staart. 'Ja?' vroeg ze, me aankijkend van achter een bril met schildpadmontuur, met een boek van Nora Roberts in haar hand. Mary Maggie Moddervechtster leest een romantisch boek. Uit wat ik achter haar deur kon zien leidde ik af dat Mary Maggie álles las. Overal stonden boeken.

Ik gaf haar mijn kaartje en stelde mezelf voor. 'Ik zoek Eddie DeChooch,' zei ik. 'Ik heb gehoord dat hij in uw auto rondrijdt.'

'De witte Cadillac. Ja. Eddie had een auto nodig en ik gebruik de Caddy nooit. Ik heb hem van mijn oom Ted geërfd. Ik kan hem wel verkopen, maar hij heeft sentimentele waarde.'

'Waar kent u Eddie van?'

'Hij is een van de eigenaars van de Snake Pit. Eddie en Pinwheel Soba en Dave Vincent. Waarom zoekt u Eddie? U wilt hem toch niet aanhouden? Het is echt een aardige oude kerel.'

'Hij had zich bij de rechtbank moeten melden en moet nu een nieuwe afspraak maken. Weet u waar ik hem kan vinden?'

'Sorry. Vorige week kwam hij langs. Ik weet niet meer welke dag het was. Hij wilde de auto lenen. Zijn auto was weer eens kapot. Een echte maandagochtendwagen. Dus leen ik hem vaak de Caddy uit. Hij rijdt er graag in omdat hij groot en wit is, zodat hij hem in het donker kan terugvinden op een parkeerterrein. Eddie ziet niet zo goed.'

Het zijn mijn zaken niet, maar aan een blinde leen ik mijn wagen niet uit. 'U leest veel, zo te zien.'

'Ik ben verslaafd aan boeken. Wanneer ik ophoud met worstelen, begin ik een misdaadboekhandel.'

'Kun je daarvan leven, misdaadboeken verkopen?'

'Nee. Niemand kan leven van het verkopen van misdaadboeken. Het zijn allemaal dekmantels voor clandestiene loterijen.'

We stonden in de gang en ik keek zo goed als ik kon uit naar aanwijzingen dat DeChooch bij Mary Maggie was ondergedoken.

'Wat is dit een mooie flat,' zei ik. 'Ik wist niet dat moddervechten zo goed betaalde.'

'Worstelen levert niets op. Ik houd me in leven door sponsoring. En ik heb een paar grote bedrijven als sponsor.' Mary Maggie keek op haar horloge. 'O jee, is het al zo laat? Ik moet weg, ik moet over een halfuur op de sportschool zijn.'

Ik reed de ondergrondse garage uit en parkeerde in een zijstraat om een paar mensen te bellen. De eerste was Ranger op zijn mobieltje.

'Yo,' zei Ranger.

'Wist je dat DeChooch voor een derde eigenaar is van de Snake Pit?'

'Ja, dat aandeel heeft hij twee jaar geleden met craps gewonnen. Ik dacht dat je dat wist.'

'Dat wist ik niet!'

Stilte.

'Wat weet je nog meer dat ik niet weet?' vroeg ik.

'Hoeveel tijd hebben we?'

Ik verbrak de verbinding en belde oma.

'Wil je een paar namen opzoeken in de telefoongids?' zei ik. 'Ik wil weten waar Pinwheel Soba en Dave Vincent wonen.'

Ik luisterde naar oma die bladerde en ten slotte kwam ze weer aan het toestel. 'Ze staan er geen van beiden in.'

Hè, verdorie. Morelli kon me de adressen wel leveren, maar Morelli zou niet willen dat ik me met de eigenaars van de Snake Pit bemoeide. Morelli zou me op belerende toon voorhouden dat ik voorzichtig moest zijn, dat zou leiden tot een schreeuwpartij en daarna zou ik een heleboel taart moeten eten om tot rust te komen.

Ik haalde diep adem en belde opnieuw Ranger.

'Ik heb adressen nodig,' zei ik.

'Mag ik raden,' zei Ranger. 'Pinwheel Soba en Dave Vincent. Pinwheel zit in Miami. Hij is vorig jaar verhuisd. In South Beach een club begonnen. Vincent woont in Princeton. Het schijnt niet te boteren tussen DeChooch en Vincent.' Hij gaf me Vincents adres en verbrak de verbinding.

Een zilveren flits trok mijn aandacht en toen ik opkeek zag ik Mary Maggie in haar Porsche de hoek om razen. Ik startte en reed achter haar aan. Niet echt om haar te schaduwen, maar ik hield haar wel in het oog. We gingen allebei dezelfde kant op. Naar het noorden. Ik bleef achter haar hangen en ik vond dat ze wel een heel eind moest rijden om naar de sportschool te gaan. Ik reed mijn afslag voorbij en bleef bij haar in het centrum en Trenton-noord. Als ze waakzaam was, zou ze me hebben opgemerkt. Het is lastig om met een enkele wagen goed te schaduwen. Gelukkig had Mary Maggie nergens erg in.

Ik liet meer afstand ontstaan toen ze Cherry Street inreed. Ik parkeerde om de hoek bij het huis van Ronald DeChooch en zag Mary Maggie uitstappen, naar de voordeur lopen en aanbellen. De deur ging open en Mary Maggie ging naar binnen.

Tien minuten later ging de deur weer open en Mary Maggie kwam naar buiten. Ze bleef op de stoep nog even met Ronald staan praten. Toen stapte ze in haar auto en reed weg. Deze keer ging ze naar een sportschool. Ik zag haar parkeren en naar binnen gaan. Ik reed door.

Ik nam de snelweg naar Princeton, diepte een kaart op en vond Vincents adres. Princeton maakt niet echt deel uit van New Jersey. Het is een eilandje van rijkdom en intellectuele excentriciteit dat drijft in de Centrale Megalopoliszee. Het is een degelijk, fatsoenlijk stadje in het land van de winkelcentra. Haar is er korter, hakken zijn er lager en de geremdheid is groter in Princeton.

Vincent had een groot geel met wit huis in koloniale stijl met een lap van een tuin aan de rand van de stad. Er was een vrijstaande garage voor twee auto's bij. Er stonden geen auto's op de oprijlaan. Geen vlag in top om aan te geven dat Eddie DeChooch aanwezig was. Ik parkeerde een huis verderop aan de overkant om het huis te bekijken. Doodsaai. Er gebeurde niets. Geen passerende auto's. Geen kinderen die op de stoep speelden. Geen luide metal uit een boombox op een bovenverdieping. Een bastion van ingetogenheid en vormelijkheid. Een beetje angstaanjagend. Het besef dat ervoor was betaald met de revenuen van de Snake Pit veranderde niets aan het gevoel van hooghartig oud geld. Ik dacht niet dat Dave Vincent het prettig zou vinden als zijn vredige zondag werd verstoord door een premiejager op zoek naar Eddie DeChooch. En misschien zat ik ernaast, maar ik vermoedde dat mevrouw Vincent niets zou voelen voor het risico van een bezoedelde reputatie door onderdak te bieden aan zo iemand als Choochy.

Nadat ik een uur lang vruchteloos had gepost kwam een surveillancewagen van de politie langzaam aanrijden en stopte achter me. Fraai. Zo meteen werd ik de buurt uit gejaagd. Als iemand me in de Wijk erop betrapte dat ik zijn huis in de gaten hield, werd de hond naar buiten gestuurd om tegen mijn band te pissen. De vervolgactie bestond uit vloeken en tieren en de aansporing op te donderen. In Princeton sturen ze een keurig in de plooi zittende, heel beleefde politieman op je af om navraag te doen. Klasse, toch?

Er leek niets te winnen door de modelagent te stangen, dus stapte ik uit en liep naar hem toe terwijl hij mijn kenteken natrok. Ik gaf hem mijn kaartje en liet hem het contract zien waarin stond dat ik bevoegd was om Eddie DeChooch aan te houden. En ik gaf hem de standaardverklaring voor observatie.

Toen legde hij me uit dat de brave mensen in deze buurt niet gewend waren dat er werd gepost en dat het waarschijnlijk beter zou zijn als ik op een minder opvallende wijze zou posten.

'Goed hoor,' zei ik. En reed door. Als een politieman je vriend is, is hij de beste vriend die je ooit zult hebben. Maar als je niet intiem bent met een agent, is het verstandig hem niet voor de voeten te lopen.

Ik had er trouwens toch niets aan om naar het huis van Vincent te kijken. Als ik met Dave Vincent wilde praten, kon ik hem beter op zijn werk benaderen. Bovendien kon het geen kwaad om een kijkje te nemen bij de Snake Pit. Niet alleen kon ik dan Vincent spreken, ik kon het ook nog eens proberen met Mary Maggie Mason. Ze leek me best aardig, maar er stak kennelijk meer achter.

Ik nam de snelweg in zuidelijke richting en besloot in een opwelling nog eens in Mary Maggies garage rond te kijken.

7

Ik reed rustig de garage in en keek uit naar de Cadillac. Ik deed alle etages aan, maar had geen geluk. Maar goed ook, want ik zou niet weten wat ik moest doen als ik Choochy vond. Ik voelde me niet in staat hem in mijn eentje aan te houden. En de gedachte aan ingaan op Rangers aanbod bezorgde me direct een orgasme, gevolgd door een aanval van paniek.

Ik bedoel: stel dat ik een nacht met Ranger doorbracht? Wat dan? Stel dat hij zo geweldig was dat ik nooit meer een andere man wilde. Stel dat hij beter in bed was dan Joe. Niet dat Joe niet goed was in bed. Maar Joe was een sterveling en van Ranger wist ik dat niet zo zeker.

En mijn toekomst dan? Trouwen met Ranger? Nee. Ranger was geen geschikte echtgenoot. Zelfs Joe was maar marginaal geschikt als echtgenoot.

En dan de andere kant. Stel dat ik tekortschoot? Onwillekeurig kneep ik mijn ogen stijf dicht. Grrr! Dat zou vreselijk zijn. Onvoorstelbaar gênant.

Stel dat híj tekortschoot? Dan was de fantasie kapot. Waar moest ik dan aan denken als ik alleen was met de massagedouchekop?

Ik schudde mijn hoofd om dergelijke muizenissen te verdrijven. Ik wilde niet nadenken over een nacht met Ranger. Het was te ingewikkeld.

Het was etenstijd toen ik terugkwam bij mijn ouders. Valerie was opgestaan en zat met een donkere bril op aan tafel. Angie en Mooner aten brood met pindakaas voor de tv. Mary Alice galoppeerde door het huis, schraapte over het tapijt en brieste. Oma had zich verkleed voor het bezoek aan het uitvaartcentrum. Mijn vader zat over zijn gehakt gebogen. En mijn moeder zat aan het hoofdeinde met een wolk van een opvlieger. Met haar rode gezicht, klamme haar op het voorhoofd en koortsachtig zwervende blikken door de kamer daagde ze iedereen uit te zeggen dat ze in de overgang was.

Oma negeerde mijn moeder en gaf me de appelmoes door. 'Ik hoopte al dat je zou komen eten. Ik kan wel een lift gebruiken naar Stiva.'

'Best,' zei ik. 'Ik wou toch al gaan.'

Mijn moeder keek me gekweld aan.

'Wat?' vroeg ik.

'Niets.'

'Wát?'

'Je kleding. Als je in die kleren op rouwbezoek bij mevrouw Ricci gaat, word ik er een week lang over gebeld. Wat moet ik dan tegen de mensen zeggen? Die denken natuurlijk dat je geen geld hebt voor nette kleren.'

Ik keek naar mijn spijkerbroek en laarzen. Ik vond ze er best netjes uitzien, maar ik wilde geen ruzie met een vrouw in de menopauze.

'Ik heb kleren bij me die je kunt dragen,' zei Valerie. 'Ik wil zelf ook wel mee met jou en oma. Leuk! Delen ze bij Stiva nog steeds koekjes rond?'

Er moet in het ziekenhuis een verwisseling hebben plaatsgevonden. Ik kan toch geen zuster hebben die het leuk vindt om naar een uitvaartcentrum te gaan?

Valerie wipte overeind en trok me aan mijn hand mee naar boven. 'Ik weet precies wat je moet dragen!'

Er is niets erger dan de kleren van iemand anders aantrekken. Nou ja, misschien honger in de wereld of een tyfusepidemie, maar afgezien daarvan voelen geleende kleren nooit goed. Valerie is drie centimeter kleiner dan ik en weegt twee kilo minder. We hebben dezelfde schoenmaat en onze smaak in kleding zou niet verder uiteen kunnen lopen. In Valeries kleren op rouwbezoek gaan staat gelijk aan een gekostumeerd bal in de hel.

Valerie trok een rok uit de kast. 'Tadaaah!' zong ze. 'Is hij niet prachtig? Zal je enig staan. En ik heb er een perfect bloesje bij. En de perfecte schoenen. Een heel ensemble.'

Valerie heeft altijd ensembles gedragen. Haar schoenen en handtassen passen altijd bij elkaar. Haar rokken en bloesjes ook. En Valerie kan zelfs een sjaal dragen zonder er idioot uit te zien.

Vijf minuten later had Valerie me helemaal verkleed. De rok was mauve en lindegroen, met een motief van roze en gele lelies. De stof was doorzichtig en de zoom viel halverwege de kuit. Daarop kwam een katoenen bloesje met kapmouwen en kant aan de hals. De schoenen waren roze sandaaltjes met hakken van tien centimeter.

Het was nog nooit in mijn hoofd opgekomen om roze schoenen te dragen.

Ik bekeek mezelf in de passpiegel en probeerde mijn gezicht in de plooi te houden.

'Moet je kijken,' zei oma toen we bij Stiva aankwamen. 'Het is stampvol. We hadden eerder van huis moeten gaan. De beste stoelen dicht bij de kist zijn natuurlijk al bezet.'

We stonden in de hal en kwamen nauwelijks verder tussen de bezoekers die de kamers in- en uitgingen. Het was precies zeven uur en als we eerder waren gegaan, hadden we buiten in de rij moeten staan als fans voor een popconcert.

'Ik krijg geen adem meer,' zei Valerie. 'Ik word als een mier platgedrukt. Mijn dochters worden wees.'

'Je moet op de voeten van andere mensen gaan staan en ze tegen hun kuiten schoppen,' zei oma, 'dan geven ze meer ruimte.'

Benny en Ziggy stonden net voorbij de deur van kamer één. Als Eddie binnenkwam, hadden ze hem. Tom Bell, die het onderzoek leidde in de zaak-Ricci, was er ook. Net als de halve bevolking van de Wijk.

Ik voelde een hand om mijn ene bil, draaide me razendsnel om en betrapte Ronald DeChooch op een geile blik. 'Zo, moppie,' zei hij, 'wat een mooie dunne rok. Ik wed dat je geen slipje aanhebt.'

'Luister goed, lul de behanger,' zei ik tegen Ronald De-Chooch, 'als je niet van mijn kont afblijft, zorg ik dat iemand je doodschiet.'

'Lef,' zei Ronald. 'Daar houd ik wel van.'

Intussen was Valerie verdwenen, meegesleurd door de opdringende menigte. En oma wurmde zich voor me uit naar de kist toe. Een gesloten kist is een gevaarlijke situatie, want het is gebeurd dat deksels op mysterieuze wijze opengingen in oma's aanwezigheid. Ik moest maar liever bij haar in de buurt blijven om te zorgen dat ze niet met haar nagelvijl in actie kwam.

Constantine Stiva, de favoriete uitvaartondernemer van de Wijk, merkte oma op en haastte zich op wacht te gaan staan. Hij was eerder bij de kist dan oma.

'Edna,' zei hij met een knikje en zijn begripvolle uitvaartondernemersglimlach, 'wat aardig je weer te zien.'

Een keer per week lokte oma een chaos bij Stiva uit, maar Stiva wilde geen toekomstige klant ontmoedigen die niet meer de jongste was en haar oog had laten vallen op een mahoniehouten eeuwige-rustkist in de duurste prijsklasse.

'Het leek me niet meer dan passend om de laatste eer te komen bewijzen,' zei oma. 'Loretta zat in mijn seniorengroep.'

Stiva had zichzelf ingeklemd tussen oma en Loretta. 'Natuurlijk,' zei hij. 'Heel vriendelijk van je.'

'Ik zie dat het weer zo'n dichte lijkkist is,' zei oma.

'De wens van de familie,' zei Stiva met zijn stroperige stem en minzame glimlach.

'Dat lijkt me ook beter, want ze is doodgeschoten en daarna opengesneden bij de sectie.'

Heel even gaf Stiva blijk van nervositeit.

'Jammer toch dat ze sectie moesten doen,' zei oma. 'Loretta is in de borst geschoten en ze had een open kist kunnen hebben, maar ik geloof dat ze bij een sectie je hersenen eruit halen en een keurig kapsel wordt dan lastig.'

Drie mensen die binnen gehoorsafstand hadden gestaan hielden geschrokken hun adem in en liepen haastig naar de deur.

'Dus hoe zag ze eruit?' vroeg oma aan Stiva. 'Had je iets met haar kunnen beginnen als ze nog haar hersenen had gehad?'

Stiva omvatte oma's elleboog. 'Zullen we naar de hal gaan, waar het niet zo druk is, dan kan ik je wat koekjes aanbieden.'

'Dat is een goed idee,' zei oma. 'Ik heb best zin in een koekje. Hier is toch niets interessants te zien.'

Ik liep achter hen aan en bleef bij Ziggy en Benny staan om te praten.

'Hier komt hij echt niet,' zei ik. 'Zo gek is hij niet.'

Ziggy en Benny haalden als één man hun schouders op.

'Voor alle zekerheid,' zei Ziggy.

'Wat is er gisteren met Mooner gebeurd?'

'Hij wilde de club zien,' zei Ziggy. 'Hij kwam bij jou naar buiten om een luchtje te scheppen en we raakten aan de praat. Van het een kwam het ander.'

'Ja, het was niet de bedoeling dat mannetje te ontvoeren,' zei Benny. 'En we willen niet dat de oude mevrouw Morelli ons het boze oog geeft. Weliswaar geloven we niet in die onzin uit de Oude Wereld, maar we willen geen risico.'

'We hebben gehoord dat ze het oog aan Carmine Scallari heeft gegeven, en daarna kon hij niet meer... eh... in actie komen,' zei Ziggy.

'Het verhaal gaat dat hij zelfs die nieuwe pil heeft geprobeerd, maar niets hielp,' zei Benny.

Benny en Ziggy huiverden onwillekeurig. Ze wilden niet in dezelfde vernederende situatie raken als Carmine Scallari.

Ik keek langs Benny en Ziggy heen naar de hal en zag Morelli staan. Hij stond tegen de muur geleund naar de mensen te kijken. Hij droeg een spijkerbroek en zwarte sportschoenen en een zwart T-shirt onder een tweedjasje. Hij leek op een slank roofdier. Mannen stapten op hem af om met hem over sport te praten en liepen weer door. Vrouwen bekeken hem van een afstandje en vroegen zich af of Morelli zo gevaarlijk was als hij eruitzag, of hij zijn slechte reputatie verdiende.

Hij keek me aan en wenkte me met zijn vinger. Hij sloeg een bezittersarm om me heen en kuste me in mijn hals, net onder mijn oor. 'Waar is Mooner?'

'Voor de tv met de kinderen van Valerie. Ben je hier omdat je Eddie hoopt aan te houden?'

'Nee, ik hoopte jou hier te zien. Volgens mij moet je Mooner bij je ouders laten logeren en jij moet met mij mee naar huis.'

'Verleidelijk, maar ik ben hier met oma en Valerie.'

'Ik ben er net,' zei Morelli. 'Heeft oma de kist al open?'

'Stiva heeft haar onderschept.'

Morelli streek met zijn vinger over het kantstrookje aan de blouse. 'Mooie kant.'

'En de rok?'

'De rok doet me aan een douchegordijn denken. Erotisch wel. Ik vraag me af of je ondergoed aan hebt.'

God nog aan toe! 'Dat zei Ronald DeChooch ook al.'

Morelli keek om zich heen. 'Die heb ik hier niet gezien. Ik wist niet dat Ronald en Loretta Ricci zich in dezelfde kring bewogen.'

'Misschien is Ronald hier om dezelfde reden als Ziggy en Benny en Tom Bell hier zijn.'

Mevrouw Dugan kwam stralend naar ons toe. 'Gefeliciteerd,' zei ze. 'Ik hoor dat jullie gaan trouwen. Ik vind het zo enig voor jullie. En jullie mogen je wel in je handen knijpen dat jullie de receptie in de PNA-zaal kunnen houden. Daarvoor zal je oma wel haar relaties hebben bewerkt.'

De PNA-zaal? Ik keek op naar Morelli en rolde met mijn ogen, en Morelli schudde zwijgend van nee.

'Pardon,' zei ik tegen mevrouw Dugan. 'Ik moet naar oma Mazur.'

Ik boog mijn hoofd en stortte me in het gewoel om oma te zoeken. 'Mevrouw Dugan vertelt me net dat we de PNA-zaal hebben gehuurd voor de receptie,' fluisterde ik haar halfluid in. 'Is dat waar?'

'Lucille Stiller had hem afgehuurd voor de diamanten bruiloft van haar ouders en haar moeder is net gisteravond overleden. Zodra we dat hoorden, hebben we de zaal gehuurd. Het was een buitenkansje!'

'Ik wil geen receptie in de PNA-zaal.'

'Iedereen wil een receptie in de PNA-zaal,' zei oma. 'Beste zaal in de Wijk.'

'Ik wil geen grote receptie, ik wil de receptie in de achtertuin.' Of helemaal niet. Ik weet niet eens of ik wel wil trouwen!

'Maar stel nou dat het regent? Waar moeten we al die mensen dan laten?'

'Ik wil helemaal niet veel mensen.'

'Van Joe's familie alleen al komen er wel honderd,' zei oma.

Joe stond achter me. 'Ik heb een paniekaanval,' zei ik tegen hem. 'Ik heb het benauwd. Mijn tong wordt dik. Zo meteen stik ik.'

'Stikken is misschien het beste,' zei Joe.

Ik keek op mijn horloge. Het bezoek duurde nog anderhalf uur. Als ik het trof, kwam Eddie aanzetten zodra ik weg was. 'Ik moet naar buiten,' zei ik. 'Ik ga een paar minuten naar buiten.'

Joe liep met me mee en op het bordes ademden we de straatlucht in, blij dat we geen anjers meer roken maar uitlaatgassen. Er brandden lichtjes en op straat trok de spits voorbij. Achter ons klonk het uitvaartcentrum als een feestruimte. Geen popmuziek, maar veel gepraat en gelach. We gingen op een tree zitten en keken in kameraadschappelijk stilzwijgen naar het verkeer. We zaten er ontspannen bij toen de witte Cadillac langsgleed.

'Was dat Eddie DeChooch?' vroeg ik aan Joe.

'Ik dacht het wel,' zei Joe.

We kwamen geen van beiden in beweging. We konden er weinig aan doen dat DeChooch langsreed. Onze auto's stonden twee straten verderop.

'We zouden iets moeten doen om hem aan te houden,' zei ik tegen Joe.

'Waar denk je aan?'

'Tja, nu is het te laat, maar je had een band kunnen lekschieten.'

'Dat zal ik voor de volgende keer moeten onthouden.'

Vijf minuten later zaten we daar nog en DeChooch kwam weer voorbij.

'Jezus!' zei Joe. 'Wat heeft die kerel?'

'Misschien zoekt hij een parkeerplek.'

Morelli stond al. 'Ik ga mijn wagen halen. Ga jij naar binnen om Tom Bell in te seinen.'

Morelli liep weg en ik ging Bell halen. Op de trap passeerde ik Myron Birnbaum. Wacht effe. Myron Birnbaum ging weg. Hij maakte zijn parkeerplek vrij en DeChooch zocht een plaats om te parkeren. Ik kende Myron Birnbaum: die stond vast vlakbij. Ik hoefde alleen maar Birnbaums plaats bezet te houden tot DeChooch eraan kwam. DeChooch zou parkeren en dan had ik hem in de knip. Godverdomme, wat slím van mij.

Ik liep achter Birnbaum aan en net zoals ik verwachtte stond hij op de hoek, drie auto's voorbij die van Stiva, netjes ingeklemd tussen een Toyota en een Ford terreinwagen. Ik wachtte tot hij was weggereden, nam haastig de lege plaats in beslag en begon mensen weg te sturen. Eddie DeChooch kon nauwelijks de voorbumper van zijn auto zien, dus ik hoefde niet bang te zijn dat hij me uit de verte zou herkennen. Mijn plan was de ruimte voor hem te reserveren en me dan achter de terreinwagen te verstoppen zodra de Cadillac in zicht kwam.

Ik hoorde hoge hakken op de stoep klikken, draaide me om en zag Valerie op me af stappen.

'Wat doe je?' vroeg Valerie. 'Houd je een parkeerplaats voor iemand bezet? Zal ik je helpen?'

Een oude dame in een tien jaar oude Oldsmobile hield stil bij de parkeerplaats en deed haar rechter clignoteur aan.

'Sorry,' zei ik en gebaarde dat ze moest doorrijden. 'Deze plaats is bezet.'

De oude dame gebaarde dat ik weg moest gaan.

Ik schudde mijn hoofd. 'Gaat u maar naar het parkeerterrein.'

Valerie stond naast me met haar armen te maaien en naar het parkeerterrein te wijzen; ze leek wel zo iemand die op de startbaan aanwijzingen geeft aan een vliegtuig. Ze droeg vrijwel hetzelfde als ik, maar in andere kleuren. Valerie droeg lavendelblauwe schoenen.

De oude dame toeterde en probeerde zich in het gaatje te wringen. Valerie schoot naar achteren, maar ik zette mijn handen op mijn heupen, keek de vrouw woedend aan en gaf geen krimp.

Naast de oude dame zat een passagier, ook een oude dame. Ze deed het raampje open en stak haar hoofd naar buiten. 'Dit is ónze parkeerplek.'

'De politie moet hier ingrijpen,' zei ik. 'U zult ergens anders moeten parkeren.'

'Bent u van de politie?'

'Borgagent.'

'Dat klopt,' zei Valerie. 'Ze is mijn zus en ze is borgpersoon.'

'Borgagenten zijn niet van de politie,' zei de vrouw.

'De politie is onderweg,' zei ik.

'Volgens mij vertel jij grote leugens. Je houdt deze plek voor je vriendje bezet. Agenten zouden nooit zulke kleren dragen als jij.'

De Oldsmobile stond voor ongeveer een derde op de vrije plaats en de achterkant van de wagen blokkeerde de halve Hamilton Avenue. Uit mijn ooghoek zag ik een witte flits en voordat ik had kunnen reageren, ramde DeChooch de Oldsmobile. De Oldsmobile schoot naar voren en ramde de terreinwagen, twee centimeter van me af. De Cadillac deinde tegen de linker achterkant van de Oldsmobile en ik zag dat De-Chooch moeite had de auto in bedwang te krijgen. Hij draaide zich half om en keek me recht in de ogen, één ogenblik leek de tijd stil te staan en toen reed hij weg.

Verdomme!

De twee oude dametjes wrikten de portieren van de Oldsmobile open en kwamen er strompelend uit.

'Moet je mijn wagen zien!' zei de bestuurster. 'Total loss!' Ze draaide zich snel naar me om. 'Allemaal jouw schuld. Door jou is dit gebeurd. Ik haat je.' En ze sloeg me op mijn schouder met haar tas.

'Au!' zei ik. 'Dat doet pijn.'

Ze was minstens een kop kleiner dan ik, maar wel wat zwaarder. Ze had kort haar waarin recent een permanent was gezet. Ze leek me in de zestig. Ze had felrode lippenstift op, had met potlood donkerbruine wenkbrauwen getekend en had rooskleurige rouge op haar wangen. Ze kwam beslist niet uit de Wijk. Waarschijnlijk uit Hamilton Township.

'Ik had je moeten overrijden toen het nog kon,' zei ze.

Ze sloeg me weer met haar handtas en deze keer pakte ik de draagriem en rukte hem uit haar hand.

Achter me hoorde ik een verbaasd kreetje van Valerie.

'Mijn tas,' gilde de vrouw. 'Dief! Help! Ze heeft mijn tas geroofd!'

Er had zich een groep mensen om ons heen gevormd. Automobilisten en bezoekers. De oude dame greep een van de omstanders beet. 'Ze steelt mijn tas. Ze heeft het ongeluk veroorzaakt en nu steelt ze mijn tas. Haal de politie.'

Oma sprong van tussen de mensen te voorschijn. 'Wat is er gebeurd? Ik ben er net. Waar gaat de bonje over?'

'Zij heeft mijn tas gestolen,' zei de vrouw.

'Nietes,' zei ik.

'Welles.'

'Nietes!'

'Welles,' zei de vrouw en gaf me een duw tegen mijn schouder.

'Blijf van mijn kleindochter af,' zei oma.

'Ja. En het is míjn zuster,' vulde Valerie aan.

'Bemoei je er niet mee,' schreeuwde de vrouw tegen oma en Valerie.

De vrouw duwde oma en oma duwde terug en het volgende ogenblik sloegen ze elkaar en Valerie stond erbij te gillen.

Ik stapte naar voren om er een eind aan te maken en in de chaos van maaiende armen en schrille dreigementen sloeg iemand me op mijn neus. Sterretjes verspreidden zich door mijn gezichtsveld en ik ging neer op een knie. Oma en de vrouw hielden op met elkaar slaan om me zakdoekjes en goede raad aan te bieden over de beste manier om het bloed te stelpen dat nu uit mijn neus liep.

'Iemand moet een broeder halen,' riep Valerie. 'Negen-negen-één bellen. Een dokter halen. Die uitvaartman.'

Morelli kwam erbij en hees me overeind. 'Ik denk dat we bokser van de lijst van alternatieve beroepen kunnen schrappen.'

'Die vrouw begon.'

'Aan je neus te zien heeft ze er ook een eind aan gemaakt.'

'Toevalstreffer.'

'DeChooch reed met honderd kilometer per uur de andere kant op,' zei Morelli. 'Ik kon niet op tijd keren.'

'Dat gebeurt mij nu altijd.'

Toen mijn neus niet meer bloedde, laadde Morelli oma en Valerie en mij in mijn wagen en reed achter ons aan naar het huis van mijn ouders. Daar stak hij ten afscheid zijn hand op, want hij wilde er niet bij zijn wanneer mijn moeder ons zag. Ik had bloedvlekken op Valeries bloesje en rok gemaakt. In de rok zat een scheurtje. Mijn ontvelde knie bloedde. En ik had het begin van een blauw oog. Oma was er ongeveer net zo aan toe, maar zonder blauw oog en gescheurde rok. En er was iets met oma's haar gebeurd waardoor het recht overeind stond, zodat ze op Don King leek.

Omdat het nieuws in de Wijk zich met de snelheid van het licht verspreidt, was mijn moeder toen we thuiskwamen al zes keer gebeld over het onderwerp, zodat ze het fijne van onze vechtpartij wist. Ze klemde haar mond stijf dicht toen we binnenkwamen en haastte zich ijsblokjes voor mijn oog te pakken.

'Het valt erg mee,' zei Valerie tegen mijn moeder. 'De politie heeft de hele zaak uitgezocht. En de broeders van de ambulance dachten niet dat Stephanie haar neus had gebroken. En aan een gebroken neus doen ze trouwens weinig, hè, Stephanie? Misschien een pleister of zo.' Ze nam de ijszak van mijn moeder over en zette hem op haar eigen hoofd. 'Hebben we drank in huis?'

Mooner kwam bij de televisie vandaan. 'Weetjewel,' zei hij. 'Wat is er gebeurd?'

'Ruzietje om een parkeerplaats.'

Hij knikte. 'Je moet altijd in de rij, hè?' En hij liep terug naar de tv.

'Je laat hem hier toch niet achter?' vroeg mijn moeder. 'Hij woont toch niet ook bij me?'

'Denk je dat dat zou kunnen?' vroeg ik hoopvol.

'Nee!'

'Dan neem ik hem wel weer mee.'

Angie keek om voor de tv. 'Is het waar dat je door een oude mevrouw bent geslagen?'

'Het was een ongelukje,' zei ik.

'Als iemand een klap tegen zijn hoofd krijgt, zwellen de

hersenen op. Daardoor sterven hersencellen af en die kunnen zich niet herstellen.'

'Is het niet wat laat voor jou om nog tv te kijken?'

'Ik hoef niet naar bed omdat ik morgen niet naar school hoef,' zei Angie. 'We zijn nog niet ingeschreven bij een nieuwe school. En bovendien zijn we gewend aan laat opblijven. Mijn vader had vaak zakendiners en we mochten opblijven tot hij thuiskwam.'

'Maar nu is hij weg,' zei Mary Alice. 'Hij is bij ons weggegaan om met de oppas te kunnen slapen. Ik heb ze een keer zien zoenen en papa had een vork in zijn broek en die stak uit.'

'Dat doen vorken soms,' zei oma.

Ik pakte mijn kleren en Mooner en reed naar huis. Als ik nog puf had gehad was ik naar de Snake Pit gegaan, maar dat moest wachten tot een andere keer.

'Vertel me nog eens waarom iedereen op die Eddie De-Chooch loert,' vroeg Mooner.

'Ik zoek hem omdat hij heeft verzuimd bij de rechtbank te verschijnen. En de politie zoekt hem omdat die denkt dat hij misschien de hand heeft in een moord.'

'En hij denkt dat ik iets heb dat van hem is.'

'Ja.' Ik keek onder het rijden naar Mooner en vroeg me af of zich in zijn hoofd iets losmaakte, of er een brokje informatie naar de oppervlakte zweefde.

'Wat denk je?' vroeg Mooner. 'Kan Samantha al die trucjes ook zonder dat ze haar neus in rimpeltjes trekt?'

'Nee,' zei ik. 'Volgens mij moet ze haar neus in rimpeltjes trekken.'

Mooner dacht daar serieus over na. 'Dat denk ik ook.'

Het was maandagochtend en ik voelde me of ik door een truck was overreden. Op mijn knie had zich een korst gevormd en mijn neus deed pijn. Ik sleepte me uit bed en strompelde naar de badkamer. O jee! Ik had twee blauwe ogen. Het ene was aanzienlijk donkerder dan het andere. Ik ging onder de douche en bleef voor mijn gevoel een paar uur staan. Toen ik eruit kwam, had ik minder last van mijn neus, maar mijn ogen zagen er nog enger uit.

Dat moest ik onthouden. Twee uur onder de douche niet goed voor blauwe ogen.

Ik bewerkte mijn haar met de föhn en deed het in een staartje. Ik trok mijn gebruikelijke kleren aan, spijkerbroek en tricot T-shirt, en ging naar de keuken op zoek naar ontbijt. Sinds de komst van Valerie had mijn moeder het te druk om me de gebruikelijke etenszak mee te geven, dus ik had geen ananastaart in de koelkast. Ik schonk een glas jus in en liet een snee brood in het rooster zakken. Het was stil in mijn flat. Vredig. Prettig. Te vredig. Te prettig. Ik liep de keuken uit en keek om me heen. Alles leek in orde. Op de gerimpelde doorgestikte deken en het kussen op de bank na.

O shit. Geen Mooner. Verdomme, verdomme, verdomme.

Ik holde naar de deur. Die was dicht en op slot. De ketting hing er los bij, zonder functie. Ik deed de deur open en keek in de hal. Niemand in de hal. Ik keek door het huiskamerraam naar buiten, naar het parkeerterrein. Geen Mooner. Geen verdachte figuren of auto's. Ik belde Mooners huis. Er werd niet opgenomen. Ik schreef een briefje voor Mooner dat ik terug zou komen en dat hij op me moest wachten. Hij kon in de hal wachten of inbreken. Ach welja, iedereen breekt bij me in. Ik plakte het briefje op mijn voordeur en vertrok.

Eerst naar het huis van Mooner. Twee huisgenoten. Geen Mooner. Dan naar Dougies huis. Geen geluk. Ik reed langs de club, langs Eddies huis en Ziggy's huis. Ik ging terug naar mijn flat. Geen Mooner te bekennen.

Ik belde Morelli. 'Hij is weg,' zei ik. 'Hij was weg toen ik vanochtend opstond.'

'Is dat erg?'

'Ja, dat is erg.'

'Ik zal naar hem uitkijken.'

'En zijn zeker geen...'

'Lijken aangespoeld? Lijken in containers gevonden? Losse ledematen in de nachtkluis van een videozaak gedeponeerd? Nee. Het is rustig. Niets van dat alles.'

Ik hing op en belde Ranger. 'Help,' zei ik.

'Ik hoor dat je gisteravond door een oud vrouwtje bent afgetuigd,' zei Ranger. 'We moeten je maar eens wat lesjes zelfverdediging geven, meid. Niet goed voor je reputatie als je je door een oud vrouwtje laat aftuigen.'

'Ik heb andere problemen. Ik moest op Mooner passen en hij is verdwenen.'

'Misschien is hij gewoon opgestapt.'

'Misschien ook niet.'

'Heeft hij een auto?'

'Zijn auto staat nog bij mij op het parkeerterrein.'

Ranger liet een korte stilte vallen. 'Ik zal navraag doen en bel je terug.'

Ik belde mijn moeder. 'Je hebt Mooner zeker niet gezien?'

'Wat?' schreeuwde ze. 'Wat zeg je?'

Ik hoorde Angie en Mary Alice op de achtergrond rennen. Ze schreeuwden naar elkaar en het klonk of ze op pannen sloegen.

'Wat is er aan de hand?' riep ik in de telefoon.

'Je zus is uit solliciteren en de meisjes houden een optocht.'

'Zo te horen is het eerder de Derde Wereldoorlog. Is Mooner vanmorgen nog bij je geweest?'

'Nee, die heb ik sinds gisteravond niet meer gezien. Hij is

een beetje merkwaardig, hè? Weet je zeker dat hij geen drugs gebruikt?'

Ik liet het briefje voor Mooner op mijn voordeur zitten en reed naar kantoor. Connie en Lula zaten aan Connies bureau en keken naar de deur van Vinnies privéhol.

Connie beduidde me dat ik stil moest zijn. 'Joyce is daarbinnen met Vinnie,' fluisterde ze. 'Ze zijn al tien minuten bezig.'

'Je had er in het begin bij moeten zijn toen Vinnie koeiengeluiden maakte. Ik denk dat Joyce hem heeft gemolken,' zei Lula.

Achter de dichte deur klonk gesmoord gegrom en gekreun. Het gekreun hield op en Lula en Connie bogen zich vol verwachting naar voren.

'Nu komt het mooiste,' zei Lula. 'Nu komt de zweep erbij en dan blaft Joyce als een hond.'

Ik boog me samen met hen naar voren om te luisteren naar de zweep; ik wilde dat Joyce zou blaffen als een hond; ik schaamde me, maar kon me er ook niet van afwenden.

Ik werd aan mijn staartje getrokken. Ranger was achter me binnengekomen en hield mijn haar vast. 'Blij te zien dat je hard aan het werk bent om Mooner te zoeken.'

'Ssst. Ik wil Joyce horen blaffen als een hond.'

Ranger had me tegen zich aan gedrukt en ik voelde zijn lichaamswarmte. 'Ik geloof niet dat het de moeite waard is daarop te wachten, meissie.'

Er klonk gebonk en gilletjes en toen werd het stil.

'Nou, dat was leuk,' zei Lula, 'maar het is niet gratis. Joyce gaat alleen daar naar binnen als ze iets gedaan wil krijgen. En er is momenteel maar één grote borgzaak.'

Ik keek naar Connie. 'Eddie DeChooch? Vinnie zou Eddie toch niet aan Joyce geven?'

'Meestal zinkt hij alleen zo diep als er paarden bij betrokken zijn,' zei Conny.

'Ja, hippische seks is erg gewild,' zei Joyce.

De deur ging open en Joyce kwam met verende passen aanlopen. 'Ik moet het dossier-DeChooch hebben,' zei ze.

Ik wilde me op haar storten, maar Ranger hield mijn haar nog vast, dus ik kwam niet ver. 'Vinnie!' schreeuwde ik, 'kom hier.'

De deur van Vinnies kamer werd dichtgeslagen en op slot gedraaid.

Lula en Connie keken dreigend naar Joyce.

'Het gaat tijd kosten om het dossier bij elkaar te zoeken,' zei Connie. 'Het kan wel een paar dagen duren.'

'Geen probleem,' zei Joyce. 'Ik kom wel terug.' Ze keek even naar mij. 'Mooi oog. Staat je goed.'

Ik zou nog een Bob op haar gazon moeten doen. Misschien kon ik haar huis binnendringen en een Bob op haar bed doen.

Ranger liet mijn haar los, maar hield zijn hand in mijn nek. Ik probeerde kalm te blijven, maar ik voelde zijn aanraking tot in mijn tenen en op alle plaatsen daartussen.

Lula en Connie keken naar mij. 'Wat is er met Mooner gebeurd?'

'Verdwenen,' zei ik. 'Net als Dougie.'

8

Ranger reed in een zwarte Mercedes die zo uit de showroom afkomstig leek. Rangers auto's zijn altijd zwart en altijd nieuw en altijd is de eigendom dubieus. Hij had een pieper en een mobieltje achter de zonneklep en een politiescanner onder het dashboard. En ik wist uit ervaring dat er een jachtgeweer met afgezaagde loop en een scherpschuttersgeweer ergens in de auto verstopt zouden zijn en dat hij een halfautomatisch wapen aan zijn riem had. Ranger is een van de weinige burgers in Trenton met een vergunning om verborgen vuurwapens te dragen. Hij is eigenaar van kantoorgebouwen in Boston, heeft een dochter in Florida uit een mislukt huwelijk, heeft in alle uithoeken van de wereld als huursoldaat gewerkt en heeft een opvatting van normen en waarden die niet helemaal spoort met ons rechtssysteem. Ik zou verdomd niet weten wie hij is... maar ik mag hem graag.

De Snake Pit was niet open, maar er stonden auto's geparkeerd op het terreintje naast de club en de voordeur stond op een kier. Ranger parkeerde naast een zwarte BMW en we gingen naar binnen. Een schoonmaakploeg poetste de bar en dweilde de vloer. Drie spierbonken stonden koffie te drinken en te praten. Ik nam aan dat het worstelaars waren die het wedstrijdplan doornamen. En ik begreep waarom oma haar bingoavond had bekort om naar de Snake Pit te gaan. De mogelijkheid dat het ondergoed van een van de koffiedrinkers in de modder kon worden losgerukt had enige charme. Eigenlijk vind ik naakte mannen er een beetje raar uitzien met hun loshangende klok- en hamerspel. Maar nieuwsgierigheid blijft er altijd. Ik denk dat het zoiets is als een autobotsing: je kunt je ogen er niet van afhouden, ook al is het met afgrijzen.

Twee mannen aan een tafeltje zaten zo te zien een spreadsheet te bespreken. Ze waren in de vijftig, met een saunapostuur, in broek en dunne pullover. Ze keken op toen we binnenkwamen. Een van de twee knikte naar Ranger.

'Dave Vincent en zijn accountant,' zei Ranger tegen mij. 'Vincent is de man met de beige trui. De man die knikte.'

Paste precies bij dat huis in Princeton.

Vincent stond op en kwam naar ons toe. Hij glimlachte toen hij mijn oog van dichtbij zag. 'Jij moet Stephanie Plum zijn.'

'Ik had haar neer kunnen slaan,' zei ik. 'Ze verraste me. Het ging per ongeluk.'

'We zoeken Eddie DeChooch,' zei Ranger tegen Vincent.

'Iedereen zoekt DeChooch,' zei Vincent. 'Die kerel is geschift.'

'We dachten dat hij misschien contact onderhield met zijn zakenpartners.'

Dave Vincent haalde zijn schouders op. 'Ik heb hem niet gezien.'

'Hij rijdt rond in de auto van Mary Maggie.'

Vincent reageerde geprikkeld. 'Ik bemoei me niet met het privéleven van mijn personeel. Als Mary Maggie haar auto aan Chooch wil uitlenen, is dat haar zaak.'

'Als ze hem laat onderduiken is het míjn zaak,' zei Ranger.

En we draaiden ons om en gingen naar buiten.

'Zo,' zei ik bij de auto. 'Dat leek goed te gaan.'

Ranger grijnsde me toe. 'We zullen wel zien.'

'Wat nu?'

'Benny en Ziggy. Die zijn op de club.'

'O jee,' zei Benny toen hij aan de deur kwam. 'Wat nou weer?'

Ziggy stond vlak achter hem. 'Wij hebben het niet gedaan.'

'Wat gedaan?'

'Wat dan ook,' zei Ziggy. 'Wij hebben niks gedaan.'

'Waar is hij?' vroeg ik aan Ziggy.

'Waar is wie?'

'Mooner.'

'Is dat een strikvraag?'

'Nee,' zei ik. 'Het is een echte vraag. Mooner is weg.'

'Weet je het zeker?'

Ranger en en ik staarden hem zwijgend aan.

'Gelul,' zei Ziggy ten slotte.

We verlieten Benny en Ziggy met evenveel informatie als we hadden toen we aankwamen. Niets dus. Bovendien had ik het gevoel dat ik net aan een nummer van Abbott en Costello had meegedaan.

'Dus dat leek bijna zo goed te gaan als het gesprek met Vincent,' zei ik tegen Ranger.

Hij grijnsde weer. 'Stap in. Nu gaan we naar Mary Maggie.'

Ik salueerde en stapte in. Ik wist niet of we iets opschoten, maar het was een mooie dag om met Ranger rond te rijden. Meerijden met Ranger onthief mij van de verantwoordelijkheid. Ik was duidelijk de ondergeschikte. En ik werd beschermd. Niemand zou op mij durven schieten zolang ik in gezelschap van Ranger was. En als ze schoten, wist ik vrij zeker dat ik er niet dood aan zou gaan.

We reden in stilte naar Mary Maggies dure koopflat, parkeerden een rij voorbij haar Porsche en namen de lift naar zes hoog.

Mary Maggie deed open nadat we twee keer hadden geklopt. Ze hield haar adem in toen ze ons zag en week een stap naar achteren. Die reactie zou normaal gesproken als blijk van angst of schuldbewustzijn kunnen worden opgevat. Maar het is de normale reactie van vrouwen die oog in oog met Ranger komen te staan. Het sierde Mary Maggie dat ze niet bloosde of stotterde. Traag verplaatste ze haar aandacht van Ranger naar mij. 'Jij weer,' zei ze.

Ik wuifde met mijn vingers.

'Wat is er met je oog gebeurd?'

'Parkeerruzie.'

'Die je hebt verloren, zo te zien.'

'Schijn bedriegt,' zei ik. Niet noodzakelijk in dit geval... maar het komt voor.

'DeChooch reed gisteren door de stad,' zei Ranger. 'We dachten dat jij hem misschien had gezien.'

'Nee.'

'Hij reed in jouw auto en hij raakte betrokken bij een ongeluk. Hij is doorgereden.'

Aan Mary Maggies gezicht was duidelijk te zien dat dat nieuws voor haar was.

'Het komt door zijn ogen. Hij zou niet in het donker moeten rijden,' zei ze.

Zeker. En met zijn mentaliteit zou hij helemaal niet achter het stuur moeten schuiven. De man was een gevaarlijke gek.

'Is er iemand gewond geraakt?' vroeg Mary Maggie.

Ranger schudde zijn hoofd.

'Je belt ons toch als je hem ziet?' vroeg ik.

'Ja hoor,' zei Mary Maggie.

'Die belt ons niet,' zei ik tegen Ranger in de lift.

Ranger keek me alleen aan.

'Wat?' vroeg ik.

'Geduld.'

De liftdeuren gingen open en ik liep haastig de ondergrondse garage in. 'Geduld? Mooner en Dougie zijn verdwenen en Joyce Barnhardt hijgt in mijn nek. We rijden rond en we praten met mensen, maar we komen niets te weten en er gebeurt niets en niemand lijkt zich ook maar zorgen te maken.'

'We laten een boodschap achter. Oefenen druk uit. Als je op de juiste plek druk uitoefent, stort het bouwwerk in.'

'Hmm,' zei ik, nog steeds niet met het gevoel dat we veel hadden bereikt.

Ranger ontsloot zijn auto met zijn afstandsbediening. 'Dat "hmm" bevalt me niet.'

'Dat gepraat over druk is een beetje... obscuur.'

We waren alleen in de schemerige garage. Alleen Ranger en ik en twee etages met auto's en beton. Het was een ideale omgeving voor een afrekening in het criminele milieu of een aanval door een psychotische verkrachter.

'Obscuur,' herhaalde Ranger.

Hij greep me aan de revers van mijn jasje, trok me naar zich toe en kuste me. Zijn tong beroerde de mijne en ik voelde een gloed die maar een millimeter scheelde met een orgasme. Zijn handen gleden onder mijn jasje en omvatten mijn middel. Ik voelde zijn erectie. En opeens was niets zo belangrijk als een door Ranger opgewekt orgasme. Dat wilde ik. Nu. Eddie De-Chooch kon naar de hel lopen. Vroeg of laat zou hij wel tegen een vangrail op een brug botsen en daarmee uit.

'Ja, maar de bruiloft dan?' fluisterde een stemmetje van heel ver weg in mijn hoofd.

Kop dicht, zei ik tegen het stemmetje. *Later zal ik me wel zorgen maken.*

'En je benen?' vroeg het stemmetje. *'Heb je vanmorgen je benen geschoren?'*

Tjees, ik kon nauwelijks ademhalen door de behoefte aan dat godverdomde orgasme en nu moest ik me druk maken over het haar op mijn benen! Waar is de gerechtigheid in deze wereld? Waarom ik? Waarom ben ík degene die zich zorgen maakt over het haar op mijn benen? Waarom moet het verdomme altijd de vrouw zijn die zich druk maakt over dat ellendige haar?

'Aarde voor Steph,' zei Ranger.

'Als we het nu doen, telt dat dan mee voor het aanhouden van DeChooch?'

'We doen het niet nu.'

'Hoezo?'

'We zijn in een parkeergarage. Tegen de tijd dat ik voorbij de slagboom ben gereden, heb jij je bedacht.'

Ik keek hem met toegeknepen ogen aan. 'Wat wil je aantonen?'

'Dat het mogelijk is iemands verzet te breken door op de juiste manier druk uit te oefenen.'

'Wil je zeggen dat dit alleen maar een demonstratie was? Dat je me in deze... in deze toestand hebt gebracht om iets aan te tonen?'

Met zijn handen om mijn middel hield hij me nog tegen zich aan. 'Hoe ernstig is die toestand?'

Nog ernstiger en ik zou spontaan ontploffen. 'Niet zo ernstig,' zei ik.

'Dat lieg je.'

'Hoe serieus is jouw toestand?'

'Angstaanjagend serieus.'

'Je maakt mijn leven ingewikkeld.'

Hij hield het portier voor me open. 'Stap in. De volgende op de lijst is Ronald DeChooch.'

Het kantoor van het bestratingsbedrijf was leeg toen Ranger en ik binnenkwamen. Een jongeman stak zijn hoofd om een deur en vroeg waar we voor kwamen. We zeiden dat we Ronald wilden spreken. Tien seconden later kwam Ronald van ergens achter in het gebouw aanlopen.

'Ik hoor dat een oude dame je een dreun op je oog heeft gegeven, maar nu zie ik dat ze je heel behoorlijk te pakken heeft gehad,' zei Ronald tegen mij. 'Dat is een schoonheid van een blauw oog.'

'Heb je je oom onlangs nog gezien?' vroeg Ranger aan Ronald.

'Nee, maar ik heb gehoord dat hij betrokken was bij dat ongelukje voor het uitvaartcentrum. Hij kan beter niet rijden in het donker.'

'De auto waar hij in rijdt is van Mary Maggie Mason,' zei ik. 'Ken je haar?'

'Wel eens mee gepraat.' Hij keek naar Ranger. 'Werk jij ook aan deze zaak?'

Ranger knikte nauwelijks zichtbaar.

'Goed dat ik het weet,' zei Ronald.

'Wat was dat?' vroeg ik buiten aan Ranger. 'Was dat wat ik denk dat het was? Zei die aambei dat jouw medewerking iets uitmaakt? Dat hij het zoeken nu serieus neemt?'

'Laten we maar naar Dougies huis gaan,' zei Ranger.

Dougies huis was niet veranderd sinds mijn laatste bezoek. Uit niets bleek dat het opnieuw was doorzocht. Of dat Dougie of Mooner er was geweest. Ranger en ik werkten de kamers systematisch af. Ik vertelde Ranger over de eerdere indringers en het verdwenen runderbraadstuk.

'Een van de geheimen des levens,' zei Ranger.

We liepen achterom en snuffelden in Dougies garage.

Het kefhondje van de buren verliet zijn post bij de achterdeur van de Belski's en kwam blaffend en happend naar onze broekspijpen op ons af.

'Zou iemand het merken als ik hem een kogel geef?' vroeg Ranger.

'Ik denk dat je mevrouw Belski met een vleesbijl achter je aan zou krijgen.'

'Heb je mevrouw Belski gesproken over de indringers?'

Ik sloeg me voor het hoofd. Waarom had ik daar niet aan gedacht? 'Nee.'

De Belski's wonen al tientallen jaren in hun huis. Ze zijn nu in de zestig. Hardwerkende mensen van stevige Poolse komaf. Meneer Belski heeft zijn pensioen van de Stucky Gereedschapfabriek. Mevrouw Belski heeft zeven kinderen grootgebracht. En nu hebben ze Dougie als buurman. Minder brave mensen zouden oorlog met Dougie hebben gevoerd, maar de Belski's hebben hun lot aanvaard als Gods wil en leven vreedzaam met hem samen.

De achterdeur van de Belski's ging open en mevrouw Belski stak haar hoofd naar buiten. 'Hebben jullie last van Spotty?'

'Nee,' zei ik. 'Spotty is braaf.'

'Hij wordt opgewonden als hij vreemden ziet,' zei mevrouw Belski, die naar ons toe kwam om Spotty terug te halen.

'Ik heb begrepen dat er vreemden in Dougies huis zijn geweest.'

'Er waren altijd vreemden bij Dougie. Waren jullie hier toen hij zijn Star Trek-feest gaf?' Ze schudde haar hoofd. 'Wat er toen niet allemaal gebeurde.'

'En de laatste tijd? De afgelopen paar dagen.'

Mevrouw Belski tilde Spotty op drukte hem tegen zich aan. 'Niets in vergelijking met dat Star Trek-feest.'

Ik legde mevrouw Belski uit dat iemand bij Dougie had ingebroken.

'Nee toch!' zei ze. 'Wat vreselijk.' Ze keek bezorgd naar Dougies achterdeur. 'Dougie en zijn vriend Walter zijn soms een beetje wild, maar eigenlijk zijn het aardige jongelui. Ze zijn altijd lief voor Spotty.'

'Hebt u een verdachte figuur bij het huis zien rondhangen?'

'Er waren twee vrouwen,' zei mevrouw Belski. 'Een van mijn leeftijd. Misschien iets ouder. In de zestig. De andere was een paar jaar jonger. Ik kwam terug van Spotty uitlaten en die vrouwen parkeerden hun auto en gingen bij Dougie naar binnen. Ze hadden een sleutel. Ik nam aan dat het familie was. Denken jullie dat ze kwamen stelen?'

'Weet u nog wat voor auto?'

'Nou nee. Ik zie niet veel verschil.'

'Was het een witte Cadillac? Was het een sportwagen?'

'Nee. Geen van beide. Een witte Cadillac of een sportwagen, dat had ik nog geweten.'

'En verder?'

'Een man op leeftijd is een keer of wat geweest. Mager. In de zeventig. Nu ik erover nadenk: het is mogelijk dat hij in een witte Cadillac reed. Dougie krijgt veel bezoek. Ik let er niet altijd op. Ik heb geen verdachte figuren gezien, alleen die vrouwen die de sleutel hadden. Die kan ik me nog herinneren omdat de oudste naar me keek en er was iets met haar ogen. Ze had enge ogen. Kwaad en gek.'

Ik bedankte mevrouw Belski en gaf haar mijn kaartje.

Toen ik met Ranger in de auto zat, dacht ik aan het gezicht dat Mooner had gezien op die avond dat hij was beschoten. Hij had het gezicht niet herkend en weinig bijzonderheden kunnen vertellen... met uitzondering van die enge ogen. En nu vertelde mevrouw Belski over een vrouw van in de zestig met enge ogen. Er was ook de vrouw die Mooner had gebeld om hem ervan te beschuldigen dat hij iets had dat van haar was.

Misschien was dat de vrouw met de sleutel. En hoe kwam ze aan die sleutel? Van Dougie, misschien.

'Wat nu?' vroeg ik.

'Nu wachten we af,' zei Ranger.

'In wachten ben ik nooit zo goed geweest. Ik heb een ander idee. Zullen we mij als lokaas gebruiken? Zal ik Mary Maggie bellen en zeggen dat we de dinges hebben en de dinges voor Mooner willen ruilen? En dan kan ik haar vragen de dinges door te geven aan Eddie DeChooch.'

'Denk je dat Mary Maggie de contactpersoon is?'

'Het is een gok.'

Morelli belde een half uur later nadat Ranger me had afgezet. 'Wat ben je?' schreeuwde Morelli.

'Lokaas.'

'Jezus.'

'Het idee is goed,' zei ik. 'We gaan de mensen laten denken dat ik datgene heb waar ze naar zoeken...'

'We?'

'Ranger en ik.'

'Ranger.'

Ik stelde me Morelli tandenknarsend voor.

'Ik wil niet dat je met Ranger samenwerkt.'

'Het is mijn werk. Premiejagen.'

'Ik wil ook niet dat je dat doet.'

'Moet je horen, ik vind het ook niet echt denderend dat jij bij de politie bent.'

'Ik werk tenminste binnen de wet.'

'Ik werk net zo goed binnen de wet als jij.'

'Niet als je met Ranger samenwerkt. Hij is geschift. En het bevalt me niet hoe hij naar je kijkt.'

'Hoe kijkt hij dan naar me?'

'Precies zoals ik.'

Ik merkte dat ik hyperventileerde. Langzaam ademhalen, hield ik mezelf voor. Niet in paniek raken.

Ik hing Morelli op, smeerde een boterham met pindakaas en olijven en belde mijn zus.

'Ik maak me zorgen over dat trouwen,' zei ik. 'Als jíj niet getrouwd kon blijven, hoeveel kans maak ík dan?'

'Mannen kunnen niet denken,' zei Valerie. 'Ik heb alles gedaan wat van me verwacht kon worden en toch is het misgegaan. Hoe kan dat nu?'

'Hou je nog van hem?'

'Ik denk het niet. Ik zou hem het liefst een dreun in zijn gezicht geven.'

'Oké,' zei ik. 'Ik moet ophangen.' En ik hing op.

Daarna bladerde ik in het telefoonboek, maar er stond geen Mary Maggie Mason in. Dat verbaasde me niets. Ik belde Connie en vroeg haar me het nummer te bezorgen. Connie heeft relaties.

'Nu je toch aan de lijn bent, ik heb een vluggertje voor je,' zei Connie. 'Melvin Baylor. Hij is vanmorgen niet bij de rechtbank verschenen.'

Melvin Baylor woont twee straten bij mijn ouders vandaan. Hij is een aardige kerel van veertig die is uitgekleed door een alimentatieregeling waarbij hem alles is afgepakt, op zijn ondergoed na. Nog gemener was dat zijn ex-vrouw Lois twee weken later liet weten dat ze zich met hun werkloze buurman had verloofd.

Een week terug waren de ex en de buurman getrouwd. De buurman is nog steeds werkloos, maar rijdt nu in een nieuwe BMW rond en kijkt naar spelletjesprogramma's op een grootbeeld-tv. Melvin woont intussen in een kamer boven de garage van Virgil Selig en rijdt in een tien jaar oude bruine Nova.

Op de avond van de trouwdag van zijn ex schrokte Melvin zijn gebruikelijke avondmaaltijd naar binnen, cornflakes met magere melk, en reed diep ontgoocheld in zijn sputterende Nova naar Casey's Bar. Omdat Melvin niet veel drinkt, was hij na twee martini's al behoorlijk aangeschoten. Daarna stapte hij in zijn gammele wagen en toonde voor het eerst in zijn leven karakter door naar de receptie van zijn ex-vrouw te gaan en voor de ogen van tweehonderd mensen over de bruidstaart te wateren. Alle mannen in de zaal applaudisseerden voor hem.

Lois' moeder, die vijfentachtig dollar voor de luxe drie-laagstaart had betaald, liet Melvin arresteren wegens potlood-venten, obsceen gedrag, verstoring van een besloten ont-vangst en vernieling van privébezit.

'Ik kom eraan,' zei ik. 'Leg het dossier maar voor me klaar. En geef me dan meteen Masons nummer.'

Ik greep mijn tas en riep Rex toe dat ik niet lang weg zou blijven. Ik holde de hal door en de trap af en botste in de hal beneden tegen Joyce op.

'Ik hoor van mensen dat je vanmorgen overal bent geweest om naar DeChooch te vragen,' zei Joyce. 'DeChooch is nu van mij. Trek je terug.'

'Best.'

'En ik wil het dossier.'

'Dat ben ik kwijtgeraakt.'

'Trut,' zei Joyce.

'Snottebel.'

'Spekkont.'

'Totebel.'

Joyce draaide zich snel om en stormde naar buiten. De vol-gende keer dat ik een vallende ster zag, zou mijn wens zijn dat Joyce herpes kreeg.

Het was stil op kantoor toen ik binnenkwam. Vinnies deur was dicht. Lula lag op de bank te slapen. Connie had Mary Maggies telefoonnummer voor me en de vergunning om Melvin aan te houden.

'Thuis neemt hij niet op,' zei Connie. 'En op zijn werk heeft hij zich ziek gemeld. Waarschijnlijk heeft hij zich thuis onder het bed verstopt in de hoop dat het allemaal een nachtmerrie is.'

Ik stopte de vergunning in mijn tas en gebruikte Connies telefoon om Mary Maggie te bellen.

'Ik heb besloten dat ik een ruil met Eddie wil doen,' zei ik tegen Mason toen ze opnam. 'Het probleem is dat ik niet weet hoe ik met hem in contact kan komen. Omdat hij jouw auto gebruikt, dacht ik dat hij jou misschien zou bellen... laten weten dat alles goed is met de auto.'

'Wat voor ruil wil je dan?'

'Ik heb iets waar Eddie naar zoekt en ik wil het ruilen voor Mooner.'

'Mooner?'

'Eddie begrijpt het wel.'

'Goed,' zei Mason. 'Als hij belt, geef ik het door, maar het is niet gezegd dat hij belt.'

'Dat begrijp ik,' zei ik. 'Maar voor het geval dat.'

Lula deed één oog open. 'O jee, lieg je weer?'

'Ik fungeer als lokaas,' zei ik.

'Je meent het.'

'Wat is dat dan waar Chooch naar zoekt?' wilde Connie weten.

'Ik weet het niet,' zei ik. 'Dat is één kant van het probleem.'

Meestal trekken mensen weg uit de Wijk na een scheiding. Melvin was een van de uitzonderingen. Ik denk dat hij in de tijd van zijn scheiding te moe en neerslachtig was om te zoeken naar een huis.

Ik parkeerde voor Seligs huis en liep naar de garage erachter. Het was een vervallen gebouwtje voor twee auto's met een vervallen eenkamerflatje erboven. Ik ging de trap op en klopte aan. Ik luisterde aan de deur. Niets. Ik bonkte nog wat op de deur, legde mijn oor tegen het gehavende hout en luisterde weer. Binnen bewoog zich iemand.

'Hé, Melvin,' riep ik. 'Doe eens open.'

'Ga weg,' zei Melvin door de deur heen. 'Ik voel me niet lekker. Ga weg.'

'Ik ben Stephanie Plum,' zei ik. 'Ik moet je spreken.'

De deur ging open en Melvin keek naar buiten. Zijn haar was ongekamd en hij had bloeddoorlopen ogen.

'Je had vanmorgen bij de rechtbank moeten verschijnen,' zei ik.

'Ik kon niet. Ik voel me ziek.'

'Je had Vinnie moeten bellen.'

'Ai. Niet aan gedacht.'

Ik rook zijn adem. 'Heb je gedronken?'

Hij wiegde op zijn hielen en een onnozele grijns trok over zijn gezicht. 'Nee hoor.'

'Je ruikt naar hoestsiroop.'

'Kersenjenever. Met Kerstmis van iemand gekregen.'

Allemachtig. Zo kon ik hem niet meenemen. 'Melvin, we moeten je zien te ontnuchteren.'

'Ik voel me prima. Ik voel alleen mijn voeten niet.' Hij keek omlaag. 'Daarnet voelde ik ze nog wel.'

Ik leidde hem naar buiten, sloot de deur achter ons af en liep voor hem uit de gammele trap af om te voorkomen dat hij zijn nek brak. Ik duwde hem in mijn auto en deed hem de gordel om. Hij hing in de gordel, met open mond en glazige ogen. Ik reed met hem naar het huis van mijn ouders en sleurde hem mee naar binnen.

'Bezoek, wat leuk,' zei oma Mazur en hielp me Melvin naar de keuken te slepen.

Mijn moeder stond te strijken en zong toonloos.

'Zo heb ik haar nooit horen zingen,' zei ik tegen oma.

'Dat doet ze de hele dag al,' zei oma. 'Ik begin me zorgen te maken. En ze is al een uur bezig dat overhemd te strijken.'

Ik zette Melvin op een stoel aan de keukentafel, gaf hem zwarte koffie en maakte een boterham met ham voor hem.

'Ma?' vroeg ik. 'Gaat het wel?'

'Ja, natuurlijk. Ik ben gewoon aan het strijken, liefje.'

Melvin rolde met zijn ogen naar oma. 'Weet je wat ik heb gedaan? Op de receptie van mijn vrouw over de bruidstaart geplast. Over de héééle glazuurlaag. Iedereen kon het zien.'

'Het had erger gekund,' zei oma. 'Je had op de dansvloer kunnen poepen.'

'Weet je wat er gebeurt als je over glazuur plast? Dan gaat het smelten. En druipen.'

'En de poppetjes van de bruid en bruidegom?' vroeg oma. 'Heb je daar ook op gepiest?'

Melvin schudde zijn hoofd. 'Daar kon ik niet bij. Ik kon alleen bij de onderste laag.' Hij legde zijn hoofd op tafel. 'Ik kan niet geloven dat ik zoiets gênants heb gedaan.'

'Als je oefent, kun je de volgende keer misschien wel bij de bovenste laag,' zei oma.

'Ik ga nooit meer naar een bruiloft,' zei Melvin. 'Was ik maar dood. Misschien kan ik er beter een eind aan maken.'

Valerie kwam binnen met een wasmand. 'Wat is er?'

'Ik heb op de taart gepiest,' zei Melvin. 'Ik was starnakel.' En hij viel flauw op de boterham.

'Zo kan ik hem niet afleveren,' zei ik.

'Hij kan zijn roes uitslapen op de bank,' zei mijn moeder en zette de strijkbout neer. 'Allemaal een arm of een been, dan brengen we hem naar de kamer.'

Ziggy en Benny stonden op de parkeerplaats toen ik thuis-kwam.

'We horen dat je zaken wilt doen,' zei Ziggy.

'Ja. Hebben jullie Mooner?'

'Dat niet precies.'

'Dan gaat het niet door.'

'We zijn overal bij je binnen geweest en daar is het niet,' zei Ziggy.

'Dat is omdat het ergens anders is,' zei ik.

'Waar dan?'

'Dat zeg ik pas als ik Mooner zie.'

'We zouden je heel veel pijn kunnen doen,' zei Ziggy. 'We kunnen je aan de praat krijgen.'

'Dat zou mijn toekomstige schoonmoeder niet bevallen.'

'Weet je wat ik denk?' zei Ziggy. 'Volgens mij lieg je als je zegt dat je het hebt.'

Ik haalde mijn schouders op en wilde naar binnen. 'Als jullie Mooner vinden, laat het me dan weten, dan kunnen we zaken doen.'

Sinds ik dit werk doe breken er mensen bij me in. Ik koop de beste sloten en het maakt niets uit. Iedereen komt binnen. Het griezelige is dat ik eraan begin te wennen.

Niet alleen hadden Ziggy en Benny alles achtergelaten zoals ze het hadden aangetroffen... de flat was zelfs opgeknapt. De afwas was gedaan en het aanrecht schoongeveegd. De keuken zag er keurig netjes uit.

De telefoon ging en het was Eddie DeChooch.

'Ik heb begrepen dat jij het hebt.'

'Ja.'

'Is het in goede conditie?'

'Ja.'

'Ik stuur iemand naar je toe om het te halen.'

'Wacht even. Ho even. En Mooner dan? Ik heb bedongen dat ik het voor Mooner wil ruilen.'

DeChooch liet een honend geluid horen. 'Mooner. Ik snap niet wat je ziet in die loser. Mooner staat erbuiten. Ik betaal ervoor.'

'Ik wil geen geld.'

'Iedereen wil geld. Nou, wat vind je hier dan van? Zal ik je ontvoeren en martelen tot je het afstaat?'

'Dan word je door mijn toekomstige schoonmoeder vervloekt.'

'Dat ouwe mens is getikt. Ik geloof niet in die onzin.'

DeChooch hing op.

Het lokaasplan leverde resultaat op, maar Mooner kreeg ik er niet mee terug. Er zat een groot verdrietig brok in mijn keel. Ik was bang. Niemand leek Mooner in de aanbieding te hebben. Ik wilde niet dat Mooner dood was of dat Dougie dood was. Erger nog, ik wilde niet zoals Valerie aan tafel zitten snotteren met mijn mond open.

'*Verdomme!*' riep ik. '*Verdomme, verdomme, verdomme!*'

Rex kwam achteruit uit zijn soepblik en keek naar me op, met trillende snorharen. Ik brak een stukje van een jamkoek en gaf dat aan Rex. Hij schoof het stukje in zijn wang en keerde terug naar zijn blik. Een hamster is gauw tevreden.

Ik belde Morelli en vroeg of hij wilde komen eten. 'Alleen moet je het zelf meebrengen,' zei ik.

'Kip van de grill? Broodje bal? Chinees?' vroeg Morelli.

'Chinees.'

Ik haastte me naar de badkamer, nam een douche, schoor mijn benen zodat dat stomme stemmetje in mijn hoofd de zaak niet weer zou saboteren en waste mijn haar met de shampoo die naar ontbijtkoek ruikt. Ik zocht in mijn ondergoedla tot ik mijn zwarte kanten string had gevonden en de bijpassende beha. Ik bedekte de lingerie met mijn gebruikelijke T-shirt en spijkerbroek en smeerde wat mascara en lipgloss op. Als ik ontvoerd en gemarteld zou worden, wilde ik eerst nog plezier hebben.

Bob en Morelli kwamen binnendansen terwijl ik sokken aantrok.

'Ik heb loempia's, iets vegetarisch, iets met garnalen, iets met varkensvlees, iets met rijst en iets dat volgens mij voor iemand anders bedoeld was, maar in mijn zak terecht is gekomen,' zei Morelli. 'En ik heb bier.'

We zetten alles op de tafel in de kamer en zetten de tv aan. Morelli wierp Bob een loempia toe. Bob ving hem in de lucht op en schrokte hem naar binnen.

'We hebben het besproken en Bob is bereid mijn getuige te zijn,' zei Morelli.

'Dus er komt een trouwerij?'

'Ik dacht dat jij een jurk had gekocht.'

Ik schepte iets met garnalen op. 'Daar is nog geen beslissing over.'

'Waar hangt het vanaf?'

'Ik wil geen grote bruiloft. Dat vind ik zo'n maf gedoe. Maar mijn oma en mijn moeder proberen verwoed me zover te krijgen. Opeens heb ik zo'n jurk aan. En voor we het weten is er een zaal gereserveerd. Het is of mijn verstand uit mijn hoofd wordt weggezogen.'

'Misschien moeten we gewoon gaan trouwen.'

'Wanneer?'

'Vanavond kan het niet. De Rangers moeten spelen. Morgen? Woensdag?'

'Meen je het?'

'Ja hoor. Wil jij die laatste loempia nog?'

Mijn hart stond stil in mijn borst. Toen het weer begon te kloppen, sloeg het over. Getrouwd. *Shit!* Ik was behoorlijk opgewonden. Daarom had ik het gevoel dat ik misschien moest overgeven. Het kwam door de opwinding. 'Moeten we niet bloedonderzoek laten doen en een vergunning aanvragen en zo?'

Morelli richtte zijn aandacht op mijn T-shirt. 'Mooi.'

'Het shirt?'

Hij streek met zijn vingertop langs het randje kant aan mijn beha. 'Dat ook.' Zijn handen gleden onder de katoenen stof en opeens was mijn shirt over mijn hoofd gegleden en wegge-gooid. 'Misschien moest je me maar eens laten zien wat je kunt,' zei hij. 'Me ervan overtuigen dat je de moeite waard bent om mee te trouwen.'

Ik trok een wenkbrauw op. 'Misschien ben jij degene die moet zien te overtuigen.'

Morelli trok de rits van mijn spijkerbroek omlaag. 'Schatje, voor de nacht voorbij is zul je me smeken met je te trouwen.'

Ik wist uit ervaring dat het waar was. Morelli kon ervoor zorgen dat een vrouw glimlachend wakker werd. Morgenoch-tend zou ik moeite hebben met lopen, maar niet met lachen.

9

Morelli's pieper ging af om half zes in de ochtend. Morelli keek naar het schermpje en zuchtte. 'Informant.'

Ik tuurde in het duister terwijl hij opstond. 'Moet je weg?'

'Nee. Alleen even bellen.'

Hij liep naar de huiskamer. Het bleef even stil. Toen verscheen hij weer in de deuropening van de slaapkamer. 'Ben jij midden in de nacht opgestaan om het eten weg te bergen?'

'Nee.'

'Er staat geen eten meer.'

Bob.

Ik hees mezelf uit bed, schoof mijn armen in mijn ochtendjas en schuifelde naar het strijdperk.

'Ik heb wat metalen handvaten teruggevonden,' zei Morelli. 'Zo te zien heeft Bob zowel het eten als de verpakking opgegeten.'

Bob stond te drentelen bij de deur. Hij had een dikke buik en hij kwijlde.

Ideaal. 'Ga jij maar bellen, dan ga ik met Bob uit,' zei ik.

Ik liep snel terug naar de slaapkamer, trok een spijkerbroek en trui aan en ramde mijn voeten in mijn laarzen. Ik nam Bob aan de riem en greep mijn autosleuteltjes.

'Autosleuteltjes?' vroeg Morelli.

'Voor het geval ik een donut nodig heb.'

Dat was natuurlijk onzin. Bob moest een grote dikke Chinees-etenpoep doen. En die zou hij neerleggen op Joyce Barnhardts gazon. Misschien kon ik hem zelfs verleiden tot een worp.

We namen de lift omdat ik niet wilde dat Bob meer lichaamsbeweging nam dan noodzakelijk was. We liepen naar de auto en scheurden weg.

Bob drukte zijn neus tegen de ruit. Hij hijgde en boerde. Zijn buik was strakgespannen.

Ik had het gaspedaal bijna op de bodem gedrukt. 'Volhouden, kerel,' zei ik. 'We zijn er bijna. Het duurt niet lang meer.'

Met gillende remmen stopte ik voor Joyces huis. Ik holde om de auto heen, deed het portier open en Bob sprong op de grond. Hij galoppeerde naar Joyces gazon, hurkte en poepte zo te zien tweemaal zijn lichaamsgewicht. Hij wachtte even en braakte toen een stuk karton en tjap tjoy met garnalen uit.

'Braaf!' fluisterde ik.

Bob schudde zich uit en zorgde dat hij weer in de auto kwam. Ik mepte het portier dicht, sprong op mijn plaats en reed weg voordat de stank ons kon bereiken. Weer een taak met succes volbracht.

Morelli stond bij het koffiezetapparaat toen ik binnenkwam. 'Geen donuts?' vroeg hij.

'Vergeten.'

'Donuts vergeten? Zo ken ik je niet.'

'Ik had andere dingen aan mijn hoofd.'

'Zoals trouwen?'

'Dat ook.'

Morelli schonk twee mokken koffie in en gaf er een aan mij. 'Is je ooit opgevallen dat trouwen 's avonds veel dringender lijkt dan 's morgens?'

'Wil je zeggen dat je niet meer wilt?'

Tegen het aanrecht geleund dronk Morelli zijn koffie. 'Zo gemakkelijk kom je er niet af.'

'Er zijn allerlei dingen waarover we nog nooit hebben gepraat.'

'Noem eens wat?'

'Kinderen. Stel dat we kinderen krijgen en we vinden ze niet leuk?'

'Als we Bob leuk kunnen vinden, kunnen we alles leuk vinden,' zei Morelli.

Bob was in de huiskamer bezig stof van het kleed te likken.

Eddie DeChooch belde tien minuten nadat Morelli en Bob waren vertrokken om aan het werk te gaan.

'Wat wordt het?' vroeg hij. 'Wil je tot zaken komen?'

'Ik wil Mooner.'

'Hoe vaak moet ik je nog vertellen dat ik hem niet heb? En ik weet niet waar hij is. Niemand die ik ken heeft hem. Misschien is hij bang geworden en gevlucht.'

Ik wist niet wat ik moest zeggen, want dat was een mogelijkheid.

'Je bewaart het toch wel gekoeld?' vroeg DeChooch. 'Ik heb het in goede staat nodig. Het kan me de kop kosten.'

'Ja hoor, goed gekoeld. Je wilt niet weten in hoe goede staat. Vind Mooner voor me, dan kun je het zelf zien.' En ik hing op.

Waar had hij het over, verdorie?

Ik belde Connie, maar die was nog niet op kantoor. Ik sprak in dat ze contact met me moest opnemen en ging onder de douche. Daarbij maakte ik de balans van mijn leven op. Ik zat achter een depressieve bejaarde aan die me voor paal zette. Twee van mijn vrienden waren spoorloos verdwenen. Ik zag

eruit of ik zojuist een rondje met George Foreman had ge-
bokst. Ik had een bruidsjapon die ik niet wilde dragen en een
zaal die ik niet wilde gebruiken. Morelli wilde met me trouwen. En Ranger wilde... Verdomme, ik wou niet denken aan
wat Ranger met me wilde doen. O ja, en dan was er Melvin
Baylor, die bij mijn weten nog bij mijn ouders op de bank lag.

Ik droogde me af, kleedde me aan, besteedde minimale aandacht aan mijn haar en toen belde Connie.

'Heb je nog iets meer gehoord van tante Flo of oom Bingo?'
vroeg ik. 'Ik moet weten wat er in Richmond mis is gegaan. Ik
moet weten waar iedereen naar zoekt. Het moet iets zijn dat
gekoeld moet worden bewaard. Medicijnen, misschien.'

'Hoe weet je dat het gekoeld moet worden bewaard?'

'DeChooch.'

'Je hebt DeChooch gesproken?'

'Hij belde me op.' Soms twijfel ik aan mijn eigen leven.
Een voortvluchtige die mij opbelt. Dat is toch bizar?

'Ik zal kijken wat ik aan de weet kan komen,' zei Connie.

Daarna belde ik oma.

'Ik heb wat informatie nodig over Eddie DeChooch,' zei ik.
'Ik dacht dat je misschien navraag kon doen.'

'Wat wil je weten?'

'Hij had moeilijkheden in Richmond en nu is hij naar iets
op zoek. Ik wil weten wat hij zoekt.'

'Laat dat maar aan mij over!'

'Is Melvin Baylor er nog?'

'Nee, die is naar huis gegaan.'

Ik nam afscheid van oma en er werd op mijn voordeur geklopt. Ik deed de deur op een kier open en keek naar buiten.
Het was Valerie. Ze droeg een getailleerd zwart jasje en een
broek met een wit gesteven herenhemd en een herenstropdas.
De Meg Ryan-kuif was met gel naar achteren gekamd.

'Nieuw uiterlijk,' zei ik. 'Ter gelegenheid waarvan?'

'Mijn eerste dag als lesbienne.'

'O ja.'

'Ik meen het. Ik zei bij mezelf: waarom zou ik nog langer wachten? Ik begin gewoon opnieuw. Ik wilde het meteen goed aanpakken. Ik ga een baan zoeken. En ik neem een vriendin. Nergens goed voor om thuis te zitten mokken om een mislukte relatie.'

'Ik dacht laatst dat je het niet meende. Heb je... eh... ervaring als lesbienne?'

'Nee, maar dat kan toch niet moeilijk zijn?'

'Ik weet niet of dit me wel bevalt,' zei ik. 'Ik ben gewend het zwarte schaap van de familie te zijn. Hierdoor zou ik in een andere positie kunnen komen.'

'Stel je niet aan,' zei Valerie. 'Het zal niemand kunnen schelen dat ik lesbisch ben.'

Valerie was véél te lang in Californië gebleven.

'Hoe dan ook,' zei ze, 'ik moet solliciteren. Zie ik er goed uit? Ik wil eerlijk zijn over mijn nieuwe seksuele oriëntatie, maar niet al te mannelijk.'

'Je wilt er niet uitzien als een motorpot.'

'Precies. Ik wil er lesbisch chic uitzien.'

Door mijn beperkte lesbische ervaring wist ik niet goed wat ik me daarbij moest voorstellen. Ik kende lesbiennes voornamelijk van de tv.

'Ik weet niet of het de goede schoenen zijn,' zei ze. 'Schoenen zijn altijd zo moeilijk.'

Ze droeg elegante zwartleren sandaaltjes met een lage hak. Haar teennagels waren felrood gelakt.

'Ik denk dat het ervan afhangt of je herenschoenen of damesschoenen wilt dragen,' zei ik. 'Ben je een lesbisch meisje of een lesbische jongen?'

'Zijn er dan twee soorten?'

'Ik weet het niet. Heb je je er niet in verdiept?'

'Nee. Ik nam gewoon aan dat lesbiennes uniseks waren.'

Als het haar al moeite kostte lesbisch te zijn met haar kleren aan, kon ik me niet voorstellen wat er zou gebeuren wanneer ze haar kleren uittrok.

'Ik ga solliciteren in het winkelcentrum,' zei Valerie. 'En daarna moet ik solliciteren in het centrum. Ik vroeg me af of ik met jou van auto kan ruilen. Ik wil een goede indruk maken.'

'Waar rijd je nu in?'

'De Buick uit '53 van oom Sandor.'

'Gespierde wagen,' zei ik. 'Erg lesbisch. Veel beter dan mijn CR-V.'

'Daar had ik niet aan gedacht.'

Ik voelde me een beetje schuldig omdat ik niet wist of een Buick uit '53 bij lesbiennes in de smaak zou vallen. Ik wist alleen dat ik niet wilde ruilen. Ik heb een hekel aan de Buick uit '53.

Ik liet haar uit en wenste haar succes toen ze heupwiegend de hal in liep. Rex was uit zijn blik gelopen en keek naar me. Of hij vond me heel slim, of hij vond me als zus erg onaardig. Moeilijk te zeggen bij hamsters. Daarom zijn ze zo geschikt als huisdier.

Ik hing mijn zwartleren tas over mijn schouder, greep mijn spijkerjasje en sloot af. Hoog tijd om weer bij Melvin Baylor te gaan kijken. Even voelde ik me een beetje zenuwachtig. Eddie DeChooch baarde me zorgen. Het beviel me niet dat hij lukraak op mensen schoot. En dat ik tot de bedreigden hoorde, beviel me nog minder.

Ik sloop de trap af en holde door de hal. Ik keek door de glazen deuren naar het parkeerterrein. Geen DeChooch te bekennen.

Meneer Morganstern stapte uit de lift.

'Hallo, meisje,' zei meneer Morganstern. 'Hola. Zo te zien ben je tegen een deurknop gelopen.'

'Hoort bij mijn werk,' zei ik.

Meneer Morganstern was heel oud. Tweehonderd, misschien.

'Ik zag gisteren die jonge vriend van je vertrekken. Hij mag dan een beetje raar zijn in zijn hoofd, hij reist wel in stijl. Dat moet je bewonderen, dat een man in stijl reist,' zei meneer Morganstern.

'Welke jonge vriend?'

'Die Mooner. De man die het Supermanpak draagt en lang bruin haar heeft.'

Mijn hart sloeg een tel over. Het was niet bij me opgekomen dat mijn buren iets over Mooner konden weten. 'Wanneer hebt u hem gezien? Hoe laat was dat?'

'Het was 's ochtends vroeg. De bakkerij verderop gaat om zes uur open en daar was ik te voet naartoe geweest, dus ik denk dat ik je jonge vriend om een uur of zeven heb gezien. Hij kwam naar buiten net toen ik naar binnen wilde. Hij was met een dame en ze stapten allebei in een grote zwarte limousine. Ik heb nog nooit in een limousine gezeten. Dat moet wel heel bijzonder zijn.'

'Zei hij iets tegen u?'

'Hij zei... *weetjewel*.'

'Zag hij er gewoon uit? Keek hij bezorgd?'

'Nee. Hij zag eruit als altijd. Niemand thuis, zeg maar.'

'Hoe zag de vrouw eruit?'

'Keurig verzorgd. Klein van stuk, bruin haar. Jong.'

'Hoe jong?'

'Een jaar of zestig, denk ik.'

'Op die limousine stond zeker niets? Misschien de naam van het verhuurbedrijf?'

'Niet dat ik het nog zou weten. Het was gewoon een grote zwarte limousine.'

Ik draaide me om, liep weer naar boven en begon limousinebedrijven te bellen. Het kostte me een half uur om de vermeldingen af te werken. Zo vroeg de vorige ochtend hadden er maar twee bedrijven mensen afgehaald. Beide wagens waren Town Cars en ze waren allebei naar het vliegveld gereden. Geen van beide was besteld of gebruikt door een vrouw.

Weer niets.

Ik reed naar Melvins flat en klopte aan.

Melvin deed open met een diepvrieszak mais op zijn hoofd. 'Ik ga dood,' zei hij. 'Mijn hoofd staat op barsten. Mijn ogen staan in brand.'

Hij zag er heel slecht uit. Slechter dan de vorige dag, en dat wilde wat zeggen. 'Ik kom later op de dag wel terug,' zei ik. 'Wil je niet meer drinken?'

Vijf minuten later was ik op kantoor. 'Moet je zien,' zei Lula. 'Je ogen zijn vandaag zwart en groen. Dat is een goed teken.'

'Is Joyce al geweest?'

'Ze kwam een kwartiertje geleden binnen,' zei Connie. 'Ze was laaiend en bazelde over tjap tjoy met garnalen.'

'Ze was over de rooie,' zei Lula. 'Geen touw aan vast te knopen. Nog nooit zo kwaad gezien. Jij weet zeker niets van die garnalen?'

'Nee hoor. Ik niet.'

'En Bob? Weet die iets van die tjap tjoy?'

'Bob maakt het prima. Eerder vanmorgen had hij buikpijn, maar dat is nu over.'

Connie en Lula gaven elkaar een high five.

'Ik wist het toch!' zei Lula.

'Ik ga een paar huizen bekijken,' zei ik. 'Ik vroeg me af of er iemand met me mee wil.'

'Nou wordt het link,' zei Lula. 'Jij wilt alleen iemand mee hebben als je bang bent dat iemand op je loert.'

'Eddie DeChooch loert waarschijnlijk op me.' Waarschijnlijk zaten er nog meer mensen achter me aan, maar Eddie De-Chooch leek me de meest krankzinnige en de waarschijnlijk-ste kandidaat om op me te schieten.

'Nou ja, Eddie DeChooch kunnen we wel aan,' zei Lula en pakte haar handtas uit de onderste la van de archiefkast. 'Ge-woon een depressief oud mannetje.'

Met een pistool.

'Is Mooner hier?' vroeg ik.

'Nee. Niet gezien. Misschien is hij bij Dougie. Daar is hij vaak.'

We reden naar Dougies huis. Ik had Dougies sleutels in mijn zak gestopt toen Mooner was beschoten en ze niet terug-gegeven. Ik deed de voordeur van het slot en Lula en ik liepen door het huis. Niets bijzonders te zien. Ik liep terug naar de keuken en keek in de vrieskist en de koelkast.

'Waarom doe je dat?' vroeg Lula.

'Voor de zekerheid.'

Na Dougies huis reden we naar het huis van Eddie De-Chooch. De afzetting was verwijderd en de helft van De-Chooch leek donker en niet bewoond.

Ik parkeerde en Lula en ik keken rond in het huis van De-Chooch. Weer niets bijzonders. Eigenlijk zomaar keek ik in de vrieskist en de koelkast.

Er lag een runderbraadstuk in de vrieskist.

'Runderbraadstuk vind je lekker, dat zie ik aan je,' zei Lula.

'Bij Dougie is een runderbraadstuk uit de diepvries gesto-len.'

'Hé.'

'Het zou deze kunnen zijn. Dit kan het gestolen runderbraadstuk zijn.'

Nu ik het hardop zei, klonk het nogal stom. 'Het kan,' zei ik.

We reden langs de club en de kerk, reden stapvoets door Mary Maggies parkeergarage en kwamen uit bij het huis van Ronald DeChooch in Trenton-noord. Daarmee hadden we zowat heel Trenton en de hele Wijk gehad.

'Ik heb er genoeg van,' zei Lula. 'Ik moet kip uit de frituur hebben. Ik wil Tok in 't Pannetje, extra gekruid, extra vet. En ik wil biscuits en koolsla en zo'n shake die zo dik is dat je keihard moet zuigen om hem door het rietje te krijgen.'

Tok in 't Pannetje is een paar straten bij kantoor vandaan. Op het geasfalteerde parkeerterrein staat een paal met een grote draaiende kip erop gespietst en ze hebben er uitstekende gefrituurde kip.

Lula en ik kregen een bak en gingen ermee aan een tafeltje zitten.

'Dus als ik het goed begrijp,' zei Lula, 'is DeChooch naar Richmond gereden om sigaretten te halen. Terwijl DeChooch in Richmond is, legt Louie D het af en er loopt iets in de soep. We weten niet wat.'

Ik koos een stukje kip en knikte.

'Choochy komt terug in Trenton met de sigaretten, levert een deel van de partij af bij Dougie en wordt aangehouden terwijl hij met de rest naar New York wil.'

Ik knikte weer.

'Dan is Loretta Ricci opeens dood en Chooch vlucht voor ons.'

'Ja. En dan verdwijnt Dougie. Benny en Ziggy zoeken Chooch. Chooch zoekt een *dinges*. We weten weer niet wat. En iemand steelt Dougies runderbraadstuk.'

'En nu is Mooner ook verdwenen,' zei Lula. 'Chooch dacht dat Mooner de *dinges* had. Jij hebt tegen Chooch gezegd dat jíj de *dinges* hebt. En Chooch heeft je geld geboden, maar geen Mooner.'

'Klopt.'

'Ik heb nooit zo'n stom verhaal gehoord,' zei Lula en beet in een kippepoot. Ze hield op met praten en kauwen en sperde haar ogen ogen. 'Urg,' zei ze. Toen begon ze met haar armen te wapperen en greep naar haar keel.

'Wat is er?' vroeg ik.

Ze wees weer naar haar keel.

'Op haar rug slaan,' stelde iemand aan een ander tafeltje voor.

'Dat helpt niet,' zei iemand anders. 'Je moet die Heimlich-truc doen.'

Ik ging gauw achter Lula staan en probeerde mijn armen om haar heen te leggen om de Heimlich te doen, maar mijn armen waren te kort.

Een grote kerel kwam van achter de toonbank aanlopen, omarmde Lula van achteren en kneep.

'Ptoeh,' zei Lula. En een stuk kip vloog uit haar mond en raakte een kind twee tafeltjes verder.

'Je moet afvallen,' zei ik tegen Lula.

'Ik heb gewoon zware botten,' zei Lula.

Iedereen kwam weer tot bedaren en Lula zoog aan haar rietje.

'Ik kreeg een idee toen ik stervende was,' zei Lula. 'Het is duidelijk wat je nu moet doen. Tegen Chooch zeggen dat je het voor geld doet. Dan pakken we hem als hij de *dinges* komt halen. En wanneer we hem te pakken hebben, zorg jij dat hij gaat praten.'

'Het is ons tot nu toe niet echt gelukt hem te pakken te krijgen.'

'Ja, maar wat heb je te verliezen? Er valt voor hem niets op te halen.'

Ik vond mijn mobieltje en belde Mary Maggie, maar er werd niet opgenomen. Ik sprak mijn naam en nummer in en vroeg haar me terug te bellen.

Ik stopte mijn mobieltje weer in mijn schoudertas toen Joyce kwam binnenstormen.

'Ik zag je wagen buiten staan,' zei Joyce. 'Denk je De-Chooch hier te vinden achter een bak kip?'

'Hij is net weg,' zei Lula. 'We hadden hem kunnen aanhouden, maar dat leek ons te makkelijk. Wij houden van uitdagingen.'

'Jullie tweeën hebben geen flauw benul wat je met een uitdaging moet doen,' zei Joyce. 'Jullie zijn losers. De Dikke en de Domme. Moet je dat nou toch zien zitten.'

'Nou ja, in elk geval hebben wij geen probleem met tjap tjoy,' zei Lula.

Dat verraste Joyce, die even niet wist of Lula meer wist van de hondsbrutale daad of haar alleen pestte.

Joyces pieper ging over. Joyce keek naar het schermpje en haar lippen plooiden zich tot een glimlach. 'Ik moet weg. Ik heb een aanwijzing over DeChooch. Het is jammer dat jullie leeghoofden niets beters te doen hebben dan je hier volproppen. Maar zo te zien is dat wat jullie het beste kunnen.'

'Ja, en zo te zien ben jij het beste in stokken apporteren en naar de maan huilen,' zei Lula.

'Val dood,' zei Joyce en liep stampvoetend naar haar auto.

'Hm,' zei Lula, 'ik had iets originelers verwacht. Joyce is niet op haar best vandaag.'

'Weet je wat wij moeten doen?' zei ik. 'Achter haar aan rijden.'

Lula pakte het eten al bij elkaar. 'Precies wat ik dacht,' zei ze.

Zodra Joyce het parkeerterrein afreed, sprongen wij in de CR-V. Lula had de bak met kip en biscuits op schoot, we zetten de milkshakes in de houders en reden weg.

'Ik wed dat het een grote leugen is,' zei Lula. 'Ik wed dat ze geen aanwijzing heeft. Waarschijnlijk gaat ze winkelen.'

Ik hield een paar auto's afstand om niet op te vallen en Lula en ik keken strak naar de achterbumper van Joyces terreinwagen. Ze had iemand naast zich op de bank.

'Ze gaat niet winkelen,' zei ik. 'Ze gaat de andere kant op. Zo te zien gaan ze naar het centrum.'

Tien minuten later had ik een naar voorgevoel omtrent Joyces bestemming.

'Ik weet waar ze naartoe gaat,' zei ik tegen Lula. 'Ze gaat met Mary Maggie Mason praten. Iemand heeft haar verteld over de witte Cadillac.'

Ik reed achter Joyce aan de parkeergarage in, op behoorlijk wat afstand. Ik parkeerde twee rijen bij haar vandaan en Lula en ik bleven zitten.

'Kijk,' zei Lula. 'Daar gaat ze. Met haar knechtje. Ze gaan naar boven om met Mary Maggie te praten.'

Verdomme. Ik ken Joyce te goed. Ik heb haar aan het werk gezien. Ze zou stormenderhand naar binnen gaan, met getrokken wapen, om huiszoeking te doen, onder het mom van gerede aanleiding. Dat soort optreden bezorgt premiejagers een slechte naam. Erger nog, soms levert het resultaat op. Als Eddie DeChooch onder Mary Maggies bed lag, zou Joyce hem vinden.

Uit de verte herkende ik haar maat niet. Ze droegen allebei zwarte T-shirts en zwarte wijde broeken met veel zakken en BORGAGENT in felgeel op hun rug.

'Tjonge,' zei Lula, 'ze zijn verkleed. Waarom zijn wij niet verkleed?'

'Omdat we er niet als komisch duo willen uitzien?'

'Ja. Dat is het antwoord waar ik aan dacht.'

Ik sprong uit de auto en schreeuwde naar Joyce. 'Hé, Joyce!' zei ik. 'Wacht even. Ik wil je spreken.'

Joyce draaide zich verbaasd om. Ze kneep haar ogen bijna dicht toen ze me zag en zei iets tegen haar maat. Ik kon het niet verstaan. Joyce drukte op de liftknop. De liftdeuren gingen open en Joyce en haar maat verdwenen.

De lift was nog maar seconden weg toen Lula en ik ervoor stonden. We drukten op de knop en moesten een paar minuten wachten.

'Weet je wat ik denk?' zei Lula. 'Ik denk dat deze lift niet komt. Ik denk dat Joyce hem heeft vastgezet.'

We namen de trap, eerst snel, dan langzamer.

'Er is iets mis met mijn benen,' zei Lula op vier hoog. 'Ik heb benen van rubber. Ze willen niet meer werken.'

'Doorlopen.'

'Kan jij gemakkelijk zeggen. Hijs jij dat magere lijf van je maar verder naar boven. Moet je zien wat ik meesleep.'

Het was helemaal niet gemakkelijk voor mij. Ik zweette en was buiten adem. 'We moeten iets aan onze conditie doen,' zei ik tegen Lula. 'We moeten naar een sportschool of zoiets.'

'Ik steek mezelf nog liever in brand.'

Op de zesde strompelden we naar de gang. Mary Maggies deur stond open en Mary Maggie en Joyce stonden elkaar uit te schelden.

'Als jullie nu niet direct weggaan, bel ik de politie,' schreeuwde Mary Maggie.

'Ik bén van de politie,' schreeuwde Joyce terug.

'O ja? Waar is je penning dan?'

'Aan deze ketting om mijn hals.'

'Dat is namaak. Dat heb je uit een catalogus. Ik ga je aangeven. Ik bel de politie om te zeggen dat je je uitgeeft voor de politie.'

'Ik geef me niet voor iemand uit,' zei Joyce. 'Ik heb niet gezegd dat ik van het korps Trenton ben. Ik ben toevallig borgagent.'

'Je bent toevallig van de *dodo*-politie,' zei Lula hijgend.

Nu ik dichterbij stond, herkende ik Joyces maat. Het was Janice Molnari. Janice ken ik van school. Met Janice is niet veel mis. Ik vroeg me af hoe het kon dat ze voor Joyce werkte.

'Stephanie,' zei Janice. 'Lang niet gezien.'

'Niet sinds de meidenavond van Loretta Beeber.'

'Hoe gaat het?' vroeg Janice.

'Prima. En met jou?'

'Heel goed. Mijn kinderen gaan nu allemaal naar school, dus ik wilde weer parttime werken.'

'Hoelang werk je al met Joyce?'

'Ongeveer twee uur,' zei Janice. 'Dit is mijn eerste opdracht.'

Joyce had een vuurwapen in een dijholster en ze had haar hand op het wapen. 'Wat kom jij hier doen, Plum? Loop je achter me aan om te kijken hoe het moet?'

'Zo is het genoeg,' zei Mary Maggie. 'Allemaal wegwezen. Nu!'

Joyce schoof Lula naar de deur. 'Je hoort het. Wegwezen.'

'Hé, zeg,' zei Lula en gaf Joyce een por tegen haar schouder. 'Wie ben jij om dat te zeggen?'

'Ik zeg dat je moet ophoepelen, tonnetje vet,' zei Joyce.

'Beter een tonnetje vet dan kots en hondepoep van tjap tjoy,' zei Joyce.

Joyce hield even haar adem in. 'Hoe weet jij dat? Dat heb ik niet allemaal verteld.' Ze sperde haar ogen wijdopen. 'Jij bent het! Jij hebt het gedaan!' Afgezien van het vuurwapen had

176

Joyce een gordel met handboeien, pepperspray, schokpistool en knuppel. Ze trok het schokpistool en zette het aan. 'Ik ga je straffen,' zei Joyce. 'Ik ga je bakken. Ik steek dit ding in je en laat hem aanstaan tot de batterij leeg is en er van jou niets meer over is dan een plasje gesmolten vet.'

Lula keek naar haar handen. Geen handtas. We hadden onze tassen in de auto laten liggen. Ze voelde in haar zakken. Ook geen wapen. 'O jee,' zei Lula.

Joyce stortte zich op haar en Lula krijste en draaide zich gauw om en rende door de gang naar de trap. Joyce ging achter haar aan. En we holden allemaal achter Lula en Joyce aan. Ik voorop, dan Mary Maggie, dan Janice. Lula mocht dan niet zo goed zijn in trappen opklimmen, als ze bij het dalen eenmaal vaart had, was ze niet in te halen. Lula was een goederentrein op tempo.

Lula bereikte de garage en draafde naar de auto. Ze was halverwege toen Joyce haar te pakken kreeg en een voltreffer plaatste met het schokpistool. Lula bleef staan, deinde even en ging toen neer als een zak nat cement. Joyce wilde Lula nog een schok geven en ik viel Joyce van achteren aan. Op dat ogenblik reed Eddie DeChooch de ondergrondse garage in in Mary Maggies witte Cadillac.

Janice zag hem het eerst. 'Hé, is dat die oude man in de witte Cadillac?' vroeg ze.

Joyce en ik richtten ons hoofd op om te kijken. DeChooch zocht langzaam rijdend een parkeerplaats.

'Wegwezen!' schreeuwde Mary Maggie naar DeChooch. 'De garage uit!'

Joyce krabbelde overeind en holde in de richting van De-Chooch. 'Pak hem!' riep Joyce naar Janice. 'Zorg dat je hem tegenhoudt!'

'Hoe dan?' vroeg Janice, die naast Lula stond. 'Is ze gek geworden? Hoe moet ik hem tegenhouden?'

'Ik wil niet dat er iets met mijn auto gebeurt,' schreeuwde Mary Maggie naar Joyce en mij. 'Die is nog van mijn oom Ted geweest.'

Lula stond op handen en voeten te kwijlen. 'Wat?' zei ze. 'Wie?'

Janice en ik hesen Lula overeind. Mary Maggie stond nog naar DeChooch te schreeuwen en DeChooch had haar nog steeds niet gezien.

Ik liet Lula bij Janice achter en rende naar mijn auto. Ik startte en keerde achter DeChooch. Ik wist niet hoe ik hem wilde aanhouden, maar dat leek me wat ik moest doen.

Joyce sprong met getrokken pistool voor DeChooch en schreeuwde dat hij moest stoppen. DeChooch gaf een dot gas en reed door. Joyce bracht zich struikelend in veiligheid en vuurde een schot af. DeChooch raakte ze niet, wel een achter-raam.

DeChooch boog af naar links en reed omlaag langs een rij auto's. Ik reed achter hem aan en nam de bochten op twee ban-den terwijl hij in blinde paniek doorstoomde. We reden een lus waarbij DeChooch de uitgang niet kon vinden.

Mary Maggie stond nog steeds te schreeuwen. En Lula stond met haar armen te maaien.

'Wacht op mij!' riep Lula, die eruitzag alsof ze wilde ren-nen, maar niet wist welke kant op.

Ik reed een rondje langs Lula en ze sprong in de auto. Het achterportier werd opengewrikt en Janice stortte zich op de achterbank.

Joyce was teruggelopen naar haar auto en had hem gedeel-telijk voor de uitgang neergezet. Ze had haar portier open en stond erachter, met haar pistool gesteund.

DeChooch vond eindelijk de juiste weg en reed naar de uitgang. Hij reed recht op Joyce af. Ze vuurde een schot af dat niets raakte en liet zich toen opzij vallen terwijl DeChooch met brullende motor voorbijkwam en Joyces portier losscheurde, dat door de klap in de lucht vloog.

Ik raasde door de uitgang achter DeChooch aan. De rechtervoorkant van de Cadillac was licht beschadigd, maar daar zat Choochy kennelijk niet mee. Hij reed Spring Street in met mij aan zijn bumper. Hij reed door naar Broad en opeens zaten we vast in het verkeer.

'We hebben hem,' schreeuwde Lula. 'Allemaal uitstappen!'

Lula en Janice en ik stapten zo snel mogelijk uit en schoten toe om DeChooch te overmeesteren. DeChooch schakelde in de achteruit en ramde de CR-V, die een meter terugveerde en tegen de auto erachter botste. Hij gaf een ruk aan het stuur en wrong zich uit de rij, waarbij hij de bumper van de auto voor de zijne schampte.

Lula schreeuwde hem intussen toe. 'We hebben de *dinges*,' riep ze. 'En we willen het geld. We hebben besloten dat we het geld willen!'

DeChooch leek niets te horen. Hij voerde een U-bocht uit en liet ons in het stof achter.

Lula en Janice en ik keken hem na terwijl hij zich in razende vaart verwijderde en richtten toen onze aandacht op de CR-V. Die was ingedeukt als een accordeon.

'Hier word ik nou echt kwaad om,' zei Lula. 'Door hem heb ik mijn shake gemorst en ik heb goed geld betaald voor mijn shake.'

'Heb ik het nu goed begrepen?' vroeg Vinnie. 'Je zegt dat DeChooch jouw auto total loss heeft gereden en Barnhardt een gebroken been heeft bezorgd.'

'Het gebroken been van Joyce kwam door het afgebroken

179

portier,' zei ik. 'Toen het van haar auto was gescheurd, vloog het in de lucht en kwam neer op haar been.'

'We hadden het niet geweten als de ambulance niet langs ons had gemoeten op weg naar het ziekenhuis. Ze wilden net onze auto wegslepen toen de ambulance eraan kwam, en daar lag Joyce in, aan alle kanten vastgebonden,' zei Lula.

'En waar is DeChooch dan nu?' wilde Vinnie weten.

'Op die vraag weten we het antwoord niet precies,' zei Lula. 'En nu we geen vervoer meer hebben, kunnen we er ook niet achter komen.'

'En jouw auto dan?' vroeg Vinnie aan Lula.

'In de garage. Ik laat hem overspuiten en daarna wordt hij nog versierd. Ik krijg hem pas volgende week terug.'

Hij keek mij aan. 'En de Buick? Je neemt altijd de Buick als je problemen met je auto hebt.'

'Mijn zuster heeft de Buick in gebruik.'

10

'Ik heb achter een motor staan die je kunt gebruiken,' zei Vinnie. 'Die heb ik net in beslag genomen. De man had geen geld en heeft zijn schuld met zijn motor afgedaan. Mijn garage staat al vol met troep. Ik heb geen plaats voor die motor.'

Mensen ontruimden hun huis om aan hun borgverplichting te kunnen voldoen. Vinnie accepteerde geluidsinstallaties, tv's, nertsjassen, computers en fitnessapparaten. Hij had ooit borg gestaan voor Madam Zaretski en haar zweep en poedel geaccepteerd.

Normaal gesproken zou ik dolblij zijn geweest met een motor. Ik heb een paar jaar geleden mijn motorrijbewijs gehaald toen ik een vriendje had met een motorwinkel. Af en toe heb ik wel naar motoren gekeken, maar ze waren me altijd te duur. Het probleem is dat een motor niet het ideale vervoermiddel is voor een premiejager.

'Ik wil geen motor,' zei ik. 'Wat moet ik met een motor? Ik kan toch geen voortvluchtige wegbrengen op een motor.'

'Ja, en ik dan?' vroeg Lula. 'Hoe wil je een volledig ontwikkelde vrouw zoals ik op een motor hebben? En hoe moet het dan met mijn haar? Als ik zo'n helm moet opzetten, is dat de moord voor mijn kapsel.'

'Graag of niet,' zei Vinnie.

Ik zuchtte diep en rolde met mijn ogen. 'Zijn er helmen bij die motor?'

'Achterin.'

Lula en ik sjokten erheen om de motor te bekijken.

'Dit wordt heel erg,' zei Lula terwijl ze de achterdeur opendeed. 'Dit wordt... wacht even, moet je nou kijken. Godallemachtig. Dit is geen onnozele motor, deze is vét.'

Het was een Harley-Davidson FXDL Dyna Low Rider. Hij was zwart met aangebrachte groene vlammen en speciale uitlaten. Lula had gelijk. Het was geen stomme motor, het was een orgasme.

'Kun jij zo'n ding besturen?' vroeg Lula.

Ik lachte haar toe. 'Jazeker,' zei ik. *'Jazeker!'*

Lula en ik zetten een helm op en gingen op de motor zitten. Ik stak het sleuteltje in het slot, trapte hem aan en de Harley ronkte onder me. 'Houston, we zijn klaar voor lancering,' zei ik. En kreeg een licht orgasme.

Ik reed een paar keer op en neer in de steeg achter Vinnies kantoor om de motor te leren kennen en reed toen naar Mary Maggies luxeflat. Ik wilde nog een keer proberen met haar in gesprek te komen.

'Zo te zien is ze er niet,' zei Lula na het eerste rondje door de ondergrondse garage. 'Ik zie haar Porsche nergens staan.'

Het verbaasde me niet. Ze was waarschijnlijk ergens heen om de schade aan haar Cadillac te bekijken.

'Ze moet vanavond worstelen,' zei ik tegen Lula. 'Dan kunnen we met haar praten.'

Ik keek naar de auto's op het parkeerterrein bij mijn flat toen ik kwam aanrijden. Geen witte Cadillac, geen zwarte limousine, geen auto van Benny en Ziggy, geen MMM-YUM-Porsche, geen astronomisch dure en waarschijnlijk gestolen auto van Ranger. Alleen Joe's truck.

Joe zat onderuitgezakt voor de tv met een flesje bier toen ik binnenkwam.

'Ik hoor dat je je auto in de prak hebt gereden.'

'Ja, maar ik heb geen schrammetje,' zei ik.

'Dat heb ik ook gehoord.'

'DeChooch is over de rooie. Hij schiet op mensen. Hij probeert ze expres omver te rijden. Wat bezielt die man? Dat is toch niet normaal... zelfs niet voor een oude maffiabaas. Ja, ik weet dat hij depressief is, maar hóór eens.' Ik liep naar de keuken en gaf Rex een stukje biscuit dat ik tussen de middag had bewaard.

Morelli kwam achter me aan de keuken in. 'Hoe ben je thuisgekomen?'

'Vinnie heeft me een motor geleend.'

'Een motor? Wat voor motor?'

'Een Harley. Een Dyna Low Rider.'

Zijn lachrimpeltjes en mond plooiden zich tot een glimlach. 'Jij rijdt rond op een Harley?'

'Ja. En ik heb er al een seksuele ervaring op gehad.'

'Helemaal in je eentje?'

'Ja.'

Morelli lachte kort en hard en kwam naar me toe, drukte me tegen het aanrecht en omvatte mijn borstkas met zijn handen terwijl zijn mond mijn oor en hals zacht beroerde. 'Wedden dat ik het beter kan.'

De zon was ondergegaan en het was donker in mijn slaapkamer. Morelli lag naast me te slapen. Zelfs als hij sliep straalde Morelli energie uit. Zijn lichaam was slank en hard. Zijn mond was zacht en sensueel. Zijn gezicht was met de jaren hoekiger geworden. Zijn ogen stonden argwanender. Hij had als politieman veel gezien. Te veel misschien.

Ik keek naar de klok. Acht uur. Acht uur? Allemachtig. Ik moest zelf ook hebben geslapen. Het ene ogenblik bedreven we de liefde, het volgende was het acht uur!

Ik schudde Morelli wakker.

'Het is acht uur!' zei ik.

'Hmmm.'

'Bob! Waar is Bob?'

Morelli schoot uit bed. 'Shit! Ik ben uit dienst direct hierheen gekomen. Bob heeft geen avondeten gehad!'

De onuitgesproken gedachte was dat Bob intussen alles moest hebben opgegeten... de bank, de tv, de vloerdelen.

'Kleed je aan,' zei Morelli. 'We gaan Bob voeren en een pizza halen. En dan kun je blijven logeren.'

'Dat kan niet. Ik moet vanavond werken. Lula en ik konden Mary Maggie vandaag niet bereiken, dus ik ga naar de Snake Pit. Ze worstelt om tien uur.'

'Ik heb geen tijd om je tegen te spreken,' zei Morelli. 'Bob zal inmiddels wel aan de muren zijn begonnen. Kom naar me toe wanneer je klaar bent in de Pit.' Hij pakte me om me te kussen en holde weg.

'Goed,' zei ik, maar Morelli was al weg.

Ik wist niet goed wat de juiste kledij was voor de Pit, maar hoerig haar leek me een goed begin, dus gebruikte ik de elektrische rollers en de toupeerkam. Hierdoor nam mijn lengte toe van één vijfenzestig tot één achtenzestig. Ik gebruikte flink wat make-up, koos een kort zwart lycra rokje en tien centimeter hoge hakken en voelde me al echt in de stemming. Ik greep mijn leren jack en pakte de autosleuteltjes van het aanrecht. Wacht even. Dit waren geen autosleuteltjes. Dit waren motorsleuteltjes. Shit! Het zou me niet lukken mijn helm op te zitten met dit kapsel.

Geen paniek, hield ik mezelf voor. Denk nu even na. Hoe kom je aan een auto? Valerie. Valerie heeft de Buick. Ik bel haar op om te zeggen dat ik naar een club ga waar halfnaakte vrouwen zijn. Dat is toch wat lesbiennes willen zien?

Tien minuten later reed Valerie voor. Ze had het haar nog met gel naar achteren geplakt en had zich niet opgemaakt, op bloedrode lippenstift na. Ze droeg zwarte herenbrogues, een donkergrijs krijtstreepcolbert op een broek, en een wit overhemd waarvan de bovenste knoopjes openstonden. Ik weerstond de drang te kijken of er borsthaar in die V krulde.

'Hoe is het vandaag gegaan?' vroeg ik.

'Ik heb nieuwe schoenen gekocht! Moet je kijken. Ik vind het de ideale lesbische schoenen.'

Dat moet je Valerie nageven: geen halve maatregelen. 'Met solliciteren, bedoel ik.'

'Dat is niets geworden. Dat valt te verwachten, denk ik. Als het de eerste keer niet lukt...' Ze pleegde een krachtsinspanning om de Buick een bocht te laten maken. 'Maar ik heb de meisjes op een school ingeschreven. Dat lijkt me positief.'

Lula stond aan de stoeprand te wachten toen we bij haar langskwamen.

'Dit is mijn zus Valerie,' zei ik tegen Lula. 'Ze gaat mee omdat het haar auto is.'

'Zo te zien winkelt ze op de herenafdeling.'

'Het is op proef.'

'Ze doet maar,' zei Lula.

Het parkeerterrein van de Snake Pit stond bomvol, dus parkeerden we een paar honderd meter verderop in de straat. De wandeling was een beproeving voor mijn voeten en ik had bedacht dat het voordelen had om lesbisch te zijn. Valeries schoenen leken me ruim en comfortabel.

We kregen een tafeltje achterin en gaven onze bestelling op.

'Hoe komen we met Mary Maggie in gesprek?' wilde Lula weten. 'We kunnen hier haast niks zien.'

'Ik heb al rondgekeken. Er zijn maar twee deuren en zodra Mary Maggie klaar is in de modder, pakken we elk een deur om haar op te vangen.'

'Lijkt me een plan,' zei Lula, die haar borrel achterover-sloeg en er nog een bestelde.

Er waren een paar vrouwen met hun vriend, maar de ruimte was voornamelijk gevuld met ernstig kijkende mannen die hoopten dat er in de modder een string zou worden afgerukt, wat denk ik het mannelijke equivalent is van slapen met een sportheld.

Valerie zette grote ogen op. Moeilijk te zeggen of het van opwinding of hysterie was.

'Weet je zeker dat ik hier lesbiennes zal ontmoeten?' riep ze boven het lawaai uit.

Lula en ik keken om ons heen. We zagen geen lesbiennes. Althans geen lesbiennes die er zo uitzagen als Valerie.

'Je weet nooit wanneer er lesbiennes binnenkomen,' zei Lula. 'Drink nog maar wat. Je ziet een beetje bleek.'

Ik stuurde Mary Maggie een briefje bij de volgende bestelling. Ik gaf mijn tafelnummer op en schreef dat ik een boodschap had die ik aan Eddie DeChooch wilde laten doorgeven.

Na een half uur had ik nog niets van Mary Maggie gehoord. Lula had vier cosmopolitans op en leek broodnuchter; Valerie had twee glazen chablis gedronken en keek érg gelukkig.

Vrouwen gingen elkaar te lijf in de kuil. Af en toe werd een onfortuinlijke dronken man in de blubber getrokken, waar hij om zich heen maaide tot hij liters modder naar binnen had ge-kregen en door een uitsmijter werd opgevist. Er werd veel aan haar getrokken, er werden kletsen uitgedeeld en de deelnemers gleden telkens uit. Modder is natuurlijk glibberig. Tot nu toe waren er nog geen strings losgetrokken, maar er waren wel bemodderde blote borsten die op springen stonden door de implantaten. Al met al ging er weinig aantrekkingskracht van uit en ik was blij met een baan waarbij mensen op me schoten. Beter dan halfnaakt rollebollen in de modder.

Mary Maggies wedstrijd werd aangekondigd en Mary Maggie verscheen in een zilverkleurige bikini. Ik begon er een lijn in te ontdekken. Zilverkleurige Porsche, zilverkleurige bikini. Er werd stevig gejuicht. Mary Maggie is beroemd. Toen verscheen de andere vrouw. Zij noemde zich Animal en onder ons gezegd zag het er niet gunstig uit voor Mary Maggie. Animals ogen lichtten rood op en uit de verte was het niet goed te zien, maar ik wist bijna zeker dat ze slangen in haar haar had.

De ceremoniemeester gaf een dreun op de gong en de twee vrouwen cirkelden om elkaar heen en grepen elkaar vast. Dat deden ze een tijdje zonder veel succes en toen gleed Mary Maggie uit en Animal stortte zich op haar.

Daarvoor gingen alle aanwezigen staan, ook Lula en Valerie en ik. We stonden allemaal te schreeuwen dat Mary Maggie Animal de darmen moest uitrukken. Natuurlijk was Mary Maggie te fatsoenlijk om Animal de darmen uit te rukken, dus kronkelden ze een tijdje door de modder en begonnen toen het publiek uit te dagen, omdat ze hun eigen dronken pechvogel wilden hebben.

'Jij,' zei Mary Maggie en wees in mijn richting.

Ik keek om me heen in de hoop dat een ranzige kerel achter me met een briefje van twintig stond te zwaaien.

Mary Maggie pakte de microfoon. 'We hebben vanavond een bijzondere gast in ons midden. Het is de Premiejager. Ook bekend als de Cadillacsloper. Ook bekend als de Stalker.'

Ai.

'Wou je mij spreken, Premiejager?' vroeg Mary Maggie. 'Kom dan maar hier.'

'Misschien later,' zei ik en bedacht dat Mary Maggies toneelpersoonlijkheid heel anders was dan de boekenwurm die ik eerder had leren kennen. 'We spreken elkaar na de voorstelling,' zei ik. 'Ik wil je kostbare tijd niet in beslag nemen tijdens je optreden.'

En opeens werd ik door twee zeer forse mannen opgetild. Met stoel en al werd ik op twee meter hoogte naar de kuil gedragen.

'Help!' riep ik. 'Hellep!'

Ik werd hoog boven de ring gehouden. Mary Maggie lachte. En Animal gromde en draaide haar hoofd. En toen werd de stoel scheefgehouden en ik maakte een vrije val in de modder.

Animal trok me aan mijn haar overeind. 'Ontspannen,' zei ze. 'Het doet geen pijn.'

En ze scheurde mijn shirt van mijn lijf. Maar goed dat ik mijn kanten beha van Victoria's Secret droeg.

Het volgende ogenblik gingen we allemaal neer in een krijsende massa. Mary Maggie Mason, Animal en ik. En toen kwam Lula aangeklost.

'Hé,' zei Lula. 'We komen hier alleen maar om te praten en jij vernielt het shirt van mijn vriendin. Dat komt je op een rekening van de stomerij te staan.'

'O ja? Zet dit er dan ook maar op,' zei Animal en lichtte Lula pootje, zodat ze opeens in de modder zat.

'Nou maak je me kwaad,' zei Lula. 'Ik probeerde het uit te leggen, maar nou ben ik kwaad.'

Het was me gelukt overeind te komen terwijl Lula haar krachten mat met Animal. Ik veegde de modder uit mijn ogen toen Mary Maggie Mason een snoekduik maakte en me weer met mijn gezicht in de modder drukte. 'Help,' riep ik. 'Hellep!'

'Blijf van mijn vriendin af,' zei Lula. En ze greep in Mary Maggies haar en smeet haar als een lappenpop de ring uit. Doing! Voltreffer op een tafeltje aan de ring.

Nog twee vrouwelijke moddervechters schoten toe en sprongen in de ring. Lula gooide er één uit en ging op de andere zitten. Animal veerde uit de touwen op Lula af, Lula uitte een bloedstollende gil en ging met Animal neer in de modder.

Mary Maggie was terug in de ring. Haar collega was terug in de ring. En er klom een dronken kerel in. Nu waren we met ons zevenen in de ring, rollend en verstrengeld. Ik graaide in het wilde weg en kreeg op een of andere manier Animals string te pakken. En toen begon iedereen te juichen en te schreeuwen en de uitsmijters sprongen in de ring om ons te scheiden.

'Hé,' zei Lula tollend op haar benen, 'ik ben mijn schoen kwijt. Iemand moest maar liever mijn schoen vinden, anders kom ik hier nooit meer.'

De ceremoniemeester greep Lula bij de arm. 'Maak je geen zorgen. Dat regelen we. Kom maar mee. Door deze deur.'

En voor we het goed en wel beseften, stonden we op straat. Lula met maar één schoen en ik zonder shirt. De deur ging open en Valerie werd eruit gegooid, met onze jassen en tassen.

'Er was iets mis met die Animal,' zei Valerie. 'Toen je haar slipje scheurde, was ze daar kááál!'

Valerie bracht me naar Morelli's huis en wuifde ten afscheid.

Morelli deed open en zei het voorspelbare. 'Je zit onder de modder.'

'Het is niet helemaal volgens plan verlopen.'

'Geen shirt, daar zie ik wel iets in. Daar kan ik wel aan wennen.'

Ik kleedde me in de hal uit en Morelli stopte mijn kleren

meteen in de machine. Ik stond er nog toen hij terugkwam. Ik had hakken van tien centimeter en een laag modder en niets meer.

'Ik wil graag onder de douche,' zei ik, 'maar als je liever geen modder op je trap krijgt, kun je ook in de tuin een emmer water over me omkeren.'

'Het zal wel ziek zijn,' zei Morelli, 'maar ik raak er opgewonden van.'

Morelli woont in een rijtjeshuis aan Slater, niet ver van de Wijk. Hij heeft het huis van zijn tante Rose geërfd en huiselijk ingericht. Vreemd. De wereld is vol raadsels. Zijn huis leek sterk op dat van mijn ouders, smal en zonder veel luxe, maar vol troostende geuren en herinneringen. In Morelli's geval waren het de geuren van opgewarmde pizza, hond en verf. Morelli was zonder veel haast met de vensterbanken bezig.

We zaten aan zijn keukentafel... ik, Morelli en Bob. Morelli at een snee rozijnenbrood met kaneel en dronk koffie. En Bob en ik aten de koelkast verder leeg. Er gaat niets boven een stevig ontbijt na een avondje moddervechten.

Ik droeg een van Morelli's T-shirts, een geleende trainingsbroek en niets aan mijn voeten, want mijn schoenen waren nog doornat en zouden waarschijnlijk worden weggegooid.

Morelli droeg zijn werkkleding als rechercheur in burger.

'Ik snap het niet,' zei ik tegen hem. 'Die kerel rijdt in een witte Cadillac rond zonder dat de politie hem aanhoudt. Hoe kan dat?'

'Waarschijnlijk is hij er niet vaak mee onderweg. Hij is een paar keer gezien, maar niet door iemand die achter hem aan kon gaan. Een keer door Mickey Greene die op de fiets surveilleerde. Een keer door een surveillancewagen die vastzat in het verkeer. En hij heeft geen prioriteit. Er is niet iemand dag en nacht mee bezig hem te zoeken.'

'Hij heeft een moord gepleegd. Heeft dat dan geen prioriteit?'

'Hij wordt niet echt gezocht in verband met een moord. Loretta Ricci is aan een hartaanval gestorven. Momenteel willen we alleen met hem praten.'

'Volgens mij heeft hij een runderbraadstuk uit Dougies vrieskist gestolen.'

'Tja, dat verzwaart de zaak. Daardoor komt hij vast op de prioriteitenlijst.'

'Vind je het niet bizar dat hij een braadstuk zou stelen?'

'Als je al zo lang bij de politie bent als ik vind je niets meer bizar.'

Morelli dronk zijn kopje leeg, spoelde het af en zette het in de afwasmachine. 'Ik moet weg. Blijf jij hier?'

'Nee. Ik wil een lift naar huis. Ik moet dingen doen en mensen spreken.' En een paar schoenen zou ook van pas komen.

Morelli zette me bij de ingang af. Ik ging op blote voeten naar binnen in de kleren van Morelli, met de mijne onder de arm. Meneer Morganstern was in de hal.

'Dat moet een bijzondere nacht zijn geweest,' zei hij. 'Ik geef je tien dollar als je me vertelt wat er is gebeurd.'

'Geen denken aan,' zei ik. 'Daar bent u nog veel te jong voor.'

'Twintig dan? Alleen moet je wachten tot ik op de eerste van de maand mijn uitkering krijg.'

Tien minuten later was ik klaar om weg te gaan. Ik wilde Melvin Baylor te pakken zien te krijgen voor hij naar zijn werk ging. Ter ere van de Harley droeg ik laarzen, een spijkerbroek, T-shirt en mijn leren jack van Schotts. Brullend reed ik het parkeerterrein af en trof Melvin aan terwijl hij probeerde zijn auto van het slot te krijgen. Het slot was verroest en het lukte Melvin niet het sleuteltje om te draaien. Waarom hij het ding nog op slot deed ontging me. Niemand zou zijn auto willen stelen. Hij droeg een pak met das en zag er, afgezien van de wallen onder zijn ogen, een stuk beter uit.

'Sorry dat ik stoor,' zei ik, 'maar je moet naar de rechtbank om een nieuwe afspraak te maken.'

'En mijn werk dan? Ik moet werken.'

Melvin Baylor was een aardige sukkel. Het was een raadsel waar hij ooit de moed vandaan had gehaald om over die taart te plassen.

'Dan kom je maar wat later op je werk. Ik zal Vinnie bellen, dan kan hij naar ons toe komen en dan moeten we maar hopen dat het niet te lang duurt.'

'Ik kan mijn auto niet openkrijgen.'

'Dan bof je, want dan mag je achter op mijn motor.'

'Ik haat deze auto,' zei Melvin. Hij ging achteruit, gaf een schop tegen het portier en een groot stuk doorgeroest metaal viel op de grond. Hij greep de zijspiegel, rukte hem los en smeet hem op de grond. 'Klotewagen,' zei hij en schopte de spiegel de straat op.

'Goed hoor,' zei ik. 'Maar nu kunnen we beter weggaan.'

'Ik ben nog niet klaar,' zei Melvin en probeerde de kofferbak open te maken, wat hem ook niet lukte. 'Klote!' schreeuwde hij. Hij klom op de achterbumper en de kofferbak en begon te springen. Hij klom op het dak om ook daar te springen.

'Melvin,' zei ik, 'je bent een beetje onbeheerst.'

'Ik haat mijn leven. Ik haat mijn wagen. Ik haat dit pak.' Hij kwam wat ongelukkig van de auto af en probeerde nogmaals de kofferbak open te maken. Deze keer kreeg hij hem wel open. Hij voelde in de ruimte en haalde er een honkbalknuppel uit. 'Aha!' zei hij.

Ai.

Melvin haalde uit en ramde met de knuppel op de auto. Hij bleef rammen, zo stevig dat hij begon te zweten. Hij ramde een zijraampje zodat het glas alle kanten op vloog. Hij deed een stap achteruit en keek naar zijn hand. Hij had een flinke jaap. Overal bloed.

Shit. Ik stapte van de motor af en Melvin ging op de stoeprand zitten. Alle huisvrouwen in de straat stonden naar het vertoon te kijken. 'Ik moet een handdoek hebben,' zei hij. Ik belde Valerie en vroeg haar met de Buick naar Melvins huis te komen.

Een paar minuten later was Valerie er. Melvin had een handdoek om zijn hand gewikkeld, maar zijn pak en schoenen zaten onder de bloedspatten. Valerie stapte uit, keek naar Melvin en viel om. Dreun. Op het gazon van de Seligs. Ik liet Valerie liggen en reed met Melvin naar de eerste hulp. Daar leverde ik hem in en reed terug naar de Seligs. Ik had geen tijd om te wachten tot Melvin was gehecht. Tenzij hij een shock kreeg als gevolg van het bloedverlies, kon het uren duren voor hij een dokter zag.

Valerie stond verdwaasd op de stoeprand.

'Ik wist niet wat ik moest doen,' zei ze. 'Ik kan geen motor besturen.'

'Geen probleem. Je mag de Buick terug.'

'Wat was er met Melvin?'

'Beetje over zijn toeren. Komt in orde.'

Nu wilde ik langs kantoor. Ik dacht dat ik me aardig had gekleed, maar vergeleken met Lula was ik een amateur. Ze droeg laarzen uit de Harley-winkel, een leren broek, leren vest, sleutels aan een ketting die aan haar riem hing. En over haar stoel hing een leren vest met franje aan de hele mouw en een geborduurd Harley-embleem op het rugpand.

'Voor het geval we op de motor moeten,' zei ze.

Angstaanjagend geklede zwarte motorchick veroorzaakt chaos op snelwegen. Lange files van zich vergapende automobilisten.

'Ga maar zitten, dan kan ik je over DeChooch vertellen,' zei Connie.

Ik keek naar Lula. 'Weet jij het al, van DeChooch?'

Lula's gezicht begon te stralen. 'Ja, Connie heeft me alles vanmorgen vroeg meteen verteld. En ze heeft gelijk, ga maar liever zitten.'

'Alleen de familie weet dit,' zei Connie. 'Het is echt geheim gehouden, dus dat moet jij ook doen.'

'Over welke familie hebben we het, in dit verband?'

'Dé familie.'

'Begrepen.'

'Het zit dus zo...'

Lula zat al te grinniken. 'Het spijt me,' zei ze. 'Het is ook zo komisch. Wacht maar tot je het hoort, dan val je van je stoel.'

'Eddie DeChooch had een afspraak gemaakt over gestolen sigaretten,' zei Connie. 'Hij dacht dat het een handeltje was dat hij zelf wel afkon. Dus huurde hij een vrachtwagen en reed ermee naar Richmond om de sloffen op te halen. Terwijl hij daar is krijgt Louie D een hartaanval en blijft erin. Zoals je misschien weet komt Louie D uit Jersey. Hij heeft zijn hele leven in Jersey gewoond en is een paar jaar geleden naar Richmond verhuisd om van daaruit zaken te doen. Dus Louie keilt om en DeChooch pakt direct de telefoon om de familie in Jersey op de hoogte te stellen.

DeChooch belt natuurlijk eerst met Anthony Thumbs.' Connie zweeg, boog zich naar voren en dempte haar stem. 'Weet je wie ik bedoel als ik het over Anthony Thumbs heb?'

Ik knikte. Anthony Thumbs is de baas in Trenton. Wat me een twijfelachtige eer lijkt, omdat Trenton niet bepaald het middelpunt van de wereld is qua maffia-activiteit. Zijn echte naam is Anthony Thumbelli, maar iedereen noemt hem Anthony Thumbs. Omdat Thumbelli geen courante Italiaanse naam is, kan ik alleen aannemen dat die naam op Ellis Island is bedacht en is blijven hangen, precies zoals de naam van mijn grootvader Plum door een overwerkte ambtenaar van de immigratiedienst is ingekort van Plumerri tot Plum.

'Anthony Thumbs is nooit een grote vriend van Louie D geweest,' vervolgde Connie, 'maar Louie D is vage familie en Anthony weet dat het familiegraf in Trenton is. Dus Anthony Thumbs doet zijn plicht als hoofd van de familie en draagt DeChooch op Louie D terug naar Jersey te escorteren om te worden bijgezet. Alleen zegt Anthony Thumbs, die niet bekend staat om zijn glasheldere uitspraak, tegen Eddie DeChooch, die slechte oren heeft: "Breng mij die flikker." Dat is een letterlijk citaat. Anthony Thumbs zegt tegen Eddie DeChooch: *"Breng mij die flikker."*

DeChooch weet van oud zeer tussen Louie D en Anthony Thumbs. En DeChooch denkt dat het om een vendetta gaat en denkt dat Anthony Thumbs zegt: "Breng mij de tikker."'

Mijn mond viel open. 'Wat?'

Conny grijnsde en de tranen van het lachen stroomden over Lula's wangen.

'Dit is zo mooi,' zei Lula. 'Dit is zo mooi.'

'Ik zweer het,' zei Connie. 'DeChooch dacht dat Anthony Thumbs het hart van Louie D wilde hebben. Dus DeChooch breekt 's avonds laat in bij het uitvaartcentrum en verwijdert netjes het hart van Louie D. Schijnt dat hij daar een paar ribben voor moest breken. De directeur van het uitvaartcentrum zei...' Connie moest even wachten voor ze verder kon gaan.

'De directeur van het uitvaartcentrum zei dat hij nog nooit zulk vakwerk had gezien.'

Lula en Connie moesten zich met beide handen aan Connies bureau vasthouden om niet van hun stoel te vallen.

Ik sloeg mijn hand voor mijn mond en wist niet of ik mee moest lachen of, wat me natuurlijker leek, over mijn nek gaan.

Connie snoot haar neus en veegde haar tranen weg met een schone tissue. 'Goed, dus DeChooch doet het hart in een koeltasje met wat ijs en vertrekt naar Trenton met de sigaretten en het hart. Hij levert het koeltasje af bij Anthony Thumbs, apetrots, en laat hem weten dat hij het hart van Louie D heeft meegebracht.

Anthony wordt natuurlijk razend en zegt tegen DeChooch dat hij godverdomme dat hart naar Richmond terug moet brengen en door de mensen van het uitvaartcentrum weer in Louie D moet laten terugzetten.

Iedereen moet zwijgen als het graf, natuurlijk, want dit is niet alleen gênant, het getuigt van een gevaarlijk gebrek aan respect tussen twee takken van een familie die toch al slecht met elkaar overweg kunnen. En bovendien gaat de vrouw van Louie D, die zwaar godsdienstig is, door het lint omdat er lijkschennis is gepleegd op Louie. Sophia DeStephano heeft zichzelf tot taak gesteld Louies onsterfelijke ziel te behoeden en wil koste wat kost dat Louie in zijn geheel wordt bijgezet. En zij heeft DeChooch een ultimatum gesteld: hij zorgt dat Louies hart weer in Louies lijk wordt teruggezet, of DeChooch wordt verwerkt tot hamburger.'

'Hamburger?'

'Een van Louies ondernemingen was een vleesverwerkingsfabriek.'

Ik huiverde onwillekeurig.

'Nu wordt het ingewikkeld. Op een of andere manier raakt DeChooch het hart kwijt.'

Het was zo bizar dat ik niet zeker meer wist of Connie me de waarheid vertelde of dat zij en Lula het hele verhaal voor de grap in elkaar hadden gedraaid. 'Hij is het hart kwijtgeraakt,' zei ik. 'Hoe kan hij nou dat hart kwijtraken?'

Connie stak haar handen op. Alsof ze het zelf niet helemaal geloofde. 'Ik heb het allemaal van mijn tante Flo gehoord en dit is alles wat ze weet.'

'Geen wonder dat DeChooch depressief is.'

'Godverdomme nou,' zei Lula.

'Hoe past Loretta Ricci in het geheel?'

Connie liet me weer haar handen zien. 'Geen idee.'

'En Mooner en Dougie?'

'Weet ik ook niet,' zei Connie.

'Dus DeChooch is op zoek naar het hart van Louie D.'

Connie glimlachte nog steeds. Connie had er echt plezier in. 'Kennelijk.'

Ik dacht na. 'In een bepaald stadium dacht DeChooch dat Dougie het hart had. En daarna dacht hij dat Mooner het had.'

'Ja,' zei Lula, 'en nu denkt hij dat jíj het hart hebt.'

Zwarte vlekjes dansten me voor de ogen en in mijn hoofd begonnen klokken te luiden.

'O jee,' zei Lula. 'Wat zie je bleek.'

Ik legde mijn hoofd tussen mijn knieën en probeerde diep adem te halen. 'Hij denkt dat ik het hart van Louie D heb!' zei ik. 'Hij denkt dat ik rondloop met een hart. Mijn god, wie denkt er nou dat ik zou rondlopen met het hart van een dode?

Ik dacht dat het om drugs ging. Ik dacht dat ik Mooner voor coke moest ruilen. Hoe moet ik hem ooit ruilen voor een hart?'

'Lijkt me niets waar jij je druk over hoeft te maken,' zei Lula, 'want DeChooch heeft Mooner Dougie niet.'

Ik vertelde Connie en Lula over de limousine en Mooner.

'Het is toch wat,' zei Lula. 'Een oude vrouw die de Mooner ontvoert. Misschien was het de vrouw van Louie D die het hart van Louie terug wilde hebben.'

'Je moet maar hopen dat het niet de vrouw van Louie D was,' zei Connie. 'Bij haar vergeleken is Morelli's grootmoeder volkomen normaal. Ze zeggen dat ze eens dacht dat een buurvrouw geen respect voor haar had, en de volgende dag is die vrouw dood aangetroffen met haar tong afgesneden.'

'Louie had die vrouw voor haar vermoord?'

'Nee,' zei Connie. 'Louie was op dat ogenblik niet thuis. Hij was op reis voor zaken.'

'O, mijn god.'

'Maar waarschijnlijk is het niet Sophia, want ik heb gehoord dat ze sinds de dood van Louie in haar huis opgesloten zit, kaarsen brandt en bidt en DeChooch vervloekt.' Connie dacht weer na. 'Weet je wie Mooner nog meer kan hebben ontvoerd? De zuster van Louie D, Estelle Colucci.'

Het zou niet moeilijk zijn om Mooner te ontvoeren. Mooner hoef je alleen maar een joint aan te bieden en hij loopt als een hondje achter je aan.

'Misschien moesten we maar eens met Estelle Colucci gaan praten,' zei ik tegen Lula.

'Ik ben er klaar voor,' zei Lula.

Benny en Estelle Colucci wonen in een uitstekend onderhouden twee-onder-een-kap in de Wijk. Elk huis in de Wijk wordt trouwens uitstekend onderhouden. Dat is een kwestie van overleven. In de kleurschema's kun je je eigen smaak volgen, maar je ramen horen schoon te zijn.

Ik zette de motor neer voor het huis van de Colucci's, liep

naar de deur en klopte aan. Geen reactie. Lula wrong zich in de struiken onder de ramen aan de voorkant en keek naar binnen.

'Niemand te zien,' meldde Lula. 'Geen licht, geen tv aan.'

Vervolgens probeerden we het bij de club. Geen Benny. Ik reed door naar Hamilton Avenue en herkende Benny's auto op de hoek van Hamilton en Grand, voor de Tip Top-broodjeszaak. Lula en ik tuurden door de spiegelruit. Benny en Ziggy zaten binnen een laat ontbijt te gebruiken.

De Tip Top is een pijpenla waar je voor een redelijk bedrag zelfgemaakte gerechten kunt eten. Het groen-met-zwarte linoleum is gebarsten, de verlichting stelt weinig voor door de aanslag, de skai stoelen en zitjes zijn met isolatieband gerepareerd. Mickey Spritz was kok in het leger tijdens het conflict in Korea. Hij is de Tip Top dertig jaar geleden begonnen nadat hij uit het leger was ontslagen en heeft er daarna nooit meer iets aan veranderd. Nog steeds dezelfde vloerbedekking, dezelfde zitjes, hetzelfde menu. Mickey en zijn vrouw maken alles zelf klaar. En een achterlijke man, Pookie Potter, ruimt af en doet de afwas.

Benny en Ziggy concentreerden zich op hun eieren toen Lula en ik naar hen toekwamen.

'Tjees,' zei Benny toen hij van zijn eieren opkeek en Lula van top tot teen in het leer zag. 'Hoe kom je aan die mensen?'

'We zijn bij je huis geweest,' zei ik tegen Benny. 'Niemand thuis.'

'Klopt. Ik ben hier.'

'En Estelle dan? Estelle was ook niet thuis.'

'Er is een sterfgeval in de familie,' zei Benny. 'Estelle is een paar dagen de stad uit.'

'Ik denk dat je Louie D bedoelt,' zei ik. 'En het misverstand.'

Nu had ik hun aandacht.

'Je weet van het misverstand?' vroeg Benny.

'Ik weet van het hart.'

'Jezus Christus nog aan toe,' zei Benny. 'Ik dacht dat je blufte.'

'Waar is Mooner?'

'Dat zeg ik toch, ik weet niet waar hij is, maar ik word gek van mijn vrouw en dat gedonder met dat hart. Je moet zorgen dat we het hart krijgen. Iedere keer hetzelfde: dat ik moet zorgen dat ze het hart krijgen. Ik ben toch ook maar een mens? Ik kan er niet meer tegen.'

'Benny is zelf de jongste niet meer,' zei Ziggy. 'Hij heeft ook van alles. Geef hem dat hart nu maar, dan heeft hij rust. Zo hoort het toch ook.'

'En denk eens aan Louie D die daar zonder hart ligt,' zei Benny. 'Dat hoort niet. Je hoort je hart bij je te hebben wanneer je onder de grond gaat.'

'Wanneer is Estelle naar Richmond vertrokken?'

'Maandag.'

'Dat is de dag waarop Mooner is verdwenen,' zei ik.

Benny boog zich naar voren. 'Wat wil je daarmee zeggen?'

'Dat Estelle Mooner van de straat heeft geplukt.'

Benny en Ziggy keken elkaar aan. Die mogelijkheid was nog niet bij hen opgekomen.

'Zulke dingen doet Estelle niet,' zei Benny.

'Hoe is ze naar Richmond gegaan? Met een limo?'

'Nee. Met haar eigen auto. Ze zou naar Richmond gaan om Sophia op te zoeken, de vrouw van Louie D, en daarna zou ze naar Norfolk gaan. Daar woont een dochter van ons.'

'Je hebt zeker geen foto van Estelle bij je?'

Benny diepte zijn portemonnee op en liet me een footootje van Estelle zien. Ze was een vriendelijk ogende vrouw met een rond gezicht en kort grijs haar.

'Nou ja, ik heb het hart en nu moeten jullie maar te weten zien te komen wie Mooner heeft,' zei ik tegen Benny.

En Lula en ik liepen naar buiten.

'Goddorie,' zei Lula toen we op de motor zaten. 'Wat heb je dat onwijs cool aangepakt. Ik dacht echt dat je wist wat je deed. Ik dacht bijna dat je het hart had.'

Lula en ik keerden terug naar kantoor en mijn mobieltje ging over zodra ik over de drempel was.

'Is je oma bij jou?' wilde mijn moeder weten. 'Ze is vanmorgen vroeg naar de bakkerij gegaan om broodjes te halen en ze is nu nog niet terug.'

'Ik heb haar niet gezien.'

'Je vader is haar gaan zoeken, maar hij kon haar niet vinden. En ik heb al haar vriendinnen gebeld. Ze is al uren weg.'

'Hoelang al?'

'Ik weet het niet. Een paar uur. Het is gewoon niets voor haar. Ze komt altijd direct terug van de bakker.'

'Goed,' zei ik, 'ik zal oma zoeken. Bel me even als ze boven water is.'

Ik verbrak de verbinding en mijn telefoon ging onmiddellijk opnieuw.

Het was Eddie DeChooch. 'Heb je het hart nog?'

'Ja.'

'Ik heb iets om te ruilen.'

Ik voelde mijn maag krimpen. 'Mooner?'

'Nog eens raden.'

Er klonk gestommel en toen kwam oma aan de lijn.

'Wat is dat allemaal over een hart?' wilde oma weten.

'Dat is vrij ingewikkeld. Alles goed met je?'

'Ik heb vandaag wat last van de artritis in mijn knie.'

'Nee, ik bedoel: behandelt Choochy je wel goed?'

Ik hoorde Chooch op de achtergrond oma souffleren. 'Zeg

dat je bent ontvoerd,' zei hij. 'Zeg dat ik je kop eraf schiet als ze me het hart niet geeft.'

'Dat ga ik niet zeggen,' zei oma. 'Dat is toch geen gehoor? En verbeeld je maar niets. Dat ik ontvoerd ben, geeft je nog geen enkel recht. Ik doe niets met je als je geen voorzorgsmaatregelen neemt. Ik bedank ervoor om zo'n ziekte op te lopen.'

DeChooch kwam weer aan het toestel. 'Dit is het voorstel. Jij gaat met je mobieltje en het hart van Louie D naar het winkelcentrum Quaker Bridge en om zeven uur bel ik je op. Als je de politie erbij haalt, is je oma er geweest.'

11

'Waar ging dat over?' wilde Lula weten.

'DeChooch heeft oma Mazur in handen. Hij wil haar ruilen voor het hart. Ik moet met het hart naar het winkelcentrum Quaker Bridge en daar belt hij me dan om zeven uur met verdere instructies. Hij zegt dat hij haar doodt als ik de politie erbij haal.'

'Dat zeggen ontvoerders altijd,' zei Lula. 'Dat staat in het handboek ontvoering.'

'Wat ga je nu doen?' vroeg Connie. 'Heb je enig idee wie het hart heeft?'

'Wacheffe,' zei Lula. 'Louie D heeft zijn naam niet op zijn hart staan. Waarom zorgen we niet voor een ander hart? Hoe moet Eddie DeChooch weten of het Louie D's hart is? Ik wed dat we Eddie DeChooch het hart van een koe kunnen geven zonder dat hij verschil ziet. We gaan gewoon naar de slager om het hart van een koe te kopen. We gaan niet naar een slager in de Wijk, dan wordt het misschien bekend. We gaan naar een andere slager. Ik weet er een paar in Stark Street. Of we kunnen naar de Prijzenknaller gaan. Die heeft een goede sortering in vlees.

Het verbaast me dat DeChooch dat zelf niet heeft bedacht. Ik bedoel: niemand heeft het hart van Louie D gezien, alleen

DeChooch. En DeChooch ziet heel beroerd. DeChooch heeft waarschijnlijk dat runderbraadstuk uit Dougies vrieskist meegenomen omdat hij dacht dat het een hart was.'

'Dat is wel een goed idee van Lula,' zei Connie. 'Misschien lukt het.'

Ik tilde mijn hoofd tussen mijn knieën vandaan. 'Het is doodeng!'

'Ja,' zei Lula. 'Dat is nog het leukste.' Ze keek naar de klok aan de muur. 'Lunchtijd. Eerst een burger halen en dan een hart.'

Ik gebruikte Connies telefoon om mijn moeder te bellen.

'Maak je geen zorgen over oma,' zei ik. 'Ik weet waar ze is en ik haal haar vanavond op.' Ik verbrak de verbinding voordat mijn moeder vragen kon stellen.

Na de lunch ging ik met Lula naar de Prijsknaller.

'We moeten een hart hebben,' zei Lula tegen de slager. 'En het moet in goede staat verkeren.'

'Sorry,' zei hij, 'hart hebben we niet. Wel ander orgaanvlees. Lever bijvoorbeeld. We hebben mooie kalfslever.'

'Het moet een hart zijn,' zei Lula. 'Hoe komen we aan een hart?'

'Bij mijn weten gaat hart naar een hondenvoerfabriek in Arkansas.'

'We hebben geen tijd om naar Arkansas te gaan,' zei Lula. 'Toch bedankt.'

Bij de uitgang bleven we staan bij een uitstalling met picknickspullen en kochten een handzame rood met witte koelbox.

'Ideaal,' zei Lula. 'Nu moeten we alleen nog een hart hebben.'

'Denk je dat het in Stark Street wel zal lukken?'

'Ik weet daar slagers die dingen verkopen waar jij niet van

wil weten,' zei Lula. 'Als ze geen hart hebben, zorgen ze dat ze er een krijgen, zonder lastige vragen.'

Stark Street deed hier en daar aan de beroerdste delen van Bosnië denken. Toen Lula nog de hoer speelde, werkte ze hier: een lange straat met treurige bedrijfjes, treurige huisjes en treurige mensen.

Het kostte ons bijna een half uur om er te komen; we ronkten door het centrum en genoten van de aandacht die verchroomde uitlaten en een Harley krijgen.

Het was een zonnige dag in april, maar Stark Street stemde neerslachtig. Krantenpagina's wapperden door de straat en kleefden aan stoepranden en de betonnen trapjes van verveloze rijtjeshuizen. Op de bakstenen voorgevels waren met spuitbussen gangsymbolen aangebracht. Winkeltjes waren tussen woonhuizen ingeklemd. Andy's Bar & Grill, Stark Street Garage, Stan's Wit- en Bruingoed, Slagerij Omar.

'Hier moeten we zijn,' zei Lula. 'Slagerij Omar. Als het in hondenvoer kan, verkoopt Omar het om soep van te trekken. We moeten alleen zorgen dat het hart niet meer klopt wanneer we het kopen.'

'Is het vertrouwd om de motor hier bij de stoep te laten staan?'

'Ben je gek. Zet hem voor de etalage, dan kunnen we hem in de gaten houden.'

Achter de toonbank met vlees stond een grote zwarte man. Hij had kort krulhaar, doorschoten met grijs. Zijn witte slagersschort was met bloed bevlekt. Hij droeg een dikke gouden ketting om zijn hals en hij had een oorknopje met een diamant. Hij grijnsde van oor tot oor toen hij ons zag binnenkomen.

'Lula! Wat zie jij er goed uit. Niet meer gezien sinds je bent opgehouden met hier werken. Leuk, dat leer.'

'Dit is Omar,' zei Lula tegen mij. 'Hij is zowat zo rijk als

Bill Gates. Hij houdt de slagerij alleen aan omdat hij graag zijn hand in een kippenkont steekt.'

Omar legde zijn hoofd in de nek en lachte, en het geluid leek op dat van de Harley als het weerkaatste tegen de voorgevels in Stark Street.

'Wat kan ik voor je doen?' vroeg Omar aan Lula.

'Ik moet een hart hebben.'

Omar vertrok geen spier. Het verzoek om een hart kwam zeker vaker. 'Prima,' zei hij. 'Wat wil je voor hart? Wat ga je ermee doen? Soep trekken? In plakken snijden om te bakken?'

'Je hebt zeker geen mensenharten?'

'Vandaag niet. Die moeten besteld worden.'

'Wat komt er het dichtst bij?'

'Varkenshart. Dat maakt haast niks uit.'

'Goed,' zei Lula. 'Dan wil ik er daar een van.'

Omar liep naar het uiteinde van de toonbank en stak zijn hand in een ton met organen. Hij haalde er een uit en legde het op een velletje vetvrij papier op de weegschaal. 'Zo goed?'

Lula en ik keken er om de weegschaal heen naar.

'Ik weet niet veel van harten,' zei Lula tegen Omar. 'Misschien kan je ons helpen. Wat we zoeken is een hart voor een varken van ruim honderd kilo dat net een hartaanval heeft gehad.'

'Hoe oud mag dat varken wel zijn?'

'Eind zestig, begin zeventig.'

'Dat is wel een oud varken,' zei Omar. Hij liep terug om een ander hart te pakken. 'Deze zit al een poosje in de ton. Ik weet niet of dit varken een hartaanval heeft gehad, maar het hart ziet er niet best uit.' Hij poerde er met zijn vinger in. 'Niet dat er onderdelen kwijt zijn, of zo, maar zo te zien heeft het heel wat meegemaakt, snap je?'

'Wat moet het kosten?' vroeg Lula.

'Je treft het. Het is in de reclame. Je mag het hebben voor de halve prijs.'

Lula en ik keken elkaar aan.

'We doen het,' zei ik.

Omar keek over de toonbank naar de koelbox in Lula's hand. 'Zal ik hem inpakken of wil je hem op ijs?'

Onderweg naar kantoor stopte ik voor rood en een man op een Harley Fat Boy stopte naast me.

'Goeie motor,' zei hij. 'Wat heb je in die koelbox?'

'Een varkenshart,' zei Lula.

Het licht sprong op groen en we reden door.

Vijf minuten later waren we op kantoor en lieten Connie het hart zien.

'Tjonge, het lijkt wel echt,' zei Connie.

Lula en ik keken met opgetrokken wenkbrauwen naar Connie.

'Niet dat ik het zou weten,' zei Connie.

'Dit gaat lukken,' zei Lula. 'We hoeven het alleen nog te ruilen voor oma.'

Ik voelde krampjes in mijn maag. Zenuwkrampjes waarvan ik het benauwd kreeg. Ik wilde niet dat oma iets naars zou overkomen.

Als kinderen hadden Valerie en ik permanent ruzie. Ik had altijd maffe ideeën en Valerie verklikte me dan bij mijn moeder. Stephanie staat op de garage en wil vliegen, gilde Valerie dan tegen mijn moeder in de keuken. Of: Stephanie probeert in de achtertuin rechtop te plassen als een jongen. Nadat mijn moeder me had uitgeveterd gaf ik dan, als niemand keek, Valerie een stevige mep tegen haar hoofd. Tjak! En dan gingen we elkaar te lijf. En dan werd ik weer door mijn moeder uitgeveterd. En dan liep ik van huis weg.

Ik ging altijd naar het huis van oma Mazur. Oma Mazur sprak me nooit bestraffend toe. Nu weet ik waarom. Diep in haar binnenste was oma Mazur nog gekker dan ik.

Oma Mazur haalde me binnen zonder een woord van verwijt. Ze droeg haar vier keukenstoelen naar de huiskamer, zette ze in een vierkant neer en spreidde er een laken over uit. Ze gaf me een kussen en een boek om te lezen en stuurde me daarmee de tent in die ze had gemaakt. Even later werd er een bord met koekjes of een boterham onder het laken door geschoven.

Op een zekere tijd in de middag, voordat mijn grootvader thuiskwam van zijn werk, kwam mijn moeder me halen en dan was alles in orde.

En nu was oma bij de krankzinnige Eddie DeChooch. En om zeven uur zou ik haar inruilen voor een varkenshart. 'Grm!' zei ik.

Lula en Connie keken naar me.

'Ik denk hardop,' zei ik. 'Misschien moet ik Joe of Ranger bellen om assistentie.'

'Joe is van de politie,' zei Lula. 'En DeChooch heeft gezegd: geen politie.'

'DeChooch hoeft niet te merken dat Joe in de buurt is.'

'Denk je dat hij zal willen meewerken?'

Dat was het probleem. Ik zou Joe moeten vertellen dat ik oma wilde ruilen voor een varkenshart. Achteraf viel zoiets veel gemakkelijker uit te leggen, als het eenmaal goed was afgelopen. Maar op dit ogenblik leek het erg veel op proberen van de garage te vliegen.

'Misschien kan hij een beter plan bedenken,' zei ik.

'DeChooch wil maar één ding,' zei Lula. 'En dat heb je in de koelbox.'

'Ik heb een varkenshart in die koelbox!'

'Ja, technisch is dat juist,' zei Lula.

Ranger was waarschijnlijk een betere keus. Ranger paste bij de gekken in deze wereld... zoals bij Lula en oma en mij.

Ranger nam zijn mobieltje niet op, dus probeerde ik zijn pieper en werd binnen de minuut teruggebeld.

'Er is een nieuw probleem met DeChooch, zeg maar,' zei ik tegen Ranger. 'Hij heeft oma te pakken.'

'Ideale combinatie,' zei Ranger.

'Ik meen het! Ik heb laten weten dat ik had wat DeChooch wou hebben. Omdat hij Mooner niet heeft, heeft hij oma ontvoerd om te kunnen ruilen. Dat moet om zeven uur gebeuren.'

'Wat wil je DeChooch geven?'

'Een varkenshart.'

'Lijkt me redelijk,' zei Ranger.

'Het is een lang verhaal.'

'Wat kan ik voor je doen?'

'Ik kan wel wat assistentie gebruiken voor het geval er iets misgaat.' En ik legde hem het plan voor.

'Laat je door Vinnie een zendertje geven,' zei Ranger. 'Ik kom later vanmiddag langs kantoor om de ontvanger te halen. Schakel het zendertje om half zeven in.'

'Kost het nog hetzelfde?'

'Dit is gratis.'

Nadat ik het zendertje in ontvangst had genomen, besloten Lula en ik naar het winkelcentrum te gaan. Lula moest schoenen hebben en ik had afleiding nodig.

Quaker Bridge is een winkelcentrum van twee etages vlak bij Route 1, de snelweg tussen Trenton en Princeton. Je vindt er alle winkels die je zou verwachten, plus een paar grote warenhuizen aan de uiteinden en Macy in het midden. Ik parkeerde de motor dicht bij de ingang van Macy omdat Macy schoenen in de uitverkoop had.

'Moet je kijken,' zei Lula op de schoenenafdeling van Macy tegen me. 'We zijn hier de enige mensen met een koelbox.'

Ik hield de koelbox met beide armen tegen mijn borst geklemd, moet ik toegeven. Lula was nog steeds in het leer. Ik droeg laarzen en een spijkerbroek en had twee blauwe ogen en een Iglo-koelbox. En mensen botsten tegen toonbanken en etalagepoppen op om naar ons te kijken.

Eerste gebod voor een premiejager: niet opvallen.

Mijn telefoon ging en ik liet bijna de koelbox vallen.

Het was Ranger. 'Waar ben je nou mee bezig? Je trekt zoveel aandacht dat je door een winkeldetective in de gaten wordt gehouden. Hij denkt waarschijnlijk dat je een bom in je koelbox hebt.'

'Ik ben een beetje zenuwachtig.'

'Je meent het.'

En hij verbrak de verbinding.

'Moet je horen,' zei ik tegen Lula. 'Laten we een pizzapunt gaan halen en rustig afwachten tot het tijd is.'

'Klinkt goed,' zei Lula. 'Ik zie toch geen schoenen die ik mooi vind.'

Om half zes goot ik het smeltwater uit de koelbox en vroeg de jongen van de pizzazaak om wat ijs.

Hij gaf me een beker ijsblokjes.

'Eigenlijk heb ik het voor de koelbox nodig,' zei ik. 'Ik heb meer nodig dan een bekertje.'

Hij keek over de toonbank naar de koelbox. 'Ik geloof niet dat ik je nog meer ijs mag geven.'

'Als je ons geen ijs geeft, blijft ons hart niet goed,' zei Lula. 'We moeten het koud bewaren.'

De jongen keek opnieuw naar de koelbox. 'Je hart?'

Lula tilde het deksel op en liet hem het hart zien.

'Godallemachtig, dame,' zei de jongen. 'U mag zoveel ijs als u wilt.'

We maakten de koelbox halfvol, zodat het hart er mooi vers uitzag op zijn nieuwe ijslaag. Daarna ging ik naar het damestoilet om het zendertje te activeren.

'Test,' zei ik. 'Hoor je me?'

Een seconde later ging mijn telefoon. 'Ik hoor je,' zei Ranger. 'En ik hoor de vrouw op de wc naast je.'

Ik liet Lula achter in de pizzazaak en liep naar het midden van het winkelcentrum, voor Macy. Ik ging op een bankje zitten met de koelbox op schoot en mijn mobieltje in mijn jaszak, zodat ik er gemakkelijk bij kon.

Op slag van zevenen ging de telefoon.

'Ben je klaar voor instructies?' vroeg Eddie DeChooch.

'Ja.'

'Rijd naar het eerste viaduct in zuidelijke richting aan Route 1...'

Op dat ogenblik werd ik door iemand van de bewakingsdienst op de schouder getikt.

'Pardon mevrouw,' zei hij, 'maar ik moet u vragen me te laten zien wat er in die koelbox zit.'

'Wie is dat?' wilde DeChooch weten. 'Wie is daar?'

'Niemand,' zei ik tegen DeChooch. 'Ga verder met de aanwijzingen.'

'Ik moet u vragen bij die koelbox weg te gaan,' zei de bewaker. 'Nu.'

'Moet je horen,' zei ik tegen DeChooch, 'ik heb hier een probleempje. Kun je me over tien minuten opnieuw bellen?'

'Dit bevalt me niet,' zei DeChooch. 'Het gaat niet door. Het gaat allemaal niet door.'

'Nee! Wacht nou even!'

Hij hing op.

Shit.

'Wat denkt u nou?' zei ik tegen de bewaker. 'U kon toch zien dat ik aan het bellen was? Is het zo belangrijk dat het geen twee seconden kan wachten? Leren ze jullie dan niets op de valsewoutenschool?'

Hij had zijn pistool getrokken. 'Gaat u bij die koelbox vandaan.'

Ik wist dat Ranger me in het oog hield en waarschijnlijk kon hij zijn lachen niet houden.

Ik zette het boxje op de bank neer en stond op.

'En nu schuift u met uw rechterhand het deksel open zodat ik erin kan kijken,' zei de bewaker.

Ik deed wat me werd gevraagd.

De bewaker boog zich over de koelbox. 'Wat is dat nou, verdomme?'

'Het is een hart. Mag dat soms niet? Is het soms verboden om je met een hart in een winkelcentrum te bevinden?'

Er was nog een tweede bewaker bijgekomen. Ze keken elkaar aan. Hier stond niets over in het handboek valse wout.

'Sorry dat we u hebben lastiggevallen,' zei de bewaker. 'Het zag er verdacht uit.'

'Debiel,' snauwde ik.

Ik schoof het deksel dicht, pakte mijn koelbox en draafde terug naar Lula bij de pizzazaak.

'O jee,' zei Lula. 'Hoe komt het dat je de koelbox nog hebt? Ik dacht dat je met oma zou komen.'

'Het is mislukt.'

Ranger stond bij mijn motor te wachten. 'Als er ooit een losprijs voor me moet worden betaald, doe me dan een lol en laat het aan een ander over,' zei hij. Hij schoof zijn hand onder mijn shirt en zette het zendertje uit. 'Maak je geen zorgen. Hij belt wel opnieuw. Hoe kan hij een varkenshart weigeren?'

212

Ranger keek in de koelbox en glimlachte. 'Het is echt een varkenshart.'

'Het moet het hart van Louie D voorstellen,' zei ik. 'Dat heeft DeChooch per vergissing verwijderd. En daarna is De-Chooch het op een of andere manier kwijtgeraakt toen hij uit Richmond terugkwam.'

'En jij wou hem afschepen met een varkenshart,' zei Ranger.

'We hadden niet veel tijd,' zei Lula. 'We hebben geprobeerd aan een gewoon hart te komen, maar die waren op bestelling.'

'Mooie motor,' zei Ranger. 'Past bij je.'

En hij stapte in zijn auto en verdween.

Lula waaide zichzelf koelte toe. 'Die man is zo'n kacheltje.'

Ik belde mijn moeder op toen ik weer thuis was. 'Over oma,' zei ik. 'Ze brengt de nacht bij haar kennis door.'

'Waarom heeft ze mij niet gebeld?'

'Ik denk dat ze het genoeg vond om mij te bellen.'

'Wat vreemd. Is die kennis een vriend?'

'Ja.'

Ik hoorde een bordje aan diggelen gaan en toen hing mijn moeder op.

Ik had de koelbox op het aanrecht gezet. Ik keek erin en was niet blij met wat ik zag. Het ijs smolt en het hart zag er niet zo goed meer uit. Er zat maar één ding op. Het verdomde ding invriezen.

Heel voorzichtig schoof ik het geval in een plastic zakje. Ik moest een paar keer bijna braken, maar ik hield alles binnen en was tevreden over mezelf. Daarna schoof ik het hart in het vriesvak.

Er stonden twee berichten van Joe op mijn apparaat. Twee keer de vraag hem terug te bellen.

Dat was niet iets waar ik zin in had. Hij zou vragen stellen waarop ik geen antwoord wilde geven. Vooral omdat de varkenshartruil was mislukt. Er zat een vervelend stemmetje in mijn hoofd dat fluisterde: *als je de politie erbij had betrokken, was het misschien wel goed gegaan.*

En oma? Die was nog altijd bij Eddie DeChooch. De krankzinnige, depressieve Eddie DeChooch.

Wat een ellende. Ik belde Joe. 'Je moet me helpen,' zei ik. 'Maar niet als politieman.'

'Misschien moet je me dat even uitleggen.'

'Ik wil je iets vertellen, maar je moet me beloven dat het onder ons blijft en geen officiële zaak voor de politie wordt.'

'Dat kan ik niet doen.'

'Dat moet je doen.'

'Wat is er dan?'

'Eddie DeChooch heeft oma ontvoerd.'

'Ik bedoel het niet onaardig, maar DeChooch mag van geluk spreken als hij dat overleeft.'

'Ik heb behoefte aan gezelschap. Kun je komen logeren?'

Een half uur later arriveerden Joe en Bob. Bob rende door de kamers om aan stoelzittingen te snuffelen en prullenmanden te inspecteren en krabde ten slotte aan de koelkast.

'Hij is op dieet,' zei Morelli. 'Hij is vandaag bij de dierenarts geweest voor een prik en die zegt dat hij te dik is.' Hij zette de tv aan en vond de wedstrijd van de Rangers. 'Wil je erover praten?'

Ik begon te huilen. 'Hij heeft oma te pakken en ik heb het verpest. En nu ben ik bang. Ik heb niets meer van hem gehoord. Stel dat hij oma heeft doodgemaakt?' Ik snikte. Ik kon niet meer ophouden. Huilen met grote, natte, domme halen, een loopneus en vlekken in mijn gezicht.

Morelli sloeg zijn armen om me heen. 'Hoe heb je het dan verpest?'

'Ik had het hart in een koelbox en toen kwam die bewaker erbij en toen hing DeChooch op.'

'Het hart?'

Ik wees naar de keuken. 'In het vriesvak.'

Morelli maakte zich los om in de vriesvak te kijken. Ik hoorde dat hij de deur opentrok. Het duurde even. 'Je hebt gelijk,' zei hij. 'Er ligt een hart in.' En het deurtje van het vriesvak ging dicht met een zuigend geluid.

'Het is een varkenshart,' zei ik.

'Dat is een hele geruststelling.'

Ik vertelde het verhaal.

Het probleem met Morelli is dat hij soms moeilijk te peilen is. Als jongetje was hij voorlijk en als tiener wild. Ik denk dat hij aan de verwachting beantwoordde. Mannelijke Morelli's hebben de reputatie nogal heftig tekeer te gaan. Maar ergens rond zijn vijfentwintigste is Morelli gaan nadenken. Dus nu is moeilijk te zeggen waar de nieuwe Morelli begint en de oude Morelli ophoudt.

Ik vermoedde dat de nieuwe Morelli zou denken dat Eddie DeChooch afschepen met een varkenshart een mallotig idee was. En ik vreesde ook dat dit plan bij hem het vermoeden zou versterken dat hij op het punt stond te trouwen met Lucy Ricardo, bekend van *I Love Lucy*.

'Heel pienter van je om het met een varkenshart te proberen,' zei Morelli.

Ik viel bijna van de bank.

'Als je mij had gebeld, in plaats van Ranger, had ik de omgeving in observatie kunnen nemen.'

'Wijsheid achteraf,' zei ik. 'Ik wilde niets doen om De-Chooch af te schrikken.'

We schoten allebei overeind toen de telefoon ging.

'Ik geef je nog één kans,' zei DeChooch. 'Als je het weer verpest, is je oma er geweest.'

'Alles goed met haar?'

'Ze maakt me horendol.'

'Ik wil haar spreken.'

'Je kunt haar spreken wanneer je het hart afgeeft. Hier komt het nieuwe plan. Kom met het hart en je mobiele telefoon naar de cafetaria in Hamilton Township.'

'De Silver Dollar?'

'Ja. Ik bel je morgenavond om zeven uur.'

'Waarom kan het niet eerder?'

'Neem maar van mij aan dat ik het heel graag eerder zou doen, maar dat komt me niet uit. Is het hart nog in goede staat?'

'Het wordt gekoeld.'

'Hoe dan?'

'In het vriesvak.'

'Ik dacht al dat je dat zou moeten doen. Maar zorg wel dat er niets afbreekt. Ik heb het heel secuur verwijderd. Ik wil niet dat jij het verknoeit.'

Hij verbrak de verbinding en mijn maag draaide om.

'Jasses!'

Morelli sloeg zijn arm om me heen. 'Maak je geen zorgen over je grootmoeder. Ze is net die Buick uit '53. Angstaanjagend solide. Misschien zelfs onsterfelijk.'

Ik schudde mijn hoofd. 'Ze is gewoon een oude vrouw.'

'Ik zou me heel wat beter voelen als ik daar echt van overtuigd was,' zei Morelli. 'Maar wat we hier hebben is een generatie vrouwen en auto's die alle natuurkundige en logische wetten tarten.'

'Je denkt aan je eigen grootmoeder.'

'Ik heb het nog nooit tegen iemand durven zeggen, maar ik maak me soms zorgen dat ze echt het boze oog heeft. Soms ben ik doodsbang voor haar.'

Ik begon te lachen, ik kon er niets aan doen. Morelli had altijd zo achteloos gedaan over de dreigementen en voorspellingen van zijn grootmoeder.

Ik trok mijn trui met nummer 35 over mijn T-shirt aan en Morelli en ik keken naar de wedstrijd van de Rangers. Na de wedstrijd lieten we Bob uit en kropen in bed.

Bonk. Krabbel, krabbel. *Bonk*.

Morelli en ik keken elkaar aan. Bob zocht voedsel en ontruimde het aanrecht op zoek naar kruimels.

'Hij heeft honger,' zei Morelli. 'Misschien moeten we hem bij ons in de slaapkamer opsluiten om te voorkomen dat hij aan een stoel begint.'

Morelli stapte uit bed en kwam met Bob terug. Morelli deed de deur op slot en kroop weer in bed. En Bob sprong bij ons in bed. Bob draaide zich vijf of zes keer in een kringetje om, krabde aan de doorgestikte deken, draaide nog wat kringetjes, keek beduusd.

'Hij is lief,' zei ik tegen Morelli. 'Maar een beetje prehistorisch.'

Bob draaide nog een paar keer rond en wrong zich toen tussen Morelli en mij. Hij legde zijn grote kop op een hoek van Morelli's kussen, zuchtte tevreden en viel direct in slaap.

'Je moet een groter bed nemen,' zei Morelli.

En over anticonceptie hoefde ik me ook geen zorgen te maken.

Bij het krieken van de dag liet Morelli zich uit bed rollen.

Ik deed een oog open. 'Wat doe je? Het is nog bijna donker.'

'Ik kan niet slapen. Bob pikt mijn helft in. Bovendien heb ik de dierenarts beloofd dat ik zou zorgen dat Bob meer beweging kreeg, dus we gaan hardlopen.'

'Fijn.'

'Jij ook,' zei Morelli.

'Nee hoor.'

'Jij hebt me met die hond opgescheept. Je staat nu op en gaat met ons mee hardlopen.'

'Nee!'

Morelli greep mijn enkel en sleurde me uit bed. 'Dwing me niet geweld te gebruiken,' zei hij.

We stonden allebei naar Bob te kijken. Hij was de enige die nog op bed lag. Met zijn kop op het kussen, maar hij keek bezorgd. Bob was geen ochtendhond. En hij was niet erg sportief.

'Opstaan,' zei Morelli tegen Bob.

Bob kneep zijn ogen dicht en deed alsof hij sliep.

Morelli probeerde Bob uit bed te slepen en Bob gromde diep in zijn keel, alsof hij het meende.

'Shit,' zei Morelli. 'Hoe doe jij dat? Hoe krijg jij hem zover dat hij in alle hondsvroegte op Joyces gazon poept?'

'Hoe weet je dat?'

'Gordon Skyer woont tegenover Joyce. Ik squash met Gordon.'

'Ik koop hem om met eten.'

Morelli liep naar de keuken en kwam terug met een zak wortels. 'Kijk eens wat ik heb gevonden,' zei hij. 'Je hebt gezond eten in je koelkast. Petje af.'

Ik wilde hem zijn illusie niet ontnemen, maar de wortels waren voor Rex. Ik lust wortels alleen in frituurdeeg of in worteltaart met een dikke afdeklaag van Philadelphiakaas.

Morelli hield Bob een wortel voor en Bob keek naar hem alsof hij wilde zeggen: dat meen je toch niet?

Ik kreeg medelijden met Morelli. 'Weet je wat,' zei ik, 'laten we ons gewoon aankleden en naar de keuken gaan en wat rammelen met dingen, dan bezwijkt Bob wel.'

Vijf minuten later waren we aangekleed en hadden Bob aan de riem.

'Wacht even,' zei ik. 'We kunnen niet allemaal weggaan en het hart alleen thuislaten. Er komen regelmatig mensen bij me binnen.'

'Wie dan?'

'Benny en Ziggy, bijvoorbeeld.'

'De mensen kunnen toch niet zomaar bij je binnenwandelen. Dat is verboden. Dat is inbraak.'

'Het stelt niet veel voor,' zei ik. 'De eerste keren was ik verbaasd, maar na een tijdje raak je eraan gewend.' Ik haalde het hart uit de vrieskast. 'Ik laat het wel bij meneer Morganstern achter. Die is altijd vroeg op.'

'Mijn vrieskast is kapot,' zei ik tegen meneer Morganstern, 'en ik wil niet dat dit ontdooid raakt. Kunt u het tot etenstijd voor me bewaren?'

'Zeker,' zei hij. 'Het lijkt me een hart.'

'Het is een nieuw dieet. Een keer per week moet je hart eten.'

'Je meent het. Misschien moet ik dat ook eens proberen. Ik voel me de laatste tijd een beetje slap.'

Morelli wachtte op me op de parkeerplaats. Hij deed looppas op de plaats en Bob keek vrolijk en alert nu hij buiten was.

'Is hij leeg?' vroeg ik aan Morelli.

'Allemaal gebeurd.'

Morelli en Bob vertrokken in stevig tempo en ik sjokte er achteraan. Ik kan vijf kilometer lopen op hoge hakken en winkelen houd ik vol tot Morelli om genade smeekt, maar hardlopen is niets voor mij. Misschien hoogstens als er handtassen in de uitverkoop zijn.

Geleidelijk aan raakte ik steeds verder achterop. Toen Morelli en Bob de hoek om gingen en uit het zicht verdwenen, liep ik tussen de tuinen en de huizen door en kwam uit bij bakkerij Ferarro. Ik kocht een koffiebroodje met amandel en liep rustig terug naar huis, etend onder het lopen. Ik was bijna bij mijn parkeerterrein toen ik Joe en Bob op St. James zag hollen. Ik begon direct te draven en te hijgen.

'Waar waren jullie?' vroeg ik. 'Ik was jullie kwijt.'

Morelli schudde afkerig zijn hoofd. 'Dat is treurig. Je hebt poedersuiker op je shirt.'

'Zeker uit de lucht gevallen.'

'Zielig,' zei Morelli.

We kwamen Benny en Ziggy tegen in de hal.

'Zo te zien hebben jullie getrimd,' zei Ziggy. 'Dat is heel gezond. Dat zouden meer mensen moeten doen.'

Morelli legde zijn hand tegen Ziggy's borst om hem tegen te houden. 'Wat doen jullie hier?'

'We kwamen voor Stephanie, maar er was niemand thuis.'

'Nou, hier is ze. Je wilt haar toch spreken?'

'Zeker,' zei Ziggy. 'Vond je de jam lekker?'

'De jam is heerlijk. Bedankt.'

'Jullie hebben toch niet net bij haar ingebroken?' vroeg Morelli.

'Dat zouden we nooit doen,' zei Benny. 'Daarvoor hebben we veel te veel respect voor haar. Zo is het toch, Ziggy?'

'Jazeker,' zei Ziggy. 'Maar ik zou het wel kunnen, als ik wou. Ik ben het niet verleerd.'

'Heb je je vrouw nog gesproken?' vroeg ik aan Benny. 'Is ze in Richmond?'

'Ik heb haar gisteravond nog gesproken. En ze is in Norfolk. Ze zei dat de situatie naar omstandigheden goed is. Je begrijpt zeker wel dat het alle betrokkenen erg heeft aangegrepen.'

'Het is tragisch. Geen ander nieuws uit Richmond?'

'Helaas niet.'

Benny en Ziggy wandelden naar de lift en Morelli en ik liepen achter Bob aan naar de keuken.

'Ze zijn binnen geweest, hè?' zei Morelli.

'Ja. Om het hart te zoeken. Benny's vrouw zit hem enorm op zijn huid om te zorgen dat het terugkomt.'

Morelli mat een bekertje voer af voor Bob. Bob inhaleerde het voer en keek waar de rest bleef.

'Sorry, kerel,' zei Morelli. 'Dat is wat er gebeurt als je dik wordt.'

Ik trok mijn buik in en voelde me schuldig om mijn koffiebroodje. Vergeleken met Morelli was ik een luie bliksem. Morelli had een borstkas als een wasbord. Morelli kon zelfs sit-ups doen. Een heleboel achter elkaar. In mijn fantasie kan ik ook sit-ups doen. In de realiteit komen sit-ups op de tweede plaats na de vreugden van fitness.

12

Eddie DeChooch hield oma ergens vast. Waarschijnlijk niet in de Wijk, anders had ik inmiddels wel wat gehoord. Ergens in Trenton. Beide telefoontjes waren lokaal.

Joe had beloofd de zaak niet te melden, maar ik wist dat hij undercover initiatieven zou ontwikkelen. Hij zou vragen stellen en zijn collega's bij de politie wat ijveriger laten uitkijken naar Eddie. Connie en Vinnie en Lula boorden ook hun bronnen aan. Ik verwachtte er niets van. Eddie DeChooch werkte alleen. Misschien zocht hij af en toe pastoor Carolli op. En misschien zou hij nog een keer op rouwbezoek gaan. Maar hij werkte op zijn eentje. Ik was ervan overtuigd dat niemand zijn schuilplaats kende. Misschien met uitzondering van Mary Maggie Mason.

Twee dagen terug was DeChooch om een of andere reden naar Mary Maggie gegaan.

Ik haalde Lula op van kantoor en op de motor reden we naar Mary Maggies luxe flat. Het was halverwege de ochtend en er was niet veel verkeer. De bewolking verdichtte zich. Er werd later op de dag regen verwacht. Niemand in Jersey die zich daar druk om maakte. Het was donderdag. Dan mag het gerust regenen. In Jersey vinden we het weer alleen in het weekend belangrijk.

De Low Rider dreunde de ondergrondse garage in; de trillingen kaatsten terug van het beton van vloer en wanden. We zagen geen witte Cadillac, maar de zilveren MMM-YUM Porsche stond op de gebruikelijke plaats. Ik parkeerde de Harley twee rijen verder.

Lula en ik keken elkaar aan. We hadden niet veel zin om naar boven te gaan.

'Ik heb er een beetje een raar gevoel bij om met Mary Maggie te gaan praten,' zei ik. 'Die moddertoestand was niet echt een hoogtepunt wat mij betreft.'

'Allemaal haar schuld. Zij is begonnen.'

'Ik had meer kunnen doen, maar ik was verrast,' zei ik.

'Ja,' zei Lula. 'Dat merkte ik wel omdat je om hulp bleef roepen. Ik hoop alleen maar dat ze me geen proces wil aandoen omdat ze haar rug heeft gebroken, of zo.'

We bereikten Mary Maggies deur en vielen allebei stil. Ik haalde diep adem en belde aan. Mary Maggie deed open en zodra ze ons zag, wilde ze de deur weer dichttrekken. Tweede gebod voor premiejagers: zorg dat je snel je laars in de deuropening hebt.

'Wat nou weer?' vroeg Mary Maggie, terwijl ze probeerde mijn voet weg te krijgen.

'Ik wil met je praten.'

'Je hebt al met me gepraat.'

'Ik moet weer met je praten. Eddie DeChooch heeft mijn grootmoeder ontvoerd.'

Mary Maggie gaf haar verzet op en keek me aan. 'Meen je dat nou?'

'Ik heb iets dat hij wil hebben. En nu heeft hij iemand die ík wil hebben.'

'Ik weet niet wat ik moet zeggen. Het spijt me.'

'Ik hoop dat je me kunt helpen haar te vinden.'

Mary Maggie deed de deur open en Lula en ik gingen naar binnen. Ik dacht niet dat ik oma in een kast zou aantreffen, maar ik moest toch even kijken. De flat was aardig, maar niet groot. Huiskamer, eetkamer en open keuken. Een slaapkamer. Badkamer met toilet en douche. Smaakvol ingericht met klassiek meubilair. Zachte kleuren. Grijs en beige. En natuurlijk overal boeken.

'Ik weet eerlijk niet waar hij is,' zei Mary Maggie. 'Hij heeft mijn auto geleend. Dat heeft hij al eerder gedaan. Als de eigenaar van de club je iets te leen vraagt, is het verstandig hem zijn zin te geven. En bovendien is het een aardige oude man. Nadat jullie hier waren geweest, ben ik naar zijn neef gegaan om te zeggen dat ik mijn auto terug wilde. Eddie bracht hem terug toen jullie en je vriendin hem in de garage in een hinderlaag wilden laten lopen. Sindsdien heb ik niets meer van hem gehoord.'

Het slechte nieuws was dat ik haar geloofde. Het goede nieuws was dat Ronald DeChooch in contact stond met zijn oom.

'Het spijt me van je schoen,' zei Mary Maggie tegen Lula. 'We hebben nog wel gezocht, maar we konden hem niet vinden.'

'Hmf,' zei Lula.

Lula en ik zwegen tot we weer in de garage waren.

'Wat denk je?' vroeg Lula.

'Volgens mij moeten we naar Ronald DeChooch.'

Ik startte de motor, Lula zwaaide haar been over het zadel en we scheurden door de garage als de wrekende gerechtigheid op weg naar het bestratingsbedrijf van Ronald De-Chooch.

'We mogen blij zijn dat we een goede baan hebben,' zei Lula toen ik voor het bakstenen kantoorgebouw was gestopt.

'We zouden ook hier kunnen werken en de hele dag asfalt snuiven en altijd zwarte plakken aan onze zolen krijgen.'

Ik stapte af en tilde mijn helm op. Het rook zwaar naar warme teer en achter het afgesloten hek trilden warmtegolven boven de zwart aangeslagen walsen en asfaltwagens. Er waren geen mannen te zien, maar kennelijk was er net met de machines gewerkt.

'We pakken het professioneel maar assertief aan,' zei ik tegen Lula.

'Je bedoelt dat we ons niet omver laten lullen door die mislukte houdgreep van een Ronald DeChooch.'

'Je hebt weer naar worstelen gekeken,' zei ik tegen Lula.

'Ik heb het opgenomen om de Rock terug te kunnen kijken,' zei Lula.

Lula en ik staken de borst vooruit en marcheerden zonder aankloppen naar binnen. We zouden ons niet laten afschepen door een stelletje kaartende idioten. Wij zouden respect eisen.

We liepen dreunend het halletje door naar de balie en gingen zonder te wachten door naar het kantoor. We gooiden de deur open en kwamen oog in oog te staan met Ronald DeChooch die verstop-de-salami deed met de receptioniste. Eigenlijk stonden we niet oog in oog, omdat DeChooch met zijn rug naar ons toe stond. Preciezer gezegd stond hij met zijn grote harige kont naar ons toe omdat hij de arme vrouw op zijn hondjes pakte. Zijn broek hing op zijn enkels en de vrouw stond gebogen over de kaarttafel, die ze krampachtig vasthield.

Er viel een geschokte stilte en toen begon Lula te lachen.

'Je mag je kont wel eens laten harsen,' zei ze tegen DeChooch. 'Geen gezicht, die billen.'

'Christus,' zei DeChooch die zijn broek optrok. 'Een man kan niet eens meer een relatie onderhouden op zijn eigen kantoor.'

De vrouw schoot overeind en trok haar rok omlaag en probeerde haar borsten terug te schuiven in haar beha. Ze vluchtte gegeneerd weg, met haar slipje in de hand. Ik hoopte dat ze een ruime vergoeding kreeg.

'Wat nu?' vroeg DeChooch. 'Hadden jullie iets bijzonders op het oog, of komen jullie alleen voor de voorstelling?'

'Jouw oom heeft mijn grootmoeder ontvoerd.'

'Wat?'

'Dat was gisteren. Hij wil haar als losprijs gebruiken voor het hart.'

De verbazing in zijn ogen nam toe. 'Je weet van het hart?'

Lula en ik keken elkaar even aan.

'Ik... eh... heb het hart,' zei ik.

'Jezus Christus. Hoe kom jij godverdomme aan het hart?'

'Maakt niet uit hoe ze eraan komt,' zei Lula.

'Precies,' zei ik. 'Waar het om gaat is dat we moeten zorgen dat het in orde komt. Om te beginnen wil ik mijn grootmoeder terug. En bovendien wil ik Mooner en Dougie terug.'

'Je grootmoeder, dat kan ik misschien regelen,' zei Ronald. 'Ik weet niet waar mijn oom Eddie zit, maar ik spreek hem wel eens. Hij heeft een mobiele telefoon. Die andere twee, dat ligt moeilijker. Daar weet ik niets van. Volgens mij weet niemand waar ze zijn.'

'Eddie belt me vanavond om zeven uur op. Ik wil niet dat het misgaat. Ik wil hem het hart geven en ik wil mijn grootmoeder terug. Als mijn grootmoeder iets overkomt, of als ze vanavond niet voor het hart kan worden geruild, gaan er heel vervelende dingen gebeuren.'

'Snap ik.'

Lula en ik draaiden ons om. We deden twee deuren achter ons dicht, klommen op de Harley en reden weg. Twee zijstraten verderop moest ik even stoppen omdat we zo hard moesten lachen dat ik bang was dat we van de motor zouden vallen.

'Dat was geweldig,' zei Lula. 'Als je een man zijn aandacht wilt trekken, moet je hem pakken met zijn broek uit.'

'Ik heb nog nooit iemand het zien doen!' zei ik. De vlammen sloegen me uit onder het lachen. 'Ik heb zelfs nooit in een spiegel gekeken.'

'Dat wil je ook niet, in een spiegel kijken,' zei Lula. 'Mannen zijn er gek op. Die zien zichzelf de daad doen en zien Rex het Wonderpaard. Vrouwen die zichzelf zien vinden dat ze hoognodig weer op fitness moeten.'

Ik probeerde mezelf weer onder controle te krijgen toen mijn moeder zich meldde op mijn mobieltje.

'Er is iets heel vreemds aan de hand,' zei mijn moeder. 'Waar is je grootmoeder? Waarom komt ze niet thuis?'

'Vanavond komt ze thuis.'

'Dat zei je gisteravond ook. Wie is die man bij wie ze is? Het bevalt me helemaal niet. Wat moeten de mensen wel niet zeggen?'

'Maak je geen zorgen. Oma houdt het stil. Maar ze moest het gewoon doen.' Ik wist niet wat ik verder moest zeggen, dus maakte ik kraak- en piepgeluiden. 'De lijn wordt te slecht,' riep ik. 'Ik moet afbreken.'

Lula staarde over mijn schouder. 'Ik kan de hele straat zien,' zei ze, 'en er komt net een grote zwarte auto bij de bestrating vandaan. En er zijn net drie mannen naar buiten gekomen en ik zou zweren dat die naar ons wijzen.'

Ik keek om te zien wat er aan de hand was. Het was te ver om het goed te kunnen zien, maar een van de drie wees misschien wel. De mannen stapten in de auto en de auto kwam onze kant op.

'Misschien is Ronald vergeten iets tegen ons te zeggen,' zei Lula.

Ik had een raar gevoel in mijn borst. 'Dan had hij kunnen bellen.'

'Mijn tweede gedachte is dat je hem misschien beter niet had kunnen vertellen dat je het hart hebt.'

Shit.

Lula en ik sprongen op de motor, maar nu was de auto nog maar een blok van ons af en dreigde ons in te halen.

'Hou je vast,' schreeuwde ik. En we schoten vooruit. Ik gaf gas voor de hoek en nam hem ruim. Ik was nog niet goed genoeg op de motor om risico's te nemen.

'Ai,' zei Lula, 'ze halen ons in.'

Uit mijn ooghoek zag ik de auto aankomen. Het was nog twee zijstraten tot Broad Avenue. Daar was geen verkeer uit te verwachten, maar op Broad Avenue was het om deze tijd wel druk. Als ik Broad Avenue kon bereiken, kon ik de auto afschudden. De auto passeerde me, nam een voorsprong en werd schuin op de rijrichting neergezet, zodat ik geen kant op kon. De portieren van de Lincoln gingen open, alle vier de mannen sprongen eruit en ik kwam slippend tot stilstand. Ik voelde Lula's arm op mijn schouder en uit mijn ooghoek zag ik haar Glock.

Alles verstarde.

Ten slotte kwam een van de mannen naar me toe. 'Ronnie zei dat ik je zijn kaartje moest geven voor het geval je contact met hem wilt opnemen. Het nummer van zijn mobieltje staat erop.'

'Bedankt,' zei ik en pakte het kaartje aan. 'Slim van Ronald om daaraan te denken.'

'Ja, maar hij is ook slim.'

Ze stapten allemaal weer in de auto en reden door.

Lula zekerde haar pistool. 'Ik heb het in mijn broek gedaan, geloof ik,' zei ze.

Ranger was op kantoor toen we terugkwamen.

'Vanavond zeven uur,' zei ik tegen Ranger. 'Bij de Silver Dollar. Morelli weet ervan, maar hij heeft beloofd dat de politie zich erbuiten houdt.'

Ranger keek naar me. 'Heb je mij daar nodig?'

'Kan geen kwaad.'

Hij kwam overeind. 'Gebruik het zendertje. Schakel het om half zeven in.'

'En ik?' vroeg Lula. 'Word ik ook gevraagd?'

'Jij gaat achterop,' zei ik. 'Iemand moet de koelbox vasthouden.'

De Silver Dollar is een cafetaria in Hamilton Township, niet ver van de Wijk en nog minder ver van waar ik woon. Hij is vierentwintig uur per dag open en heeft een menu dat twaalf uur zou vergen om voor te lezen. Je kunt er altijd ontbijten en om twee uur 's nachts een lekkere vette tosti krijgen. De omgeving biedt al het lelijks dat Jersey zo geweldig maakt. Dag- en nachtwinkeltjes, bankfilialen, supermarkten, videozaken en stomerijen. En neonreclames en stoplichten zover het oog reikt.

Lula en ik arriveerden om half zeven met het bevroren hart dat in de koelbox klotste. Het zendertje kriebelde onder mijn geruite flanellen hemd. We kozen een afgescheiden tafeltje en bestelden hamburgers met kaas en frites en keken naar buiten, naar het drukke verkeer.

Ik deed de zendertest en kreeg een bevestigend telefoontje van Ranger. Hij was ergens in de buurt. Hij hield de cafetaria in het oog. En hij was onzichtbaar. Joe was er ook. Waarschijnlijk communiceerden ze met elkaar. Ik heb ze in het verleden vaker zien samenwerken. Er zijn regels waardoor mannen als Joe en Ranger hun rol laten bepalen. Regels die ik nooit zal begrijpen. Regels die twee alfamannetjes in staat stellen samen te werken voor het goede doel.

In de drukke cafetaria zat de tweede golf te eten. De eerste golf waren de bejaarden die op een eerder tijdstip korting kregen op de dagschotel. Rond zeven uur zou het stil worden. Het is hier Manhattan niet, waar trendsetters eten om acht of negen uur. Trenton werkt hard en ligt om tien uur in bed.

Mijn mobiele telefoon ging om zeven uur en mijn hart sloeg even over toen ik de stem van DeChooch hoorde.

'Heb je het hart bij je?' vroeg hij.

'Ja. Ik heb het hier naast me in de koelbox. Hoe is het met oma? Ik wil haar spreken.'

Er klonk gestommel en geslof en toen kwam oma aan het toestel.

'Hoi,' zei oma.

'Alles goed met je?'

'Reken maar van yes,' zei oma.

Ze klonk te voldaan. 'Heb je gedronken?'

'Eddie en ik hebben misschien wel een paar cocktails gedronken voor het eten, maar maak je geen zorgen... ik zie het nog vlijmscherp.'

Lula zat tegenover me en ze schudde lachend haar hoofd. Ik wist dat Ranger hetzelfde zou doen.

Eddie kwam weer aan het toestel. 'Ben je klaar voor de instructies?'

'Ja.'

'Weet je hoe je naar de Nottingham Way moet rijden?'

'Ja.'

'Goed. Neem de Nottingham Way naar Mulberry Street en dan moet je Cherry Street hebben.'

'Wacht even. Je neef Ronald woont in Cherry Street.'

'Ja. Je moet het hart naar Ronald brengen. Die zorgt dan dat het in Richmond komt.'

Verdorie. Ik zou oma terugkrijgen, maar niet Eddie De-Chooch. Ik had gehoopt dat Joe of Ranger hem zou kunnen pakken op de plaats van de overdracht.

'En oma?'

'Zodra Ronald me belt, laat ik je oma gaan.'

Ik liet mijn telefoon weer in mijn jaszak glijden en vertelde Lula en Ranger wat het plan was.

'Behoorlijk uitgekookt voor een oude man,' zei Lula. 'Geen slecht plan.'

Ik had al voor het eten betaald, dus liet ik een fooi op tafel achter en vertrok met Lula. Het blauw en groen om mijn ogen was verkleurd tot geel en ging schuil achter een zonnebril. Lula was niet in het leer, maar droeg laarzen en een spijkerbroek en een T-shirt met veel koeien erop en reclame voor het ijs van Ben & Jerry. Twee normale vrouwen die samen een hapje hadden gegeten. Zelfs de koelbox leek onschuldig. Geen reden om te vermoeden dat het een hart bevatte om mijn grootmoeder mee vrij te kopen.

En die andere mensen, die frites en koolsla zaten te schrokken en rijstpudding toe namen. Wat hadden die voor geheimen? Wie wist of zij geen spionnen en overvallers en juwelendieven waren? Ik keek om me heen. Sterker nog: wie wist of het mensen waren?

Ik had geen haast om in Cherry Street te komen. Ik maakte me zorgen over oma en zag er tegenop om Ronald een varkenshart te geven. Dus reed ik heel voorzichtig. Als ik een ongeluk kreeg met de motor, kon ik mijn reddingspoging vergeten. Het was trouwens lekker weer om op een Harley te zitten. Geen insecten en geen regen. Achter me voelde ik Lula die de koelbox stevig vasthield.

Bij Ronalds huis brandde licht naast de voordeur. Hij verwachtte me kennelijk. Ik hoopte dat hij ruimte in de diepvries had voor een orgaan. Ik liet Lula op de motor zitten met haar Glock in de hand en ik liep met de koelbox naar de voordeur en belde aan.

Ronald deed open, keek naar mij en naar Lula. 'Slapen jullie ook met elkaar?'

'Nee,' zei ik. 'Ik slaap met Joe Morelli.'

Ronald keek een beetje grimmig, want Morelli handhaaft de wet en Ronald lapt hem aan zijn laars.

'Voordat ik je dit geef wil ik dat je opbelt om oma vrij te laten,' zei ik.

'Best. Kom binnen.'

'Ik blijf hier. En ik wil van oma zelf horen dat alles goed met haar is.'

Ronald haalde zijn schouders op. 'Ook goed. Ik wil het hart zien.'

Ik schoof het deksel open en Ronald keek erin.

'Jezus,' zei hij, 'het is bevroren.'

Ik keek ook in de koelbox. Wat ik zag was een onappetijtelijk brok donkerrood ijs, verpakt in plastic.

'Ja,' zei ik, 'het werd een beetje belegen. Je kunt een hart niet onbeperkt bewaren, weet je. Dus heb ik het ingevroren.'

'Maar je hebt het toch gezien toen het niet bevroren was? En het zag er toen goed uit?'

'Ik ben niet echt deskundig op dit terrein.'

Ronald verdween en kwam terug met een mobiele telefoon. 'Hier,' zei hij. 'Hier is je oma.'

'Ik ben in Quaker Bridge met Eddie,' zei oma. 'Ik heb bij Macy een jasje gezien dat ik wel wil hebben, maar ik zal moeten wachten tot ik mijn uitkering binnen heb.'

Eddie kwam aan het toestel. 'Ik laat haar hier achter in de pizzatent. Daar kun je haar afhalen.'

Ik herhaalde het voor Ranger. 'Begrijp ik het goed, je laat

oma achter in de pizzatent in het winkelcentrum Quaker Bridge.'

'Ja,' zei Eddie, 'heb je soms een zendertje op je lichaam?'

'Wie, ik?'

Ik gaf de telefoon terug aan Ronald en overhandigde hem de koelbox. 'Als ik jou was, zou ik het hart in de diepvries doen en voor de reis naar Richmond onder een koelelement vervoeren.'

Hij knikte. 'Dat zal ik doen. Ik wil Louie D geen hart teruggeven waar de maden uit kruipen.'

'Een vraagje uit morbide nieuwsgierigheid,' zei ik. 'Was het jouw idee om me het hart hier te laten afgeven?'

'Je zei zelf dat er niets mis mocht gaan.'

Toen ik weer op de motor zat, pakte ik mijn mobieltje om Ranger te bellen.

'Ik ben al onderweg,' zei Ranger. 'Over tien minuten kan ik in het winkelcentrum zijn. Ik bel wanneer ik haar heb.'

Ik knikte en verbrak de verbinding, niet in staat nog een woord uit te brengen. Soms wordt het leven me verdomme gewoon te veel.

Lula woont in een flatje in een deel van het getto dat er voor een getto mee door kan. Ik nam Brunswick Avenue, sloeg een paar keer af, stak de spoorlijn over en vond Lula's buurt. Smalle straten, kleine huizen. Waarschijnlijk oorspronkelijk gebouwd voor de immigranten die ze hierheen haalden om in de porseleinfabrieken en de hoogovens te werken. Lula woonde in zo'n huisje in het midden van een blok, op één hoog.

Mijn telefoon ging toen ik de motor uitzette.

'Je oma zit hier naast me, schatje,' zei Ranger. 'Ik zal haar thuisbrengen. Wil je pizza?'

'Salami en extra kaas.'

'Van extra kaas word je moddervet,' zei Ranger en hing op.
Lula stapte af en keek naar me. 'Gaat het wel?'

'Ja hoor, best.'

Ze boog zich naar me toe en sloeg haar armen om me heen.
'Je bent een goed mens.'

Ik lachte naar haar en knipperde met mijn ogen en veegde
mijn neus af aan mijn mouw. Lula was ook een goed mens.

'O jee,' zei Lula. 'Huil je?'

'Nee, ik geloof dat ik een eindje terug een insect binnen heb
gekregen.'

Het kostte me nog eens tien minuten om naar het huis van
mijn ouders te rijden. Ik parkeerde voor het huis van de buren
en doofde mijn lampen. Ik dacht er niet over om vóór oma
naar binnen te gaan. Mijn moeder was waarschijnlijk in alle
staten. Ik kon beter uitleggen dat oma was ontvoerd als oma er
in levenden lijve bij zat.

Ik ging op de stoeprand zitten en gebruikte de tijd om Morelli te bellen. Ik kreeg hem op zijn mobieltje.

'Oma is veilig,' zei ik. 'Ranger is bij haar. Hij heeft haar in
het winkelcentrum afgehaald en zal haar thuisbrengen.'

'Ik heb het gehoord. Ik was achter je bij Ronald. Ik ben daar
gebleven tot ik bericht van Ranger kreeg dat hij je oma had
gevonden. Ik ben nu onderweg naar huis.'

Morelli vroeg me de nacht in zijn huis te komen doorbrengen, maar ik bedankte. Ik moest dingen doen. Oma had ik vrij
gekregen, maar Mooner en Dougie waren nog niet boven water.

Na een poosje zag ik koplampen aan het begin van de straat
en Rangers glanzende zwarte Mercedes kwam rustig tot stilstand voor het huis van mijn ouders. Ranger hielp oma met
uitstappen en lachte me toe. 'Je oma heeft je pizza opgegeten.
Van gegijzeld worden krijg je zeker trek.'

'Ga je mee naar binnen?'

'Over mijn lijk.'

'Ik moet je spreken. Het duurt niet lang. Wil je op me wachten?'

We keken elkaar in de ogen en de stilte verdiepte zich tussen ons.

Ik bevochtigde mijn lippen en wuifde mezelf koelte toe, bij wijze van spreken. Ja, hij zou wachten.

Ik draaide me om naar de voordeur en hij greep me vast. Zijn handen gleden onder mijn hemd en ik hield mijn adem in.

'Het zendertje,' zei hij terwijl hij de tape verwijderde en met zijn warme vingertoppen de niet door mijn beha bedekte aanzet van mijn borsten betastte.

Oma was al binnen.

'Goh, ik kan gewoon niet wachten tot morgen als ik iedereen in de schoonheidssalon mijn verhaal kan vertellen.'

Mijn vader keek op van zijn krant en mijn moeder huiverde onwillekeurig.

'Wie is er opgebaard?' vroeg oma aan mijn vader. 'Ik heb een paar dagen geen krant gezien. Heb ik iets gemist?'

Mijn moeder keek haar met toegeknepen ogen aan. 'Waar ben je geweest?'

'Verdraaid, dat zou ik niet weten,' zei oma. 'Ik had een zak over mijn hoofd toen ik erheen ging en toen ik werd teruggebracht.'

'Ze is ontvoerd,' zei ik tegen mijn moeder.

'Hoe bedoel je... ontvoerd?'

'Ik had toevallig iets dat Eddie DeChooch wilde hebben en dus heeft hij oma ontvoerd om een losprijs te kunnen eisen.'

'Goddank,' zei mijn moeder. 'Ik dacht dat ze met een man hokte.'

Mijn vader verdiepte zich weer in zijn krant. Een heel gewone dag in het leven van de familie Plum.

'Ben je nog iets te weten gekomen van Choochy?' vroeg ik aan oma. 'Heb je enig idee waar Mooner en Dougie zijn gebleven?'

'Daar weet Eddie niets van. Hij wil ze ook vinden. Volgens hem heeft Dougie de hele zaak aan het rollen gebracht. Hij zegt dat Dougie zijn hart heeft gestolen. Maar ik heb nou nog niet begrepen hoe het zit met dat hart.'

'Heb je enig idee waar je bent geweest?'

'Hij deed een zak over mijn hoofd toen we erheen gingen en toen we weggingen. Ik had eerst niet door dat ik was ontvoerd. Ik dacht dat het om bizarre seks ging. Wat ik wel weet is dat we een eindje hebben gereden en toen een garage in gingen. Dat weet ik omdat ik het open- en dichtgaan van de garagedeur heb gehoord. En toen gingen we naar het ondergrondse gedeelte van een huis. Het was of de garage toegang gaf tot de kelder, maar die kelder was verbouwd. Er waren een tv-kamer en twee slaapkamers en een keukentje. En nog een ruimte met de verwarmingsketel en de wasmachine en droogautomaat. En ik kon niet naar buiten kijken omdat er alleen van die kelderraampjes waren en daar zaten aan de buitenkant luiken voor.' Oma gaapte. 'Nou, ik ga naar bed. Ik ben bekaf en morgen moet ik op mijn best zijn. Ik wil maximaal profiteren van mijn ontvoering. Ik moet het heel wat mensen vertellen.'

'Zeg maar niets over het hart,' hield ik oma voor. 'Het hart is geheim.'

'Mij best, want ik weet toch niet wat ik erover moet zeggen.'

'Ga je een aanklacht indienen?'

Oma keek verbaasd. 'Tegen Choochy? Welnee. Wat zouden de mensen wel niet denken?'

Ranger stond tegen zijn auto geleund op me te wachten. Hij was in het zwart. Zwarte broek, duur uitziende zwarte molières, zwart T-shirt, zwart kasjmierwollen jasje. Ik wist dat het jasje niet tegen de kou was. Het jasje hing over het pistool. Niet dat het iets uitmaakte. Het was een mooi jasje.

'Ronald zal het hart waarschijnlijk morgen naar Richmond brengen,' zei ik tegen Ranger. 'En ik ben bang dat ze erachter komen dat het niet van Louie D is.'

'Dus?'

'En ik ben bang dat ze misschien zullen reageren door Mooner of Dougie iets aan te doen.'

'Dus?'

'En ik denk dat Mooner en Dougie in Richmond zijn. Ik denk dat de vrouw en de zus van Louie D in het geheim samenwerken. En ik denk dat zij Mooner en Dougie te pakken hebben.'

'En je zou ze graag willen redden.'

'Ja.'

Ranger lachte. 'Kan leuk worden.'

Ranger heeft een merkwaardig gevoel voor humor.

'Ik heb het adres van Louie D van Connie gekregen. De vrouw van Louie D schijnt zich na zijn dood te hebben afgezonderd. Estelle Colucci, de zus van Louie D, is ook in Richmond. Ze is erheen gegaan op dezelfde dag waarop Mooner is verdwenen. Ik denk dat die twee vrouwen Mooner hebben ontvoerd en meegenomen naar Richmond. Misschien hadden Estelle en Sophia genoeg van het gestuntel van Benny en Ziggy en besloten ze daarom de zaak zelf ter hand te nemen.' Jammer genoeg werd mijn theorie hierna wolliger. Een van de redenen voor de wolligheid was dat Estelle Colucci niet voldeed aan de beschrijving van de vrouw met de enge ogen. Ze voldeed zelfs niet aan de beschrijving van de vrouw in de limo.

'Wil je eerst nog langs huis?' vroeg Ranger. 'Of wil je meteen weg?'

Ik keek om naar de motor. Die moest ik ergens bergen. Waarschijnlijk was het geen goed idee mijn moeder te vertellen dat ik met Ranger naar Richmond ging. Ik vond het niet echt vertrouwd om de motor op mijn parkeerterrein achter te laten. Mijn bejaarde buren zijn geneigd dingen aan te rijden die kleiner zijn dan een Cadillac. God wist dat ik hem niet bij Morelli wilde stallen. Morelli zou absoluut mee willen naar Richmond. Morelli was net zo goed in dit soort operaties als Ranger. Morelli was er misschien zelfs beter in omdat hij niet zo gek was als Ranger. Maar het probleem was dat het geen politieonderzoek was. Het was een premiejagersonderzoek.

'Ik moet iets met de motor doen,' zei ik tegen Ranger. 'Ik wil hem niet niet laten staan.'

'Maak je geen zorgen. Daar kan Tank wel op passen tot we terug zijn.'

'Dan moet hij de sleutel hebben.'

Ranger keek naar me alsof hij nog nooit zoiets onnozels had gehoord.

'O ja,' zei ik. 'Natuurlijk.' Tank had geen sleutel nodig. Tank was een van Rangers vrolijke bentgenoten en Rangers bentgenoten hadden soepeler vingers dan Ziggy.

We reden in zuidelijke richting de Wijk uit en gingen bij Bordentown de snelweg op. Even later begon het te regenen, een fijne motregen die met het verstrijken van de kilometers een plensregen werd.

De Mercedes zoemde voort over het zwarte lint. De nacht omgaf ons en de duisternis werd alleen verbroken door de dashboardverlichting.

De geborgenheid van de baarmoeder met de technologie van de cockpit van een straaljager. Ranger drukte op een knopje van de cd-speler en klassieke muziek vulde de auto. Een symfonie. Geen Godsmack, maar toch prettig.

Ik had berekend dat het vijf uur rijden was. Ranger was er de man niet naar om te kletsen. Ranger zweeg over zijn gedachten en zijn leven. Ik zette mijn stoel in de slaapstand en deed mijn ogen dicht. 'Als je moe wordt en wilt dat ik het stuur overneem, moet je het maar zeggen,' zei ik.

Ik ontspande me en dacht na over Ranger. Toen ik hem leerde kennen, was hij een gespierde straatbink, met de stoere taal en bewegingen van het latinogedeelte van het getto; hij droeg legerkleding en arrestatieteamzwart. Nu droeg hij opeens kasjmier, luisterde naar klassieke muziek, en klonk meer als iemand die aan Harvard rechten had gestudeerd dan als Coolio.

'Je hebt toch niet toevallig een tweelingbroer?' vroeg ik.

'Nee,' zei hij zacht. 'Ik ben de enige.'

13

Ik werd wakker toen de auto stilstond. Het regende niet meer, maar het was pikdonker. Ik keek naar het digitale klokje in het dashboard. Het was bijna drie uur. Ranger bestudeerde het grote baksteenhuis in koloniale stijl aan de overkant van de straat.

'Het huis van Louie D?' vroeg ik.

Ranger knikte.

Het was een groot huis met een kleine tuin. Er stonden soortgelijke huizen omheen. Ze waren allemaal relatief nieuw. Geen dikke bomen of hoge heesters. Over twintig jaar zou het een mooie buurt zijn. Nu leek het nog een beetje te nieuw en te kaal. Er brandde geen licht in het huis van Louie D. Er stonden geen auto's aan de stoeprand geparkeerd. In deze wijk stonden auto's in garages of op de oprit.

'Blijf hier,' zei Ranger. 'Ik ga kijken.'

Ik zag hem oversteken en in de schaduw van het huis verdwijnen. Ik zette het raam op een kier en luisterde ingespannen, maar hoorde niets. In een ander leven is Ranger commando geweest en hij is niets verleerd. Hij beweegt zich met de dodelijke gratie van een grote katachtige. Ik beweeg me daarentegen als een waterbuffel. Waarschijnlijk was dat de reden dat ik in de auto moest blijven.

Hij kwam te voorschijn aan de andere kant van het huis en liep op zijn gemak terug naar de Mercedes. Hij schoof achter het stuur en draaide het sleuteltje om.

'Stevig afgesloten,' zei hij. 'De alarminstallatie is ingeschakeld en voor de meeste ramen hangen dikke gordijnen. Er valt niet veel te zien. Als ik meer van het huis en de gebruikelijke gang van zaken wist, zou ik binnen gaan kijken. Nu doe ik dat liever niet omdat ik niet weet hoeveel mensen er binnen zijn.' Hij reed weg. 'Op een kwartier rijden is een zakenwijk. Volgens de computer zijn er winkels, cafetaria's en een motel. Ik heb Tank kamers laten reserveren. Ik stel voor om negen uur bij mevrouw D aan te kloppen en te zien dat we binnenkomen.'

'Lijkt me goed.'

Tank had kamers gereserveerd in een motel van twee etages dat deel uitmaakte van een keten. Geen luxe, maar ook geen gribus. Beide kamers waren op de bovenverdieping. Ranger deed mijn deur open, maakte licht en keek snel rond. Alles leek in orde. Geen krankzinnige man die me in een donker hoekje opwachtte.

'Ik kom je om half negen halen,' zei hij. 'Dan kunnen we ontbijten en daarna op bezoek bij de dames.'

'Ik zal zorgen dat ik klaar ben.'

Hij trok me naar zich toe, boog zijn hoofd en kuste me. De kus was traag en diep. Zijn handen omvatten stevig mijn rug. Ik greep zijn hemd en leunde tegen hem aan. En ik voelde zijn lichaam reageren.

Opeens had ik een visioen van mezelf in bruidsjapon. 'Shit!' zei ik.

'Dat is niet de reactie die ik meestal krijg als ik een vrouw kus,' zei Ranger.

'Ik zal je de waarheid vertellen. Ik zou graag met je naar

bed gaan, maar ik zit met die stomme bruidsjapon...'

Rangers lippen streken langs mijn kaak naar mijn oor. 'Ik kan je die jurk laten vergeten...'

'Dat kun je zeker. Maar dat zou pas echt ellendige problemen geven.'

'Je zit met een moreel dilemma.'

'Ja.'

Hij kuste me opnieuw. Nu heel zacht. Hij deed een stap achteruit en een vreugdeloos lachje plooide zijn mondhoeken. 'Ik wil je niet onder druk zetten met je dilemma, maar dan hoop ik voor je dat je Eddie DeChooch alleen kunt aanhouden, want als ik je help eis ik mijn honorarium.'

En daarmee vertrok hij. Hij trok de deur achter zich dicht en ik hoorde hem over de gang naar zijn eigen kamer lopen.

Allemachtig.

Ik ging op bed liggen, met mijn kleren aan en het licht aan en grote wijdopen ogen. Toen mijn hart niet meer bonkte en mijn tepels zich hadden ontspannen stond ik op en spoelde mijn gezicht. Ik zette de wekker op acht uur. Jippie, vier uur slapen. Ik deed het licht uit en kroop in bed. Kon niet slapen. Te veel kleren. Ik stond op om alles behalve mijn slipje uit te doen en kroop in bed. Nee, zo kon ik ook niet slapen. Niet genoeg kleren. Ik trok mijn hemd weer aan, kroop weer onder het dek en vertrok onmiddellijk naar dromenland.

Toen Ranger om half negen aanklopte, was ik zo klaar als maar kon. Ik was onder de douche geweest en had mijn best gedaan op mijn haar, bij gebrek aan gel. Ik sleep zoveel mee in mijn tas. Maar wie had kunnen denken dat ik gel nodig zou hebben.

Ranger ontbeet met koffie en fruit en een volkorenbagel. Ik nam een muffin met ei, chocolademilkshake en gebakken aardappels. Bovendien trakteerde Ranger, dus kreeg ik een Disneypoppetje.

Het was warmer in Richmond dan het in Jersey was geweest. Sommige bomen en vroege azalea's stonden al in bloei. De hemel was helder en probeerde blauw te worden. We kregen mooi weer om een paar oude dames lastig te vallen.

Op de doorgaande wegen was het druk, maar zodra we de wijk van Louie D binnenreden hadden we het rijk alleen. De schoolbussen waren al geweest, de volwassen bewoners waren naar yoga, de delicatessenwinkel, de tennisclub, fitness en hun werk. De wijk voelde vanmorgen bewoond en energiek aan. Met uitzondering van het huis van Louie D. Dat huis zag er precies eender uit als het om drie uur 's nachts had gedaan. Donker en stil.

Ranger belde Tank op en kreeg te horen dat Ronald om acht uur die ochtend met de koelbox was vertrokken. Tank was tot Whitehorse achter hem aan gereden en was toen gekeerd omdat hij ervan overtuigd was dat Ronald onderweg was naar Richmond.

'Wat vind je van het huis?' vroeg Ranger.

'Zo te zien heeft het een geheim.'

We stapten allebei uit en liepen naar de deur. Ranger belde aan. Na een ogenblik deed een vrouw van in de zestig open. Ze had kort bruin haar en een lang, smal gezicht met opvallend dikke zwarte wenkbrauwen. Ze was in het zwart. Zwarte chemisier, klein en pezig lichaam, zwart vest met V-hals, zwarte instapschoenen en donkere kousen. Ze had zich niet opgemaakt en haar enige sieraad was een eenvoudig zilveren kruis dat ze om haar hals droeg. Ze had donkere kringen om haar doffe ogen, alsof ze lang niet had geslapen.

'Ja?' zei ze zonder belangstelling. Geen glimlach op de dunne, kleurloze lippen.

'Ik zoek Estelle Colucci,' zei ik.

'Estelle is er niet.'

'Haar man zei dat ze bij u was.'

'Haar man heeft het verkeerd.'

Ranger kwam naar voren en de vrouw hield hem tegen.

'Bent u mevrouw DeStefano?' vroeg Ranger.

'Ik ben Christina Gallone. Sophia DeStefano is mijn zuster.'

'We moeten mevrouw DeStefano spreken,' zei Ranger.

'Ze ontvangt geen bezoek.'

Ranger duwde haar achteruit. 'Volgens mij wel.'

'Nee!' riep Christina en sjorde aan Ranger. 'Het gaat slecht met haar. U moet weg!'

Een tweede vrouw kwam uit de keuken de hal in. Ze was ouder dan Christina, maar de gelijkenis was er. Ze droeg net zo'n zwarte jurk en schoenen en eenvoudig zilveren kruis. Ze was de langste van de twee en haar korte haar was bruin met grijs. Haar gezicht was levendiger dan dat van haar zuster, maar haar ogen waren griezelig leeg; het was alsof ze licht opzogen en niets teruggaven. Mijn eerste indruk was dat ze pillen slikte. Mijn tweede veronderstelling was dat ze krankzinnig was. En ik wist vrij zeker dat ik de vrouw zag die op Mooner had geschoten.

'Wat is er aan de hand?' vroeg ze.

'Mevrouw DeStefano?' vroeg Ranger.

'Ja.'

'We willen u graag spreken over de verdwijning van twee jongemannen.'

De zusters keken elkaar aan en mijn nekhaar ging overeind staan. De woonkamer was aan mijn linkerhand. Het strenge, donkere vertrek was klassiek ingericht met gepolitoerde mahoniehouten tafels en gestoffeerd met zwaar brokaat. De gordijnen waren dicht, zodat er geen zonlicht in het interieur kon doordringen. Aan mijn rechterhand was een kleine studeerkamer. De deur stond halfopen en er was een volgetast bureau te zien. Ook in de studeerkamer waren de gordijnen dicht.

'Wat wilt u weten,' zei Sophia.

'Ze heten Walter Dunphy en Douglas Kruper en we willen graag weten of u ze hebt gezien.'

'Ik ken ze geen van beiden.'

'Douglas Kruper heeft de voorschriften van zijn borgstelling overtreden,' zei Ranger. 'We hebben reden om aan te nemen dat hij hier in huis is, en als borgagenten voor Vincent Plum hebben we het recht huiszoeking te doen.'

'Daar komt niets van in. U gaat nu onmiddellijk weg, anders bel ik de politie.'

'Als u er liever de politie bij hebt wanneer we huiszoeking doen, moet u vooral bellen.'

Weer die stilzwijgende communicatie tussen de zusters. Christina pulkte aan de stof van haar jurk.

'Deze storing bevalt me niet,' zei Sophia. 'Daaruit blijkt een gebrek aan respect.'

O jee, dacht ik. Daar gaat mijn tong... net zoals die van die arme dode buurvrouw van Sophia.

Ranger liep door om de deur van de gangkast open te doen. Hij had zijn pistool in zijn hand.

'Hou op,' zei Sophia. 'U hebt niet het recht dit huis te doorzoeken. Weet u wel wie ik ben? Beseft u wel dat ik de weduwe ben van Louis DeStefano?'

Ranger deed nog een deur open. Toilet.

'Ik gelast u daarmee op te houden, anders zult u de gevolgen moeten dragen,' zei Sophia.

Ranger deed de deur van de studeerkamer open en knipte het licht aan, terwijl hij de beide vrouwen bleef observeren.

Ik volgde zijn voorbeeld en liep door de woonkamer en eet-kamer, waarbij ik het licht aandeed. Ik liep door de keuken. Er was een afgesloten deur in een gang net naast de keuken. Provisiekast of kelder, waarschijnlijk. Ik voelde er niet veel voor om op onderzoek uit te gaan. Ik had geen pistool. En al had ik een pistool, dan kon ik er nog niet goed mee schieten.

Sophia kwam me opeens achterna in de keuken. 'Weg hier!' schreeuwde ze, greep mijn pols en sleurde me mee. 'Weg uit mijn keuken.'

Ik rukte me los. En in een beweging die ik alleen kan beschrijven als die van een reptiel deed Sophia een greep in een keukenla en had opeens een pistool. Ze draaide zich om en richtte en schoot op Ranger. En toen richtte ze op mij.

Zonder na te denken, uit pure blinde angst, stortte ik me op haar en werkte haar tegen de vloer. Het pistool zeilde weg over de vloer en ik haastte me het te pakken. Ranger had eerder beet dan ik. Hij raapte het bedaard op en stak het in zijn zak.

Ik was overeind gekomen en wist niet goed wat ik moest doen. De mouw van Rangers jasje was doordrenkt met bloed. 'Moet ik bellen voor assistentie?'

Hij deed voorzichtig zijn jasje uit om naar zijn arm te kijken. 'Het gaat wel,' zei hij. 'Geef maar even een theedoek.' Hij voelde op zijn rug en gaf me handboeien aan. 'Maak ze aan elkaar vast.'

'Raak me niet aan,' zei Sophia. 'Als je me aanraakt, maak ik je dood. Dan krab ik je ogen uit.'

Ik sloot een handboei om Christina's pols en trok haar naar Sophia toe. 'Steek je hand uit,' zei ik tegen Sophia.

'Nooit,' zei ze. En spuwde naar me.

Ranger kwam dichterbij. 'Steek je hand uit of ik schiet je zuster neer.'

'Louie, hoor je me, Louie?' schreeuwde Sophia terwijl ze omhoogkeek, naar de hemel neem ik aan. 'Zie je wat er gebeurt? Zie je de schande? Jezus, God,' jammerde ze, 'Jezus, God.'

'Waar zijn ze?' vroeg Ranger. 'Waar zijn de twee mannen?'

'Ze zijn van mij,' zei Sophia. 'Ik sta ze niet af. Eerst moet ik hebben wat me toekomt. Die sukkel van een DeChooch die zijn heler stuurt om het hart naar Richmond terug te brengen. Te lui, te beschaamd om zelf het hart te vragen. Weet je wat die kakkebroek me heeft gebracht? Een lege koelbox. Dacht dat hij me kon belazeren. Hij en zijn vriend.'

'Waar zijn ze?' vroeg Ranger weer.

'Ze zijn waar ze thuishoren. In de hel. En daar blijven ze tot ze me vertellen wat ze met het hart hebben gedaan. Ik wil weten wie het hart heeft.'

'Ronald DeChooch heeft het hart,' zei ik. 'Hij is onderweg hierheen.'

Sophia kneep haar ogen toe. 'Ronald DeChooch.' Ze spuwde op haar eigen vloer. 'Zo denk ik over Ronald DeChooch. Ik geloof pas dat hij het hart van Louie heeft als ik het zie.'

Kennelijk was haar niet het volledige verhaal verteld, met mijn betrokkenheid erbij.

'Jullie moeten mijn zuster loslaten,' smeekte Christina. 'Jullie zien toch dat ze er slecht aan toe is.'

'Heb je je handboeien bij je?' vroeg Ranger.

Ik rommelde in mijn tas en haalde er handboeien uit.

'Maak ze vast aan de koelkast,' zei Ranger, 'en kijk dan of je een EHBO-doos kunt vinden.'

We hadden allebei ervaring met schotwonden, dus we wisten vrij aardig wat er moest gebeuren. Ik vond verbandmiddelen in de badkamer boven, drukte een steriel kompres op Rangers arm en legde een verband aan met gaas en leukoplast.

Ranger voelde aan de afgesloten deur bij de keuken.

'Waar is de sleutel?' vroeg hij.

'Rot in de hel,' zei Sophia, haar slangeogen toegeknepen.

Ranger zette zijn voet tegen de deur en de deur sprong open. Er was een kleine overloop en een trap naar beneden, waar de kelder was. Het was er pikdonker. Ranger deed het licht aan en ging met getrokken pistool naar beneden. Het was een on-afgewerkte kelder met de gebruikelijke verzameling dozen en gereedschap en spullen die te goed waren om weg te gooien, maar zonder praktisch nut. Wat tuinmeubilair was gedeeltelijk afgedekt met oude lakens. In een hoek stonden de boiler en de verwarmingsketel. In een andere hoek lag wasgoed. En weer een andere hoek was over de volle breedte en hoogte dichtge-metseld met gasbetonblokken, zodat een kamertje was ont-staan van misschien drie bij drie meter. Aan de metalen deur hing een hangslot.

Ik keek naar Ranger. 'Bomkelder? Rapenkelder? IJskelder?'

'Kan 't schelen,' zei Ranger. Hij gebaarde dat ik naar achte-ren moest gaan en schoot in twee keer het slot kapot.

We trokken de deur open en strompelden achteruit, over-weldigd door de stank van angst en uitwerpselen. De kleine ruimte was niet verlicht, maar uit de verste hoek keken ogen naar ons. Mooner en Dougie waren bij elkaar gekropen. Ze waren naakt en vervuild, met verkleefd haar en open zweren aan hun armen. Met handboeien waren ze aan een metalen ta-fel geketend die aan de muur was geschroefd. Overal op de vloer laten plastic waterflessen en broodzakken.

'Weetjewel,' zei Mooner.

Ik voelde dat ik op één knie zonk.

Ranger hees me met een hand onder mijn oksel overeind. 'Nu niet,' zei hij. 'Pak de lakens van de tuinstoelen.'

Nog een paar schoten. Ranger bevrijdde hen van de tafel.

Mooner was er beter aan toe dan Dougie. Dougie had een langer verblijf in de kelder achter de rug. Hij was uitgemergeld en had brandplekken aan zijn armen.

'Ik dacht dat ik hier dood zou gaan,' zei Dougie.

Ranger en ik keken elkaar even aan. Als we niet hadden ingegrepen, was dat waarschijnlijk gebeurd. Sophia zou ze niet in vrijheid hebben gesteld na ze te hebben ontvoerd en gemarteld.

We wikkelden ze in de lakens en namen ze mee naar boven. Ik ging naar de keuken om de politie te bellen en kon niet geloven wat ik zag. Een stel handboeien bungelde aan de koelkast. De koelkastdeur zat onder het bloed. De vrouwen waren verdwenen.

Ranger stond achter me. 'Waarschijnlijk haar hand afgebeten,' zei hij.

Ik belde 911 en tien minuten later kwam er een surveillancewagen aanrijden, gevolgd door een ambulance.

Pas tegen de avond reden we uit Richmond weg. Mooner en Dougie waren aan het infuus gelegd en vol antibiotica gestopt. Rangers arm was gehecht en verbonden. We hadden een hele tijd bij de politie gezeten. Het viel niet mee het verhaal uit te leggen. We zwegen maar liever over het varkenshart dat uit Trenton onderweg was. En we hadden voor de overzichtelijkheid weggelaten dat oma was ontvoerd. Dougies 'Vette stond nog afgesloten in Sophia's garage. Later die week zou hij naar Trenton worden teruggebracht.

Ranger gaf me de sleuteltjes van de Mercedes toen we uit het ziekenhuis kwamen. 'Niet opvallen,' zei hij. 'Ik wil niet dat de politie naar deze auto kijkt.'

Dougie en Mooner, met nieuwe trainingspakken en sportschoenen, werden geïnstalleerd op de achterbank. Ze zagen er fris uit, opgelucht dat ze weg waren uit de kelder.

De reis terug verliep rustig. Dougie en Mooner vielen direct in slaap. Ranger mediteerde. Als ik uitgeruster was geweest had ik mijn leven op een rijtje kunnen zetten. Nu moest ik me op de weg concentreren en mijn best doen niet weg te zakken op de automatische piloot.

Toen ik mijn voordeur opendeed verwachtte ik half en half dat Benny en Ziggy er zouden zijn. In plaats daarvan was het stil. Heerlijk stil. Ik deed de deur op slot en liet me op de bank vallen.

Drie uur later werd ik wakker en sleepte me naar de keuken. Ik wierp een cracker en een druif in de kooi van Rex en bood hem mijn excuses aan. Niet alleen was ik een slet die twee mannen begeerde, ik was ook nog eens een slechte hamster-moeder.

Mijn antwoordapparaat stond furieus te knipperen. De meeste berichten waren van mijn moeder. Twee waren van Morelli. Een was van Tina's Bruidswinkel om te zeggen dat mijn jurk was gekomen. Een bericht van Ranger dat Tank mijn motor op mijn parkeerterrein had neergezet en de vermaning voorzichtig te zijn. Sophia en Christina waren nog op vrije voeten.

Het laatste bericht was van Vinnie. 'Gefeliciteerd, je hebt je grootmoeder terug. En nu hoor ik dat ik Mooner en Dougie ook terug hebt. Weet je wie nog steeds verdwenen is? Eddie DeChooch. Weet je wel? Dat is de man die je voor mij moet opsporen. Hij is de man door wie ik failliet ga als je zijn hoog-bejaarde corpus niet naar de lik sleurt. Hij is oud, god nog aan toe. Hij is blind. Hij is doof. Hij kan niet pissen zonder hulp. En jij kunt hem niet te pakken krijgen. Waar ligt dat aan?'

Gelul. Eddie DeChooch. Ik had inderdaad niet meer aan hem gedacht. Hij zat ergens in een huis. Er was een garage bij die toegang gaf tot een kelder. En uit oma's beschrijving maakte ik op dat het een groot huis was. Niet zo'n huis als je in de Wijk vindt. Ook niet in Ronalds buurt. Wat had ik nog meer? Niks. Ik had geen idee waar ik Eddie DeChooch kon vinden. Eerlijk gezegd wílde ik Eddie DeChooch helemaal niet vinden.

Het was vier uur 's nachts en ik was uitgeput. Ik zette de bel van mijn telefoon uit, slofte naar mijn slaapkamer, trok het dek over me heen en werd de volgende middag pas om twee uur wakker.

Ik had een film in mijn video en een kom popcorn op schoot toen mijn pieper ging.

'Waar ben je?' vroeg Vinnie. 'Ik heb je huis gebeld, maar er wordt niet opgenomen.'

'Ik heb het belsignaal weggedraaid. Ik ben toe aan een vrije dag.'

'Je vrije dag is om. Ik heb net een melding gehoord op de politiescanner,' zei Vinnie. 'Een goederentrein uit Philly heeft een witte Cadillac geramd op de spoorwegovergang in Deeter Street. Paar minuten geleden gebeurd. De wagen is geplet, zo te horen. Ik wil dat je er direct op af gaat. Met wat geluk is er nog iets over dat kan worden herkend als de overblijfselen van DeChooch.'

Ik keek op de klok in de keuken. Het was bijna zeven uur. Vierentwintig uur eerder was ik in Richmond, klaar om naar huis te rijden. Het leek een nachtmerrie. Nauwelijks te geloven.

Ik greep mijn tas en de sleutels van de motor en duwde de laatste hap van een boterham in mijn mond. DeChooch was niet mijn favoriete bejaarde, maar ik wenste hem niet toe dat hij was overreden door een trein. Anderzijds zou mijn leven er beter van worden. Ik rolde met mijn ogen terwijl ik door de hal draafde. Ik zou regelrecht naar de hel moeten voor zo'n gedachte.

Het kostte me twintig minuten om in Deeter Street te komen. De omgeving werd grotendeels geblokkeerd door surveillancewagens en ambulances. Ik parkeerde drie zijstraten verderop en liep erheen. Terwijl ik kwam aanlopen, werd de afzetting met politietape aangebracht. Niet zozeer om de omgeving af te zekeren als om de toeschouwers op afstand te houden. Ik zocht een vertrouwd gezicht, iemand die me toe kon laten. Ik zag Carl Costanza, die bij een paar agenten in uniform stond. Ze waren op de melding afgekomen en stonden nu hoofdschuddend naar het wrak te kijken. Recherchechef Joe Juniak was er ook.

Ik baande me een weg naar Carl en Juniak, probeerde de verongelukte auto niet te goed te zien en geen afgerukte ledematen op te merken.

'Zo,' zei Carl. 'Ik had je al verwacht. Het is een witte Cadillac. Althans: dat was het.'

'Is de eigenaar al bekend?'

'Nee. Het kenteken is niet te onderscheiden.'

'Zat er iemand in?'

'Moeilijk te zeggen. De wagen is nog maar een halve meter hoog. Op zijn kant gegooid en in elkaar gedrukt. De brandweer is met infrarood bezig om te kijken of er lichaamswarmte is.'

Ik huiverde onwillekeurig. 'Jakkes.'

'Ja, ik weet wat je bedoelt. Ik was hier als tweede. Eén blik op die Cadillac en mijn ballen trokken naar binnen.'

Vanwaar ik stond kon je de auto nauwelijks zien. Dat vond ik ook prima, nu ik wist wat ermee was gebeurd. Hij was geraakt door een goederentrein die geen schade leek te hebben opgelopen. Voor zover ik kon zien was hij niet ontspoord.

'Heeft iemand Mary Maggie Mason gebeld?' vroeg ik. 'Als dit de auto is waarin Eddie DeChooch reed, is Mary Maggie de eigenares.'

'Ik betwijfel of iemand haar heeft gebeld,' zei Costanza. 'Zover zijn we nog niet.'

Ergens in mijn bezit bevond zich Mary Maggies adres met haar telefoonnummer. Ik zocht tussen het kleingeld, kauwgompapiertjes, nagelvijl, pepermunten en andere diversen die zich op de bodem van mijn tas verzamelden en vond uiteindelijk wat ik zocht.

Mary Maggie nam op zodra haar toestel twee keer was overgegaan.

'Met Stephanie Plum,' zei ik. 'Heb je je auto al terug?'

'Nee.'

'Er is een treinongeluk gebeurd waarbij een witte Cadillac betrokken was. Ik dacht dat je misschien hierheen zou willen komen om te kijken of het jouw auto is.'

'Zijn er gewonden gevallen?'

'Dat kan nog niet worden vastgesteld. Ze zijn nog met het wrak bezig.'

Ik vertelde haar waar het was en beloofde dat ik naar haar zou uitkijken.

'Ik hoor dat je dikke vriendjes bent met Mary Maggie,' zei Costanza. 'Ik hoor dat jullie samen rollebollen in de modder.'

'Ja,' zei ik, 'ik denk erover om van beroep te veranderen.'

'Daar zou ik geen haast mee maken. Ik heb gehoord dat de Snake Pit dichtgaat. Die tent schijnt al twee jaar met verlies te draaien.'

'Hoe kan dat nou. Hij zat stampvol.'

'Zo'n tent moet winst maken op de drank en de mensen drinken niet genoeg. Ze komen binnen en nemen de verplichte consumptie en daarmee uit. Ze weten dat ze aangehouden kunnen worden en hun rijbewijs kwijt raken als ze te veel drinken. Daarom heeft Pinwheel Soba zich ook teruggetrokken. Hij is opnieuw begonnen in South Beach, waar hij mensen binnenkrijgt die te voet komen. Dit was maar een geintje voor hem. Je wilt niet weten waar hij echt zijn geld mee verdient.'

'Dus Eddie DeChooch verdient niet aan zijn investering?'

'Moeilijk te zeggen. Er wordt natuurlijk gesjoemeld bij het leven, maar ik denk niet dat DeChooch er rijk van wordt.'

Tom Bell leidde het onderzoek in de zaak-Loretta Ricci en het zag ernaar uit dat hij deze zaak ook zou doen. Hij was een van de mensen in burger die om de auto en de locomotief dromden. Hij draaide zich om en liep naar ons toe.

'Zat er iemand in?' vroeg ik.

'Niet te zeggen. De loc staat zoveel warmte af dat we geen betrouwbare infrarooduitslag kunnen krijgen. We moeten wachten tot de loc is afgekoeld of tot we de auto kunnen wegslepen en openmaken. En dat duurt nog wel even. Hij zit gedeeltelijk vast onder de loc. We wachten op de juiste hulpmiddelen. Wat we weten is dat er geen levend mens meer in de wagen zit. En wat je volgende vraag betreft: we hebben het kenteken nog niet kunnen lezen, dus we weten niet of het de auto is waarin DeChooch rondreed.'

Morelli's vriendin zijn heeft zijn voordelen. Ik krijg een voorkeursbehandeling en soms zelfs antwoord op mijn vragen.

De kruising in Deeter Street is voorzien van signaalzoemers en spoorbomen. We stonden er tweehonderd meter vandaan omdat de auto zo ver was meegesleept. De trein was lang en strekte zich verder uit dan Deeter Street. Vanwaar ik stond kon ik zien dat de spoorbomen nog neer waren. Het was mogelijk dat ze door een storing na het ongeluk omlaag waren gekomen. Maar eigenlijk dacht ik dat de auto met opzet op het spoor was neergezet, in afwachting van de trein.

Ik ving een glimp op van Mary Maggie aan de overkant van de straat en zwaaide naar haar. Ze baande zich een weg tussen de nieuwsgierigen door en kwam naar me toe. Ze zag de auto in de verte liggen en trok bleek weg.

'O, mijn god,' zei ze met grote ogen, zichtbaar geschokt.

Ik stelde Tom aan Mary Maggie voor en legde uit dat het misschien haar auto was.

'Denkt u dat u kunt zien of het uw auto is als we van dichtbij gaan kijken?' vroeg Tom.

'Zit er iemand in?'

'Dat weten we niet. We kunnen niemand zien. Het is mogelijk dat er niemand in zit. Maar we weten het gewoon niet.'

'Ik moet overgeven,' zei Mary Maggie.

Iedereen kwam in actie. Water, ammoniacapsules, papieren zak. Ik weet niet waar het allemaal vandaan kwam. De politie reageert snel als een moddervechtster misselijk wordt.

Nadat Mary Maggie was opgehouden met zweten en weer wat kleur in haar gezicht had gekregen, liep Bell met haar naar de auto. Costanza en ik liepen er op een paar passen afstand achteraan. Ik had geen behoefte aan bloederige beelden, maar ik wilde ook niets missen.

We bleven op drie meter van de auto staan. De loc draaide niet meer, maar Bell had gelijk, er sloeg veel warmte vanaf. Zelfs in rust was de massaliteit van de locomotief imposant.

Mary Maggie staarde naar de overblijfselen van de Cadillac en tolde op haar benen. 'Het is mijn auto,' zei ze. 'Denk ik.'

'Waar ziet u dat aan?' vroeg Bell.

'Ik kan de bekleding gedeeltelijk zien. Mijn oom heeft de banken opnieuw laten overtrekken in blauw. Dat was niet de fabrieksbekleding.'

'Nog iets anders?'

Mary Maggie schudde haar hoofd. 'Ik geloof het niet. Er is niet veel meer te zien.'

We liepen allemaal terug voor overleg. Er kwamen trucks aanrijden met zwaar reddingsmaterieel en het werk aan de Cadillac begon. Er stond een grijper klaar, maar ze gebruikten snijbranders om de auto van de trein te scheiden. Het begon donker te worden en er waren bouwlampen aangebracht om de plaats van het ongeluk te belichten; daardoor ontstond een griezelige sfeer, als een filmdecor.

Ik voelde dat iemand aan mijn mouw trok en toen ik me omdraaide, stond oma Mazur op haar tenen om het wrak beter te kunnen zien. Ze had Mabel Pritchet bij zich.

'Heb je ooit zoiets gezien?' vroeg oma. 'Ik hoorde op de radio dat een trein een witte Cadillac had gegrepen en Mabel heeft me gebracht. Is het de auto van Chooch?'

'We weten het niet zeker, maar waarschijnlijk wel.'

Ik stelde oma voor aan Mary Maggie.

'Aangenaam,' zei oma. 'Ik hou erg veel van worstelen.' Ze keek weer naar de Cadillac. 'Wat erg als DeChooch erin zit. Het is zo'n schatje.' Oma boog zich voor me heen naar Mary Maggie toe. 'Weet u wel dat ik ontvoerd ben? Met een zak over mijn hoofd en alles.'

'Dat was zeker wel eng,' zei Mary Maggie.

'Nou, in het begin dacht ik dat Choochy gewoon iets bizars wou. Hij heeft namelijk een probleem met zijn penis. Die kan niets. Ligt erbij of hij dood is. Maar toen bleek dat ik was ontvoerd. Wat vind je daarvan? Eerst reden we een tijdje rond. En toen hoorde ik dat we een garage binnenreden met een automatische deur. En de garage gaf toegang tot zo'n ingerichte kelder met een paar slaapkamers en een tv-kamer. En in de tv-kamer stonden stoelen met een luipaardprint.'

'Dat huis ken ik,' zei Mary Maggie. 'Ik ben daar een keer op een feest geweest. Er is beneden toch ook een keukentje? En in de wc beneden staan tropische vogels op het behang.'

'Precies,' zei oma. 'Overal zie je het junglemotief. Chooch zei dat Elvis ook een junglekamer had.'

Ik kon mijn oren niet geloven. Mary Maggie kende het geheime onderkomen van DeChooch. En nu had ik die kennis waarschijnlijk niet meer nodig.

'Van wie is dat huis?' vroeg ik.

'Pinwheel Soba.'

'Ik dacht dat die naar Florida was verhuisd.'

'Dat is ook zo, maar hij heeft dit huis aangehouden. Ze hebben hier familie, dus wonen ze afwisselend in Florida en Trenton.'

Er klonk het geluid van scheurend metaal: de Cadillac werd gescheiden van de trein. We keken zwijgend gedurende enkele spannende ogenblikken toe terwijl het dak werd opengevouwen. Tom Bell stond dicht bij de auto. Even later draaide hij zich naar me om en vormde met zijn lippen het woord *leeg*.

'Hij zit er niet in,' zei ik. En we slikten allemaal tranen van opluchting weg. Ik weet niet goed waarom. Zo'n geweldig mens was Eddie DeChooch nu ook weer niet. Maar misschien is niemand zo slecht dat hij verdient door een trein tot pizza te worden geplet.

Thuis belde ik Morelli. 'Heb je het gehoord over DeChooch?'

'Ja, ik kreeg een telefoontje van Tom Bell.'

'Het was heel gek. Ik denk dat DeChooch de wagen op de overgang heeft gezet om zich te laten overrijden.'

'Dat dacht Tom ook.'

'Waarom zou DeChooch dat doen?'

'Omdat hij gek is?'

Ik dacht niet dat DeChooch gek was. Bij gekte dacht ik aan Sophia. DeChooch had problemen van fysieke en emotionele aard. En zijn leven liep gierend uit de klauw. Een paar dingen waren misgelopen en door zijn pogingen die recht te zetten was het alleen maar erger geworden. Ik zag nu hoe alles met elkaar in verband stond, met uitzondering van Loretta Ricci en de Cadillac op de overweg.

'Er is vanavond ook iets goeds gebeurd,' zei ik. 'Oma verscheen op het toneel en begon met Mary Maggie te praten over haar ontvoering. Oma beschreef het huis waar DeChooch haar naartoe had gebracht. En volgens Mary Maggie was dat het huis van Pinwheel Soba.'

'Soba woonde in Ewing, achter Olden Avenue. We hebben een dossier over hem.'

'Dat kan kloppen. Ik heb DeChooch daar in de buurt gezien. Ik dacht altijd dat Ronald de trekpleister was, maar misschien ging hij naar Soba's huis. Kun je me het adres geven?'

'Nee.'

'Hoe bedoel je dat: nee?'

'Ik wil niet dat je daar gaat snuffelen. DeChooch is geestelijk niet normaal.'

'Het is mijn werk.'

'Praat me niet over je werk.'

'Toen we elkaar leerden kennen, was je veel minder negatief over mijn werk.'

'Dat lag anders. Toen zag het er nog niet naar uit dat je de moeder van mijn kinderen zou worden.'

'Ik weet niet eens of ik wel kinderen wil.'

'Jezus,' zei Morelli. 'Zeg dat nooit tegen mijn moeder of grootmoeder. Anders zetten ze een prijs op je hoofd.'

'Krijg ik dat adres echt niet van je?'

'Nee.'

'Dan zorg ik wel dat ik er op een andere manier aan kom.'
'Best,' zei Morelli. 'Ik wil er niets mee te maken hebben.'
'Je geeft het door aan Tom Bell, hè?'
'Ja. Laat het maar over aan de politie.'
'Het is oorlog tussen ons,' liet ik Morelli weten.
'Tjonge,' zei hij. 'Alweer.'

14

Ik hing op en belde Mary Maggie voor het adres. Nu had ik een probleem. Ik had niemand om het samen mee aan te pakken. Het was zaterdagavond en Lula was uit met een vriend. Ranger zou wel reageren, maar ik wilde zo kort nadat er op hem was geschoten geen beroep op hem doen. Bovendien was er de kwestie van de gevraagde beloning. Ik kreeg al hartkloppingen als ik eraan dacht. In zijn nabijheid begeerde ik hem. Op afstand sloeg de schrik me om het hart bij de gedachte om met Ranger naar bed te gaan.

Als ik tot de volgende dag wachtte, had ik een achterstand op de politie. Er was nog één mogelijkheid, maar bij de gedachte aan samenwerken met hem brak het kille zweet me uit. De persoon in kwestie was Vinnie. Toen Vinnie het bureau begon, had hij zelf alle voortvluchtigen opgebracht. Toen het bedrijf groter werd, had hij personeel aangenomen en zich achter een bureau geposteerd. Hij doet nog wel eens een aanhouding, maar zijn voorkeur heeft het niet. Als borgverstrekker verstaat Vinnie zijn vak, maar hij is niet de meest ethische premiejager ter wereld.

Ik keek naar de klok. Ik moest een besluit nemen. Ik wilde niet zo lang aarzelen dat ik Vinnie uit bed moest halen.

Ik haalde diep adem en toetste het nummer.

'Ik heb een aanwijzing aangaande DeChooch,' zei ik tegen Vinnie. 'Die wil ik graag natrekken, maar ik heb niemand om het mee te doen.'

'Zorg dat je over een half uur op kantoor bent.'

Ik parkeerde de motor achter, naast Vinnies donkerblauwe Cadillac. Binnen brandde licht en de achterdeur was open. Vinnie gespte een holster aan zijn been toen ik binnenkwam. Hij was in het voorgeschreven premiejagerzwart, compleet met kevlar vest. Ik droeg daarentegen een spijkerbroek en een loshangend blauw flanellen hemd. Mijn pistool lag thuis in de koekjespot. Ik hoopte dat Vinnie niet naar het pistool zou vragen. Ik heb de schurft aan het pistool.

Hij wierp me een vest toe en ik trok het aan.

'Echt hoor,' zei hij, terwijl hij naar me keek, 'ik snap niet hoe het jou ooit lukt iemand aan te houden.'

'Kwestie van boffen,' zei ik.

Ik gaf hem het adres en liep achter hem aan naar de auto. Ik was nog nooit met Vinnie op stap geweest en het gaf me een raar gevoel. We hebben altijd als vijanden tegenover elkaar gestaan. We wisten te veel van elkaar om ooit vriendschap te kunnen sluiten. En we wisten allebei dat we in staat waren die kennis te gebruiken als het nodig mocht zijn. Nou ja, eigenlijk ben ik daar niet meedogenloos genoeg voor. Maar ik kan heel goed dreigen. Misschien geldt hetzelfde voor Vinnie.

Soba's huis stond in een wijk die waarschijnlijk in de jaren zeventig was gebouwd. De tuinen waren groot en de bomen waren dik. De huizen waren van een klassiek model, drive inwoningen met garages voor twee auto's en hekken om de tuinen om honden en kinderen binnen te houden. Bij de meeste huizen brandde licht en ik stelde me voor dat de volwassenen voor de tv lagen te dutten en dat de kinderen in hun kamers zaten om huiswerk te maken of te internetten.

Vinnie liet de motor stationair draaien tegenover Soba's huis.

'Weet je zeker dat het hier is?' vroeg hij.

'Mary Maggie zegt dat ze hier op een feest is geweest en oma's beschrijving kwam overeen met wat zij ervan wist.'

'Nou zeg,' zei Vinnie. 'Ga ik inbreken in een huis op aanwijzing van een moddervechtster. En niet zomaar een huis. Het huis van Pinwheel Soba.' Hij reed een eind door en parkeerde. We stapten uit en liepen terug naar het huis. We bleven een ogenblik op de stoep staan om naar de huizen om ons heen te kijken en te luisteren naar geluiden die konden duiden op menselijke aanwezigheid om ons heen.

'Er zijn luiken voor de raampjes in de kamers beneden,' zei ik tegen Vinnie. 'Ze zijn dicht, precies zoals oma zei.'

'Goed,' zei Vinnie, 'we gaan naar binnen en dan zijn dit de mogelijkheden. Het kan het verkeerde huis zijn en in dat geval krijgen we last omdat we een of ander onschuldig en onnozel gezinnetje lastigvallen. Of het kan het goede huis zijn en de geschifte DeChooch gaat op ons schieten.'

'Ik ben blij dat je het zo helder ziet. Erg bemoedigend.'

'Heb je een plan?' wilde Vinnie weten.

'Ja. Als jij nou even aanbelt om te kijken of er iemand thuis is, dan wacht ik hier en geef je rugdekking.'

'Ik heb een beter idee. Als jij nou eens vooroverbuigt, dan leg ik je míjn plan uit.'

'Er brandt geen licht,' zei ik. 'Ik denk niet dat er iemand thuis is.'

'Misschien slapen ze.'

'Misschien zijn ze dood.'

'Dat zou gunstig zijn,' zei Vinnie. 'Doden schieten niet op je.'

Ik liep het gazon op. 'Laten we kijken of achter licht brandt.'

'Help me onthouden dat ik niet meer borg wil staan voor oude mannen. Onbetrouwbare types. Ze denken niet normaal. Ze slaan een paar pillen over en voor je het weet hebben ze een lijk in het schuurtje en ontvoeren oude dames.'

'Achter brandt ook geen licht,' meldde ik. 'Wat nu? Ben jij goed in inbreken?'

Vinnie trok twee stel chirurgenhandschoenen uit zijn zak en we deden ze aan.

'Ik heb enige ervaring met insluipen,' zei hij. Hij liep naar de achterkant van het huis en voelde aan de klink. Op slot. Hij draaide zich grijnzend naar me om. 'Eitje.'

'Je kunt het slot forceren?'

'Nee, ik kan mijn hand door het gat steken waar vroeger een ruitje zat.'

Ik ging vlak achter Vinnie staan. Een van de ruiten in de deur was weg.

'DeChooch is zeker zijn sleutel kwijt,' zei Vinnie.

Alsof hij die ooit had gehad. Slim van hem om aan Soba's leegstaande huis te denken.

Vinnie draaide de klink aan de binnenkant om en deed de deur open. 'Voilà,' zei hij.

Ik had mijn zaklantaarn in mijn hand en mijn hart klopte sneller dan normaal. Bonken was het nog niet, wel bonzen.

We keken snel boven rond met de penlight en concludeerden dat DeChooch daar niet bivakkeerde. De keuken was ongebruikt, de koelkast was uitgezet en stond open. Slaapkamers, huiskamer en eetkamer leken onaangeraakt: elk kussen op zijn plaats, kristallen vazen op tafels in afwachting van bloemen. Pinwheel Soba liet het zich aan niets ontbreken.

Dankzij de luiken aan de buitenkant en de dikke gordijnen

aan de binnenkant konden we beneden licht maken. Het was precies zoals oma en Maggie hadden beschreven. Tarzanland. Meubels met luipaardvlekken en zebrastrepen. En dan bij wijze van afwisseling behang met vogels die alleen te vinden zijn in Midden- en Zuid-Amerika.

De koelkast was uitgeschakeld en leeg maar voelde van binnen nog koel aan. Kasten waren leeg. Laden waren leeg. Het sponsje in het afdruiprek onder het aanrecht was nog vochtig.

'We zijn net te laat,' zei Vinnie. 'Hij is weg en zo te zien komt hij niet terug.'

We deden het licht uit en wilden net weggaan toen we het omhoogrollen van de automatische garagedeur hoorden. We stonden in het verbouwde gedeelte van de kelder. Een korte gang en een hal met trap naar boven scheidden ons van de garage. De deur naar de garage was dicht. Er verscheen een streep licht onder de gesloten deur.

'O shit!' fluisterde Vinnie.

De deur naar de garage ging open en DeChooch tekende zich af tegen het licht. Hij liep de hal in en deed onder aan de trap het licht aan en staarde ons recht in het gezicht. We waren verstard als herten in het licht van de koplampen. Het duurde enkele seconden voordat hij het licht uitdeed en naar boven rende. Ik nam aan dat hij op de begane grond naar de voordeur zou gaan, maar die rende hij voorbij de keuken in, behoorlijk vlot voor een oude man.

Vinnie en ik raasden de trap op achter hem aan en botsten in het donker tegen elkaar op. We bereikten de bovenste tree en rechts van me zag ik een vlammetje en *boem*, DeChooch schoot in het wilde weg op ons. Ik gilde en liet me op de grond vallen en tijgerde om in dekking te komen.

'Borgagent,' riep Vinnie. 'Laat je wapen vallen, DeChooch, ouwe stommeling!'

DeChooch beantwoordde dat met een tweede schot. Ik hoorde een dreun en Vinnie vloekte. En toen schoot Vinnie terug.

Ik lag achter de bank met mijn handen voor mijn oren. Vinnie en DeChooch deden schijfschieten voor blindemannetjes in het donker. Vinnie had een veertienschots Glock. Ik weet niet wat DeChooch had, maar samen maakten ze zoveel lawaai als een mitrailleur. Het bleef even stil en ik hoorde dat Vinnie zijn patroonhouder op de vloer liet vallen en een nieuwe patroonhouder in zijn wapen schoof. Ik dacht althans dat het Vinnie was. Moeilijk te bepalen vanachter de bank.

De stilte leek nog oorverdovender dan het geschiet. Ik stak mijn hoofd om de bank en tuurde in het dampige donker. 'Hallo?'

'Ik ben DeChooch kwijt,' fluisterde Vinnie.

'Misschien heb je hem doodgeschoten.'

'Wacht even. Wat is dat voor geluid?'

De automatische garagedeur ging open.

'Fuck!' brulde Vinnie. Hij holde naar de trap, gleed in het donker uit op de eerste tree en ging halsoverkop naar beneden. Hij krabbelde overeind, mikte de voordeur open en richtte. Ik hoorde banden piepen en Vinnie liet de deur dichtvallen. 'Godverdeklotemieter!' zei Vinnie en stampvoette door de hal en naar boven. 'Niet te geloven dat hij is ontsnapt! Hij is me ontglipt toen ik aan het herladen was. Fuck, fuck, fuck!'

Hij legde zoveel emotie in zijn gevloek dat ik bang was dat er een bloedvat in zijn hoofd zou springen.

Hij maakte licht en we keken om ons heen. Lampen lagen omver, er waren kraters in muren en plafonds, zittingen werden ontsierd door kogelgaten.

'Godallemachtig,' zei Vinnie. 'Of er oorlog is geweest.'

Sirenes huilden in de verte. De politie.

'Ik ben weg,' zei Vinnie.

'Ik weet niet of het verstandig is om op de loop te gaan voor de politie.'

'Ik ga niet op de loop voor de politie,' zei Vinnie die de trap op draafde. 'Ik ga op de loop voor Pinwheel Soba. Het lijkt me echt een goed idee hier niet met anderen over te praten.'

Daar zat wat in.

We holden door het donkerste gedeelte van de tuin en die van het huis achter dat van Soba. Overal in de straat gingen de voordeurlampen aan. Honden blaften. Hijgend trokken Vinnie en ik een sprint tussen de heesters door. Toen we nog maar een voortuin bij de auto vandaan waren, kwamen we uit de schaduwen te voorschijn en wandelden er bedaard op af. Alle activiteit was even verderop, voor Soba's huis.

'Daarom parkeer je nooit voor het huis waar je moet zijn,' zei Vinnie.

Iets om te onthouden.

We stapten in. Vinnie draaide rustig het contactsleuteltje om en we reden weg als brave, solide burgers. Bij de hoek keek Vinnie omlaag.

'Jezus,' zei hij, 'ik heb een stijve.'

Zonlicht kroop tussen mijn slaapkamergordijnen door en ik overwoog net op te staan toen iemand op mijn deur klopte. Ik had even nodig om me aan te kleden en in de tussentijd veranderde het aankloppen in schreeuwen.

'Hé, Steph, ben je thuis? Wij zijn het, Mooner en Dougie.'

Ik deed open en ze deden me aan Bob denken, met hun stralende gezichten en ongerichte energie.

'We hebben donuts voor je meegebracht,' zei Dougie en gaf me een grote witte zak. 'En we hebben je iets te vertellen.'

'Ja,' zei Mooner. 'Moet je horen. Het is zo gaaf. Dougie en ik waren aan het praten, weetjewel. En we zijn erachter gekomen wat er met het hart moet zijn gebeurd.'

Ik legde de zak donuts op het aanrecht en we tastten allemaal toe.

'Het was de hond,' zei Mooner. 'De hond van mevrouw Belski, Spotty. Die heeft het hart opgegeten.'

Ik verstarde terwijl ik een hap van mijn donut wilde nemen.

'Snap je, DeChooch had met de Dougster afgesproken dat hij het hart naar Richmond zou brengen,' zei Mooner. 'Maar DeChooch zei alleen tegen de Dougster dat die koelbox bij mevrouw D moest worden afgeleverd. Dus de Dougster zette de koelbox op de voorbank van de Batmobiel om hem de volgende ochtend te gaan brengen. Maar het enige was dat mijn huisgenoot Huey en ik rond middernacht zin kregen in Ben & Jerry kersenijs en de Batmobiel wilden lenen om dat te gaan halen. Omdat er maar twee zitplaatsen zijn in de Batmobiel zette ik de koelbox zolang op de stoep.'

Dougie grijnsde. 'Dit is wreed, man.'

'Nou goed, Huey en ik brachten de auto de volgende dag supervroeg terug omdat Huey naar zijn werk moest in de winkel. Ik zette Huey daar af en toen ik voor Dougies huis parkeerde, lag de koelbox op zijn kant en Spotty lag ergens op te kauwen. Ik zag er niets geks aan, want Spotty scharrelt vaak genoeg in vuilnis. Ik zette de koelbox terug in de auto en ging weer naar huis om naar het ochtendprogramma te kijken. Katie Couric is zo'n lekker ding.'

'En daarna heb ik de lege koelbox naar Richmond gebracht,' zei Dougie.

'Spotty heeft het hart van Louie D opgegeten,' zei ik.

'Precies,' zei Mooner. Hij nam de laatste hap van zijn donut en veegde zijn vingers af aan zijn overhemd. 'Nou, we gaan maar weer eens. We moeten nog van alles doen.'

'Bedankt voor de donuts.'

'De nada.'

Ik bleef tien minuten in de keuken staan om te proberen deze informatie te verwerken; ik vroeg me af of die een betekenis had in het grotere geheel. Is dit wat er gebeurt als je je karma onherstelbaar beschadigt? Dat een hond je hart opeet? Ik slaagde er niet in conclusies te trekken, dus besloot ik onder de douche te gaan om te kijken of dat zou helpen.

Ik deed de deur op slot en sjokte naar de badkamer. Ik was al in de huiskamer toen er weer werd aangeklopt en voordat ik kon opendoen, werd de deur met zoveel kracht opengemaakt dat de veiligheidsketting *tsjak* strak kwam te staan en vervolgens met beslag en al uit de muur schoot. Daarna klonk gevloek dat ik herkende als afkomstig van Morelli.

'Goeiemorgen,' zei ik, kijkend naar de ketting die er nutteloos bij hing.

'Dit is in de verste verte geen goeie morgen,' zei Morelli. Zijn toegeknepen ogen waren donker en zijn mond was een streep. 'Je bent toch niet gisteravond naar het huis van Pinwheel Soba gegaan?'

'Nee,' zei ik hoofdschuddend, 'ik niet.'

'Mooi. Dat dacht ik al... want er is een of andere idioot geweest die de boel aan flarden heeft geschoten. Men vermoedt dat twee betrokkenen daar de schietpartij van de eeuw hebben gehouden. En ik weet dat jij niet zo oerstom zou zijn.'

'Dat klopt,' zei ik.

'Jezus Christus, Stephanie,' schreeuwde hij, 'wat had je je in je hoofd gehaald? Wat is daar verdomme gebeurd?'

'Ik was er toch niet bij?'

'O ja. Vergeten. Nou goed dan: wat heeft iemand anders in Soba's huis gedaan, denk je?'

'Ik denk dat het om DeChooch te doen was. En dat DeChooch toen misschien is gekomen, waarna de vijandelijkheden zijn losgebarsten.'

'En DeChooch is ontsnapt?'

'Ik vermoed van wel.'

'Gelukkig maar dat er alleen vingerafdrukken van De-Chooch zijn gevonden, want anders zou degene die zo stomp-zinnig is geweest Soba's huis aan diggelen te schieten, niet alleen problemen krijgen met de politie, maar ook met Soba.'

Het begon me te ergeren dat hij tegen me stond te schreeu-wen. 'Fijn,' zei ik gespannen. 'Verder nog iets?'

'Ja, er is nog iets. Ik kwam Dougie en Mooner tegen op het parkeerterrein. Ze vertelden dat ze door jou en Ranger zijn be-vrijd.'

'Ja.'

'In Richmond.'

'Ja.'

'En Ranger heeft een schotwond?'

'Vleeswond.'

Morelli beet op zijn lippen. 'Jezus.'

'Ik was bang dat ze zouden ontdekken dat het een varkens-hart was en wraak zouden nemen op Mooner en Dougie.'

'Heel bewonderenswaardig, maar dat maakt het voor mij des te erger. Jezus, ik stuur aan op een maagzweer. Ik slik per-manent tegen brandend maagzuur. Ik kan er niet meer tegen dat ik me de hele dag moet afvragen wat je nu weer voor onbe-kookte en gevaarlijke dingen doet en wie er op je schiet.'

'Dat is hypocriet. Je bent zelf politieman.'

'Op mij wordt nóóit geschoten. Ik hoef alleen bang voor ko-gels te zijn als ik met jou ergens heen ga.'

'Wat wil je daarmee zeggen?'

'Dat je moet kiezen tussen mij en je werk.'

'Nou weet je, ik wil niet de rest van mijn leven doorbrengen met iemand die me ultimata stelt.'

'Best.'

'Best.'

Hij vertrok en sloeg de deur achter zich dicht. Ik beschouw mezelf als tamelijk evenwichtig, maar dit was te erg. Ik huilde tot ik helemaal was uitgehuild en at toen drie donuts en ging onder de douche. Ik droogde me af en voelde me nog steeds depri, dus besloot ik blond haar te nemen. Verandering is zinvol, toch?

'Ik wil het blond,' zei ik tegen meneer Arnold, de enige kapper die ik kon vinden die op zondag open was. 'Platinablond. Ik wil op Marilyn lijken.'

'Lieve schat,' zei Arnold, 'met jouw haar lijk je dan niet op Marilyn. Dan lijk je op Art Garfunkel.'

'Doe het nu maar.'

Meneer Morganstern was in de hal toen ik terugkwam.

'Allemachtig,' zei hij. 'Je lijkt op die popster... ik kan even niet op de naam komen.'

'Garfunkel?'

'Nee. Die met die borsten als ijshoorntjes.'

'Madonna.'

'Precies. Die.'

In mijn flat liep ik meteen naar de badkamer om mijn haar in de spiegel te bekijken. Het beviel me wel. Het was anders. Op een hoerige manier chic.

Er lag een stapel post op het aanrecht die ik niet had willen zien. Ik pakte een biertje om mijn nieuwe haar te vieren en nam de post door. Rekeningen, rekeningen, rekeningen. Ik keek in mijn chequeboekje. Niet genoeg geld. Ik moest De-Chooch zien aan te houden.

Ik vermoedde dat DeChooch ook geldzorgen had. Geen inkomsten meer uit protectie. Geen geld van het sigarettenfiasco. Weinig inkomsten uit de Snake Pit. En nu had hij geen auto en geen huis meer. Herstel: hij had geen Cadillac meer. Hij was ergens in weggereden. Ik had niet goed kunnen zien waarin.

Er stonden vier berichten op mijn antwoordapparaat. Ik had ze niet afgeluisterd omdat ik bang was dat Joe ze had ingesproken. Ik vermoed dat we er in feite geen van beiden aan toe zijn om te trouwen. En in plaats van dat onder ogen te zien vinden we manieren om de relatie te saboteren. We praten niet over belangrijke dingen zoals kinderen en werk. We kiezen een standpunt en staan tegen elkaar te schreeuwen.

Misschien is het voor ons nog te vroeg om te trouwen. Ik wil echt niet de rest van mijn leven premiejager blijven, maar ik wil zeker niet omzwaaien naar een huisvrouwenbestaan. En ik wil echt niet getrouwd zijn met iemand die me telkens een ultimatum stelt.

En Joe moet maar eens nagaan wat hij van zijn vrouw verwacht. Hij is opgegroeid in een traditioneel Italiaans gezin met een moeder die altijd thuis was en een dominante vader. Als hij een vrouw wil die aan dat beeld beantwoordt, ben ik niet de geschikte vrouw voor hem. Misschien wil ik nog eens moeder worden en thuisblijven, maar ik zal altijd proberen van het dak van de garage te vliegen. Zo ben ik gewoon.

Toon dan eens wat lef, Blondie, hield ik mezelf voor. Dit is de nieuwe en verbeterde Stephanie. Luister die berichten af. Onversaagd.

'Stephanie? Met je moeder. Ik heb een mooi braadstuk vanavond. En cakejes toe. Met hagel bovenop. De meisjes houden van hagel.'

Het tweede bericht was een tweede herinnering van de bruidswinkel dat mijn japon er was.

Het derde was van Ranger met nieuws over Sophia en

Christina. Christina had zich bij de eerstehulp gemeld met een totaal vernielde hand. Haar zuster had er met een vleeshamer op getimmerd om hem door de handboei te kunnen trekken. Christina had de pijn niet langer kunnen verdragen en had zich aangegeven, maar Sophia was nog op vrije voeten.

Het vierde bericht was van Vinnie. De aanklacht tegen Melvin Baylor was ingetrokken en Melvin had een enkele reis Arizona gekocht. Zijn ex-vrouw scheen te hebben gehoord van zijn doldrieste aanval op de auto en was bang geworden. Als Melvin dat zijn auto aandeed, was niet te zeggen wat Melvin nog meer zou doen. Dus had ze haar moeder gevraagd de aanklacht in te trekken en ze had Melvin een bedrag ineens gegeven. Soms werkt gekte.

Dat waren de berichten. Niets van Morelli. Gek hoe een vrouw dan reageert. Nu was ik kwaad omdat Morelli niet had gebeld.

Ik liet mijn moeder weten dat ik zou komen eten. En ik liet Tina weten dat ik had besloten de japon niet te nemen. Na het gesprek met Tina voelde ik me tien kilo lichter. Mooner en Dougie waren terug. Ik was blond en ik had geen bruidsjapon. Afgezien van mijn problemen met Morelli had mijn leven er niet veel beter voor kunnen staan.

Ik deed een dutje voordat ik naar mijn ouders zou gaan. Toen ik wakker werd, deed mijn haar vreemd en dus ging ik onder de douche. Nadat ik mijn haar had gewassen en geföhnd leek ik op Art Garfunkel. Sterker nog. Het leek of mijn haar was geëxplodeerd.

'Het kan me niet schelen,' zei ik tegen mijn spiegelbeeld. 'Ik ben de nieuwe en verbeterde Stephanie.' Het was natuurlijk een leugen. Meisjes in Jersey trekken zich zulke dingen wel aan.

Ik trok een nieuwe zwarte spijkerbroek aan, zwarte laarzen

en een rode ribbeltrui met korte mouwen. Ik liep de huiskamer in en zag Benny en Ziggy op de bank zitten.

'We hoorden de douche en wilden je niet storen,' zei Benny.

'Ja,' zei Ziggy, 'je mag wel eens iets aan je ketting laten doen. Nu kan iedereen zo binnenkomen.'

'We zijn net terug van Louie D's begrafenis en we hebben gehoord dat jij dat flikkertje en zijn vriend hebt gevonden. Vreselijk wat Sophia heeft gedaan.'

'Toen Louie nog leefde was ze ook al een psychopaat,' zei Ziggy. 'Levensgevaarlijk om haar je rug toe te keren. Het zit niet goed in haar hoofd.'

'En je moet tegen Ranger zeggen dat we hem het beste wensen. We hopen dat het niet te erg is met zijn arm.'

'Is Louie D met hart en al begraven?'

'Ronald is meteen doorgereden naar de uitvaartondernemer en zij hebben het erin gedaan en hem dichtgenaaid zodat hij weer zo goed als nieuw was. En Ronald is achter de lijkwagen aan terug naar Trenton gereden, waar hij vandaag is begraven.'

'Geen Sophia?'

'Er lagen bloemen op het graf, maar ze is niet op de plechtigheid gekomen.' Hij schudde zijn hoofd. 'Het wemelde van de politie. Geen enkele privacy.'

'Ik neem aan dat je nog steeds op zoek bent naar Choochy,' zei Benny. 'Je mag wel voor hem oppassen. Hij is een beetje...' Benny tikte tegen zijn voorhoofd. 'Maar niet zoals Sophia. In zijn hart deugt Chooch wel.'

'Het komt door zijn beroerte en de spanning,' zei Ziggy. 'Spanning moet je niet onderschatten. Als je hulp nodig hebt met Choochy, moet je ons maar bellen. Misschien kunnen wij iets doen.'

Benny knikte. Ik moest ze vooral bellen.

'Wat zit je haar leuk,' zei Ziggy. 'Dat is een permanent, toch?'

Ze kwamen overeind en Benny gaf me een pakje. 'Ik heb pindacaramel voor je meegebracht. Kwam Estelle mee terug uit Virginia.'

'De pindacaramel die je hier kunt kopen haalt het niet bij die uit Virginia,' zei Ziggy.

Ik bedankte voor de pindacaramel en deed de deur achter hen dicht. Ik gaf ze vijf minuten om het gebouw te verlaten, pakte toen mijn zwartleren jasje en mijn tas en sloot af.

Mijn moeder keek langs me heen toen ze opendeed. 'Waar is Joe? Waar is je auto?'

'Ik heb mijn auto ingeruild voor de motor.'

'Die motor op de stoep?'

Ik knikte.

'Het lijkt wel zo'n Hell's Angels-motor.'

'Het is een Harley.'

Toen drong het tot haar door. Het haar. Haar ogen werden groot en haar mond viel open. 'Je haar,' fluisterde ze.

'Ik wou eens iets nieuws.'

'Mijn god, je lijkt op die popster...'

'Madonna?'

'Art Garfunkel.'

Ik borg mijn helm, jasje en tas op in de gangkast en ging aan tafel.

'Je bent precies op tijd,' zei oma. 'Donder en bliksem! Moet je nou kijken. Je lijkt precies op die popster.'

'Weet ik,' snauwde ik. 'Weet ik echt wel.'

'Waar is Joseph?' vroeg mijn moeder. 'Ik dacht dat hij mee zou eten.'

'We hebben... het uitgemaakt.'

Iedereen hield op met eten, behalve mijn vader. Mijn vader maakte van de gelegenheid gebruik om nog wat aardappelen op te scheppen.

'Dat kan niet,' zei mijn moeder. 'Je hebt al een japon.'

'Die heb ik afgezegd.'

'Weet Joseph dat wel?'

'Ja.' Ik probeerde achteloos door te gaan met eten en vroeg mijn zus me de sperziebonen aan te geven. Ik kan doorzetten, dacht ik. Ik ben blond. Ik kan alles.

'Het komt natuurlijk door dat haar,' zei mijn moeder. 'Hij heeft de trouwerij afgezegd vanwege dat haar.'

'Ik heb het zelf uitgemaakt. En ik wil er niet over praten.'

De bel ging en Valerie schoot overeind. 'Dat is voor mij. Ik heb een afspraakje.'

'Een afspraakje!' zei mijn moeder. 'Wat leuk. Je bent hier pas en nu al een afspraakje.'

In mijn verbeelding rolde ik met mijn ogen. Mijn zuster heeft geen flauw idee. Zo gaat het wanneer je als braaf meisje opgroeit. Je leert de waarde niet kennen van leugens en bedrog. Ik stelde degenen met wie ik uitging nóóit aan mijn ouders voor. Je spreekt af in het winkelcentrum om te voorkomen dat je ouders een rolberoerte krijgen als je gezelschap getatoeëerd blijkt te zijn en een tongpiercing heeft. Of, in dit geval, lesbisch is.

'Dit is Janeane,' zei Valerie om een kleine vrouw met donker haar voor te stellen. 'Ik heb haar leren kennen toen ik bij de bank solliciteerde. De baan heb ik niet gekregen, maar Janeane wilde wel met me uit.'

'Het is een vrouw,' zei mijn moeder.

'Ja, we zijn lesbisch,' zei Valerie.

Mijn moeder viel flauw. Boink. Daar lag ze.

Iedereen schoot overeind en we gingen om mijn moeder heen staan.

Na een halve minuut sloeg ze haar ogen op, maar verroerde geen vin. Toen riep ze: 'Lesbisch! Moeder Maria. Frank, je dochter is lesbisch.'

Mijn vader tuurde naar Valerie. 'Is dat een das van mij die je draagt?'

'De brutaliteit,' zei mijn moeder, nog op haar rug op de vloer. 'Al die jaren dat je normaal was en een man had, woonde je in Californië. En nu je hier bent, word je lesbisch. Is het nog niet erg genoeg dat je zuster mensen doodschiet? Wat is dit voor gezin?'

'Ik schiet zelden iemand dood,' zei ik.

'Ik wed dat lesbisch zijn allerlei voordelen heeft,' zei oma. 'Als je met een lesbienne trouwt, hoef je nooit bang te zijn dat iemand de bril omhoog laat staan.'

Ik stak mijn arm onder de ene arm en Valerie onder de andere en samen hielpen we mijn moeder overeind.

'Ziezo,' zei Valerie opgewekt. 'Gaat het al beter?'

'Beter?' zei mijn moeder. 'Beter?'

'Nou, dan gaan we maar eens,' zei Valerie en liep naar de gang. 'Jullie hoeven niet op te blijven, ik heb de sleutel.'

Mijn moeder mompelde een verontschuldiging, liep naar de keuken en smeet nog een bord stuk.

'Zo ken ik haar niet, dat ze borden breekt,' zei ik tegen oma.

'Vanavond sluit ik voor de zekerheid de messen weg,' zei oma.

Ik liep achter mijn moeder aan de keuken in en hielp haar de stukken op te ruimen.

'Het ontglipte me,' zei mijn moeder.

'Dat dacht ik al.'

Bij mijn ouders thuis lijkt nooit iets te veranderen. De keuken voelt nog net zo als toen ik een klein meisje was. De muren worden opgeschilderd en de gordijnen vervangen. Vorig jaar is het linoleum vernieuwd. Apparaten die niet meer te repareren zijn worden verruild voor nieuwe. Meer wordt er niet aan gedaan. Mijn moeder kookt haar aardappels al vijfendertig jaar in dezelfde pan. De geuren zijn ook hetzelfde gebleven. Kool, appelmoes, chocoladepudding, gebraden lamsvlees. En de rituelen zijn ook hetzelfde. Tussen de middag eten aan de kleine tafel in de keuken.

Valerie en ik maakten ons huiswerk aan de keukentafel, onder het waakzaam oog van mijn moeder. En ik denk dat nu Angie en Mary Alice mijn moeder gezelschap houden in de keuken.

Het valt niet mee je volwassen te voelen als er in je moeders keuken nooit iets verandert. Het is of de tijd stilstaat. Ik kom de keuken in en wil mijn boterham in driehoekjes gesneden hebben.

'Staat je leven je ooit tegen?' vroeg ik aan mijn moeder. 'Zou je wel eens iets nieuws willen doen?'

'In de auto springen en doorrijden tot de Stille Oceaan, bedoel je? Met een sloopbal deze keuken in puin gooien? Of scheiden van je vader en hertrouwen met Tom Jones? Nee, daar denk ik nooit aan.' Ze nam het deksel van het bakblik en keek naar haar cakejes. Half chocola met witte glazuur en half geel met chocoladeglazuur. Veelkleurige hagel op de witte glazuur. Ze mompelde iets dat klonk als 'cakejes verdomme'.

'Wat zei je?' vroeg ik. 'Ik versta je niet.'

'Ik zei niets. Ga maar weer aan tafel.'

'Ik hoopte dat je me vanavond een lift kon geven naar het rouwcentrum,' zei oma tegen mij. 'Rusty Kuharchek ligt bij Stiva opgebaard. Ik heb samen met Rusty op school gezeten. Dat wordt heel boeiend.'

Alsof ik niets anders te doen had. 'Best,' zei ik, 'maar dan moet je wel een broek aan. Ik ben met de Harley.'

'Een Harley? Sinds wanneer heb jij een Harley?' wilde oma weten.

'Er was een probleem met mijn auto en daarom heeft Vinnie me een motor geleend.'

'Je gaat niet met je oma op een motor,' zei mijn moeder. 'Als ze eraf valt is ze dood.'

Mijn vader zweeg wijselijk.

'Het zal best gaan,' zei ik. 'Ik heb een tweede helm.'

'Ik houd je verantwoordelijk,' zei mijn moeder. 'Als haar iets overkomt, ben jíj degene die haar in het verpleegtehuis gaat bezoeken.'

'Misschien kan ik zelf wel een motor kopen,' zei oma. 'Als ze je rijbewijs afpakken, geldt dat dan ook voor een motor?'

'Ja!' riepen we allemaal tegelijk. Niemand wilde dat oma zich weer in het verkeer zou begeven.

Mary Alice had met haar mond boven haar bord zitten eten omdat paarden geen handen hebben. Toen ze haar gezicht op- tilde, zat het vol puree en jus. 'Wat is een lesbienne?' vroeg ze.

We zaten er als versteend bij.

'Dat is als meisjes een vriendinnetje hebben in plaats van een vriend,' zei oma.

Angie pakte haar melk. 'Homoseksualiteit wordt geacht het gevolg te zijn van een chromosoomafwijking.'

'Dat wou ik er nog bij zeggen,' zei oma.

'En paarden?' vroeg Mary Alice. 'Zijn paarden ook lesbien- nes?'

We keken elkaar aan. We zouden het waarachtig niet weten. Ik stond op. 'Wie wil er een cakeje met glazuur?'

15

Oma kleedt zich meestal mooi aan voor rouwbezoek. Ze heeft een voorkeur voor zwartleren pumps en wijde rokken voor het geval er leuke mannen komen. Bij wijze van concessie aan de motor droeg ze deze keer een broek en tennisschoenen.

'Ik heb motorkleding nodig,' zei ze. 'Mijn uitkering is net gekomen en morgen ga ik winkelen, nu je deze Harley hebt.' En mijn vader hielp oma achterop. Ik draaide het contactsleuteltje om, gaf gas en de trillingen zoefden door de uitlaten.

'Klaar?' riep ik naar oma.

'Klaar,' riep ze terug.

Ik nam Roosevelt Street naar Hamilton Avenue; even later waren we bij Stiva en parkeerden op zijn terrein.

Ik hielp oma met afstappen en tilde haar helm op. Ze deed een paar stappen bij de motor vandaan en streek haar kleren glad. 'Ik begrijp nu waarom de mensen zo dol op Harley's zijn,' zei ze. 'Daar beneden word je er wel echt wakker van, hè?'

Rusty Kuharchek lag in sluimerkamer drie; dat wees erop dat Rusty's familie had bezuinigd. Gruwelijke sterfgevallen en diegenen die het duurste, met de hand bewerkte, met lood gevoerde mahoniehouten eeuwigheidsomhulsel kiezen, krijgen kamer één.

Ik liet oma bij Rusty achter nadat ik had gezegd dat ik over een uur terug zou zijn, bij de tafel met koekjes.

Het was een mooie avond en ik had zin om te wandelen. Over Hamilton ging ik de Wijk in. Het was nog niet helemaal donker. Over een maand zouden mensen rond deze tijd op de veranda zitten. Ik hield mezelf voor dat ik wandelde om tot rust te komen, misschien wat na te denken. Maar na een tijdje stond ik voor het huis van Eddie DeChooch en voelde me helemaal niet ontspannen. Ik ergerde me omdat ik mijn man niet had kunnen aanhouden.

De helft van DeChooch leek verwaarloosd. Uit de helft van de Marguchi's tetterde een spelletjesprogramma. Ik stapte op mevrouw Marguchi's voordeur af en klopte aan.

'Wat een aardige verrassing,' zei ze toen ze me zag. 'Ik vroeg me al af hoe het met jou en DeChooch verder was gegaan.'

'Hij is nog steeds op vrije voeten,' zei ik.

Angela maakte een misprijzend geluidje. 'Wat een lepe kerel.'

'Hebben jullie hem gezien? Hebben jullie iets van activiteit hiernaast gemerkt?'

'Hij lijkt van de aardbodem verdwenen. Ik hoor zelfs de telefoon nooit gaan.'

'Misschien ga ik even een kijkje nemen.'

Ik liep om het huis heen, keek in de garage, bleef staan bij de schuur. Ik had de sleutels van DeChooch bij me en ging naar binnen. Uit niets bleek dat DeChooch langs was geweest. Er lag een stapel ongeopende post op het aanrecht.

Ik klopte nogmaals bij de buren aan. 'Hebt u de post van DeChooch binnen neergelegd?'

'Ja. Ik leg elke dag de post neer en kijk of alles in orde is. Ik weet niet wat ik verder zou moeten doen. Ik dacht dat Ronald misschien zou komen om de post op te halen, maar ik heb hem niet gezien.'

Toen ik terugkwam bij Stiva, was oma bij de tafel met koekjes in gesprek met Mooner en Dougie.

'Weetjewel,' zei Mooner.

'Zijn jullie hier voor iemand?' vroeg ik.

'Nee hoor. We zijn hier voor de koekjes.'

'Het uur is omgevlogen,' zei oma. 'Er zijn hier allerlei mensen bij wie ik niet over de vloer kom. Heb je haast om weg te gaan?' vroeg ze aan mij.

'Wij kunnen u wel naar huis brengen,' zei Dougie tegen oma. 'We gaan nooit voor negen uur weg, want dan zet Stiva de koekjes met chocola neer.'

Ik voelde me verscheurd. Ik wilde niet blijven, maar ik wist niet of ik oma aan Dougie en Mooner kon toevertrouwen.

Ik nam Dougie apart. 'Ik wil niet dat er iemand hasj rookt.'

'Geen hasj,' zei Dougie.

'En ik wil niet dat oma naar striptenten gaat.'

'Geen striptenten.'

'En ik wil ook niet dat ze betrokken raakt bij een ontvoering.'

'Man, ik ben tot inkeer gekomen,' zei Dougie.

'Goed,' zei ik. 'Ik reken op je.'

Om tien uur belde mijn moeder.

'Waar is je oma?' wilde ze weten. 'En waarom ben je niet bij haar?'

'Ze zou door vrienden thuis worden gebracht.'

'Wat voor vrienden? Heb je je oma nu weer kwijtgemaakt?'

Verdomme! 'Ik bel je terug.'

Ik hing op en werd weer gebeld. Het was oma.

'Ik heb hem!' zei ze.

'Wie?'

'Eddie DeChooch. Ik kreeg opeens een inval in het uitvaart-centrum: ik wist waar Choochy vanavond zou zijn.'

'Waar dan?'

'Zijn uitkering ophalen. Iedereen in de Wijk krijgt op de-zelfde dag de cheque binnen. En dat was gisteren, maar giste-ren was DeChooch bezig met het laten verongelukken van zijn auto. Dus ik zei bij mezelf: hij zal wachten tot het donker is en dan langs zijn huis rijden om zijn cheque op te halen. En dat heeft hij ook inderdaad gedaan.'

'Waar is hij nu?'

'Dat is het lastige. Hij is zijn huis binnengegaan om zijn post op te halen en toen we hem probeerden te arresteren, trok hij een pistool en toen zijn we in paniek gevlucht. Alleen was Mooner niet snel genoeg en nu heeft hij Mooner te pakken.'

Ik bonkte met mijn hoofd op het aanrecht. Het leek me een goed idee zo te blijven bonken. Bonke, bonke, bonke met mijn hoofd op het aanrecht.

'Heb je de politie gebeld?' vroeg ik.

'We wisten niet of dat slim was, omdat Mooner misschien verboden stoffen bij zich heeft. Ik geloof dat Dougie iets heeft gezegd over een pakje in Mooners schoen.'

Fantastisch. 'Ik kom eraan,' zei ik. 'Doe niets tot ik er ben.'

Ik greep mijn tas, holde door de hal naar de trap, naar bene-den en naar buiten en naar de motor. Slippend kwam ik tot stilstand op Angela Marguchi's oprit, keek waar oma was en zag dat zij en Dougie zich hadden verstopt achter een auto aan de overkant. Ze droegen Superpakken en hadden badlakens om hun hals vastgemaakt met een veiligheidsspeld, bij wijze van cape.

'Leuk bedacht, die badlakens,' zei ik.

'We zijn misdaadbestrijders,' zei oma.

'Zijn ze nog binnen?' vroeg ik.

'Ja. Ik heb over Dougies mobieltje met Chooch gepraat,' zei oma. 'Hij zegt dat hij Mooner alleen laat gaan als we zorgen voor een helikopter en een vliegtuig op Newark om hem naar Zuid-Amerika te brengen. Misschien is hij aan het drinken.'

Ik toetste zijn nummer in op mijn mobieltje.

'Ik wil je spreken,' zei ik.

'Nooit. Eerst mijn helikopter.'

'Je krijgt geen helikopter met Mooner als gijzelaar. Het kan niemand schelen of je hem neerschiet. Als je Mooner laat gaan, neem ik zijn plaats in. Ik ben een betere gijzelaar voor een helikopter.'

'Goed,' zei DeChooch. 'Dat klinkt zinnig.'

Alsof de hele zaak niet volkomen onzinnig was.

Mooner kwam naar buiten in zijn Superpak met badlaken. DeChooch drukte een pistool tegen zijn hoofd en ik liep naar hen toe.

'Te gênant voor woorden allemaal,' zei Mooner. 'Geen gezicht dat een Superheld en misdaadbestrijder door een ouwe man wordt gepakt.' Hij keek naar DeChooch. 'Het is niet onaardig bedoeld, man.'

'Breng oma naar huis,' zei ik tegen Mooner. 'Mijn moeder maakt zich zorgen over haar.'

'Nu meteen, bedoel je?'

'Ja. Nu meteen.'

Oma was nog aan de overkant en ik wilde niet naar haar schreeuwen, dus belde ik haar mobiel. 'Ik los dit wel met Eddie op,' zei ik. 'Jij en Mooner en Dougie kunnen beter naar huis gaan.'

'Dat vind ik helemaal geen goed idee,' zei oma. 'Ik kan beter blijven.'

'Bedankt, maar het is gemakkelijker voor me om het in mijn eentje te doen.'

'Zal ik de politie bellen?'

Ik keek naar DeChooch. Hij leek niet geschift of wrokkig. Hij leek moe. Als ik de politie erbij haalde, kon hij uit zelfverdediging zoiets stoms doen als mij doodschieten. Als ik een poosje rustig met hem kon praten, kon ik hem misschien overhalen zich aan te geven. 'Doe maar niet,' zei ik.

Ik maakte een einde aan het gesprek en DeChooch en ik bleven voor de deur staan tot oma en Mooner en Dougie waren vertrokken.

'Gaat ze de politie bellen?' vroeg DeChooch.

'Nee.'

'Denk je dat je me in je eentje kunt opbrengen?'

'Ik wil niet dat er slachtoffers vallen. Ik blijf zelf ook liever heel.' Ik ging met hem mee naar binnen. 'Je verwacht toch niet echt een helikopter?'

Hij maakte een afwerend gebaar. 'Dat zei ik alleen om indruk op Edna te maken. Ik moest iets zeggen. Ze denkt dat ik een voortvluchtige topfiguur ben.' Hij deed de koelkast open. 'Er is niets te eten. Toen mijn vrouw nog leefde, was er altijd eten in huis.'

Ik vulde het koffiezetapparaat met water en lepelde koffie in het filter. Ik zocht in de kasten en vond een pak koeken. Ik legde wat koeken op een bord en ging met Eddie DeChooch aan de keukentafel zitten.

'Je ziet er moe uit,' zei ik.

Hij knikte. 'Afgelopen nacht had ik geen onderdak. Ik wilde vanavond mijn cheque ophalen en ergens in een hotel een kamer nemen, maar toen verscheen Edna met die twee clowns. Niets gaat zoals ik wil.' Hij nam lusteloos een hapje van een koek. 'Ik kan geeneens zelfmoord plegen. Kloteprostaat. Ik had de Cadillac op de rails gezet. Ik zit daar op de dood te wachten en wat gebeurt er? Ik moet pissen. Ik moet altíjd pissen. Dus ik stap uit en loop naar een struik om te pissen en daar komt de trein. Hoe groot is de kans dat dat gebeurt? En toen wist ik het niet meer en ben gevlucht. Als een ellendige lafbek gevlucht.'

'Het was een gigantische klap.'

'Ja, ik heb het gezien. De Cadillac werd een paar honderd meter meegesleept.'

'Hoe ben je aan je nieuwe auto gekomen?'

'Kortgesloten.'

'Dus er zijn nog dingen die je goed kunt.'

'Alleen mijn vingers doen het nog, verder niets meer. Ik kan niet zien, niet horen, niet pissen.'

'Daar kun je iets aan laten doen.'

Hij legde de koek weg. 'Er zijn dingen die niet te verhelpen zijn.'

'Dat heb ik van oma gehoord.'

Hij keek verbaasd op. 'Heeft ze het je verteld? Jezus. Vrouwen kletsen toch ook alles door.'

Ik schonk twee kopjes koffie in en gaf er een aan De-Chooch. 'Heb je er met een dokter over gesproken?'

'Ik ga niet naar een dokter. Voor je het weet hebben ze je zo'n implantaat aangepraat. Dat wil ik godverdomme niet.' Hij schudde zijn hoofd. 'Ik kan niet geloven dat ik hier met jou over praat. Waarom praat ik eigenlijk met je?'

Ik lachte hem toe. 'Met mij kun je gemakkelijk praten.' Bovendien had hij een forse kegel. DeChooch dronk veel. 'Nu we toch zitten te praten: wil je me vertellen hoe het met Loretta Ricci is gegaan?'

'Verdorie, die was gewoon niet te houden. Ze was van Tafeltje Dekje en ze kon niet van me afblijven. Ik zei maar telkens dat ik het niet meer kon, maar ze wou niet luisteren. Ze zei dat ze iedereen zover kon krijgen dat hij... nou ja, je weet wel, het kon. Dus ik dacht: verdomme, wat heb ik te verliezen? Voor ik het weet is ze met me bezig en heeft zelfs enig succes. En net als ik denk dat het gaat lukken, valt ze om en is dood. Ik denk dat ze een hartaanval van de inspanning had gekregen. Ik heb geprobeerd haar weer bij te brengen, maar ze was dood, godverdomme. Ik was zo kwaad dat ik op haar heb geschoten.'

'Je kunt wel een cursus woedebeheersing gebruiken,' zei ik.

'Ja, dat hoor ik vaker.'

'Er was nergens bloed. Ik heb geen kogelgat gevonden.'

'Waar zie je me voor aan, een amateur?' Zijn gezicht betrok en een traan biggelde over zijn wang. 'Ik zie er echt geen gat meer in,' zei hij.

'Ik wed dat ik iets weet om je op te vrolijken,' zei ik.

Hij bleef sceptisch kijken.

'Weet je nog van het hart van Louie D?'

'Ja.'

'Dat was niet zijn hart.'

'Belazer je me?'

'Ik zweer het.'

'Wiens hart was het dan wel?'

'Het was een varkenshart. Bij een slager gekocht.'

DeChooch glimlachte. 'Hebben ze een varkenshart in Louie D gestopt en hem daarmee begraven?'

Ik knikte.

Hij begon te grinniken. 'Waar is Louie D's eigen hart dan gebleven?'

'Dat is door een hond opgegeten.'

DeChooch schaterde het uit. Hij bleef lachen tot hij moest hoesten. Toen hij zichzelf weer in bedwang had en niet meer hoestte of lachte, keek hij naar zijn kruis. 'Tjezis, ik heb een erectie.'

Mannen krijgen op de vreemdste ogenblikken een erectie.

'Moet je nou kijken,' zei hij. 'Moet je kijken! Wat een schoonheid. Spijkerhard.'

Ik keek ernaar. Het was een heel behoorlijke erectie.

'Wie had dat gedacht,' zei ik. 'Hoe is het mogelijk.'

DeChooch straalde. 'Dan ben ik toch nog niet zó oud.'

Hij moet de gevangenis in. Hij ziet niets. Hij hoort niets. Hij heeft een kwartier nodig om een plas te doen. Maar dan krijgt hij een erectie en alle andere problemen vallen in het niet. Volgende keer kom ik als man ter wereld. Scherpe omlijning van wat belangrijk is en wat niet. Een simpele wereld om in te leven.

Mijn blik viel op de koelkast van DeChooch. 'Heb jij soms een braadstuk uit Dougies vrieskist gepikt?'

'Ja. Ik dacht eerst dat het het hart was. Het was donker in de keuken en er zat plastic omheen. Maar toen begreep ik dat het te groot was en toen ik er nog eens goed naar keek, zag ik dat het een braadstuk was. Ik dacht dat ze het toch niet zouden missen en dat ik het zelf zou kunnen braden. Alleen ben ik daar nooit aan toe gekomen.'

'Ik vind het vervelend om erover te beginnen,' zei ik, 'maar je moet je door mij laten opbrengen.'

'Dat kan ik niet doen,' zei DeChooch. 'Zeg nu zelf, dat is toch geen gezicht... Eddie DeChooch die door een meisje wordt opgebracht.'

'Het gebeurt vaak genoeg.'

'In mijn beroep niet. Dat zou ik de rest van mijn leven moeten horen. Mijn naam door het slijk. Ik ben een man. Ik moet door een stoere kerel worden opgebracht, iemand als Ranger.'

'Nee. Ranger kan niet. Hij is uitgeschakeld.'

'Maar dat wil ik. Ik wil Ranger. Ik ga alleen met Ranger mee.'

'Ik vond je aardiger vóór je erectie.'

DeChooch lachte. 'Ja, ik zit weer in het zadel, juffie.'

'Je kunt toch ook jezelf aangeven?'

'Mannen zoals ik geven zichzelf niet aan. Misschien dat jonkies dat doen. Maar mijn generatie houdt zich aan de regels. We hebben een code.' Zijn pistool had voor hem op tafel gelegen. Hij pakte het en laadde door. 'Wil je verantwoordelijk zijn voor mijn zelfmoord?'

Er brandde een lamp op de tafel in de huiskamer en het licht in de keuken was aan. In de rest van het huis was het donker. DeChooch zat met zijn rug naar de deuropening van de donkere eetkamer. Als de geest van gruwelen uit het verleden en met alleen een zacht ritselen van kleding verscheen Sophia in de deuropening. Ietwat onvast op de benen bleef ze daar een ogenblik staan en ik dacht even dat ze echt een verschijning was, een beeld van mijn overspannen fantasie. Ze hield een pistool ter hoogte van haar middel. Ze staarde me recht in het gezicht, richtte en voordat ik kon reageren, schoot ze. PAUW!

Het pistool van DeChooch vloog uit zijn hand, bloed spoot uit zijn slaap en hij zakte weg naar vloer.

Iemand gilde. Ik denk dat ik dat was.

Sophia lachte zacht. Haar pupillen waren tot speldenpuntjes gekrompen. 'Jullie hadden niets gemerkt, hè? Ik heb door het raam gekeken. Jij en DeChooch zaten hier koek te eten.'

Ik zei niets. Ik was bang dat ik zou stotteren en kwijlen als ik mijn mond opendeed, of alleen onbegrijpelijke keelgeluiden zou kunnen voortbrengen.

'Louie is vandaag onder de grond gegaan,' zei Sophia. 'Ik kon er niet bij zijn door jou. Door jou is alles misgegaan. Door jou en DeChooch. Hij is ermee begonnen en hij moet boeten. Ik moest wachten tot ik het hart terughad, maar nu is hij aan de beurt. Oog om oog.' Weer een zacht lachje. 'En jij gaat me helpen. Als je het goed doet, laat ik je misschien vrij. Wil je dat?'

Misschien knikte ik, maar ik weet het niet zeker. Ze zou me nooit laten gaan. Dat wisten we allebei.

'Oog om oog,' zei Sophia. 'Dat is het woord van God.'

Ik voelde misselijkheid opkomen.

Ze glimlachte. 'Ik zie aan je gezicht dat je weet wat er gedaan moet worden. Het is immers de enige manier. Als we het niet doen, zijn we tot in de eeuwigheid verdoemd, tot in de eeuwigheid bezoedeld.'

'U hebt een dokter nodig,' fluisterde ik. 'U hebt onder zware spanning gestaan. U kunt niet meer helder denken.'

'Wat weet jij van helder denken? Spreek jij met God? Word jij door Zijn woorden geleid?'

Ik staarde haar aan en voelde mijn polsslag in mijn keel en in mijn slapen bonzen.

'Ik spreek met God,' zei ze. 'Ik doe wat Hij mij opdraagt. Ik ben Zijn instrument.'

'Jawel, maar God wil het goede,' zei ik. 'Hij zou niet willen dat je verkeerde dingen deed.'

'Ik doe wat juist is,' zei Sophia. 'Ik roei het kwaad uit bij de wortel. Mijn ziel is die van een wraakengel.'

'Hoe weet je dat?'

'Dat heeft God me verteld.'

Een vreselijke nieuwe gedachte kwam plotseling bij me op. 'Wist Louie dat je met God spreekt? Dat je Gods instrument bent?'

Sophia verstarde.

'Die kamer in de kelder... De betonnen kamer waar je Mooner en Dougie vasthield. Heeft Louie je in die kamer opgesloten?'

Het pistool trilde in haar hand en haar ogen schitterden in

het licht. 'Het is altijd moeilijk voor de getrouwen. De martelaars. De heiligen. Je probeert me af te leiden, maar dat zal niet lukken. Ik weet wat ik moet doen. En jij gaat me nu helpen. Ik wil dat je bij hem knielt en zijn overhemd openmaakt.'

'Nee!'

'Jawel. Je doet het nu, anders schiet ik. Eerst in je ene voet en dan in de andere. En daarna schiet ik je in je knie. En ik blijf schieten tot je doet wat ik zeg of tot je dood bent.'

Ze richtte het wapen en ik wist dat ze het meende. Het zou haar niets doen om op me te schieten. En ze zou doorgaan tot ik dood was. Steunend op de tafel kwam ik overeind. Met stramme benen liep ik naar DeChooch en knielde bij hem.

'Ga door,' zei ze. 'Doe zijn overhemd open.'

Ik huiverde onwillekeurig en begon heel langzaam de knopen los te maken. Zo langzaam als ik maar kon, om tijd te winnen. Mijn vingers gehoorzaamden niet erg. Het lukte me nauwelijks te doen wat me was opgedragen.

Toen ik het overhemd had opengeknoopt, stak Sophia een hand uit naar het messenblok op het aanrecht achter haar en haalde er een slagersmes uit. Ze liet het mes naast DeChooch op de grond vallen. 'Snijd zijn interlock open.'

Ik pakte het mes en voelde hoe zwaar het was. Als het televisie was geweest, had ik het mes met een snelle beweging in Sophia geplant. Maar dit was het leven zelf en ik had geen idee hoe ik een mes moest gooien of snel genoeg moest handelen om de kogel voor te zijn.

Ik zette het mes in het witte hemd. Ik dacht razendsnel na. Ik had trillende handen en zweet prikte in mijn onderarmen en hoofdhuid. Ik sneed in de stof en maakte een snee over de hele lengte, zodat de bottige borst van DeChooch werd ontbloot. Mijn eigen borst voelde gloeiend heet en ik had het pijnlijk benauwd.

'Snijd nu zijn hart eruit,' zei Sophia met kalme, beheerste stem.

Ik keek naar haar op en haar gezicht stond sereen... afgezien van de griezelige ogen. Ze had er het volste vertrouwen in dat ze juist handelde. Waarschijnlijk hoorde ze stemmen in haar hoofd die haar geruststelden terwijl ik me over DeChooch boog.

Er drupte iets op zijn borst. Ik kwijlde of ik had een loopneus. Ik was te bang om me te realiseren wat het was. 'Ik weet niet hoe het moet,' zei ik. 'Ik weet niet hoe ik bij het hart moet komen.'

'Dat merk je wel.'

'Ik kan het niet.'

'Je moet het doen!'

Ik schudde mijn hoofd.

'Wil je liever bidden voordat je sterft?' vroeg ze.

'De kamer in de kelder... sloot hij je daar vaak in op? Bad je daar?'

Haar sereniteit verdween. 'Hij zei dat ik gek was, maar híj was degene die gek was. Hij had geen geloof. God sprak niet tegen hem.'

'Hij had je niet in die kamer moeten opsluiten,' zei ik en voelde een golf van wrok jegens de man die zijn schizofrene vrouw in een betonnen cel had opgesloten in plaats van te zorgen dat ze medische behandeling kreeg.

'Het is tijd,' zei Sophia en richtte het pistool op me.

Ik keek neer op DeChooch en vroeg me af of ik hem kon vermoorden om mijn eigen leven te redden. Hoe sterk was mijn drang om te overleven? Ik keek even naar de deur van de kelder. 'Ik heb een idee,' zei ik. 'DeChooch heeft elektrisch gereedschap in de kelder. Misschien kan ik met een elektrische zaag zijn ribben doorzagen.'

'Dat is belachelijk.'

Ik kwam snel overeind. 'Nee. Dat is precies wat ik nodig heb. Ik heb het op de televisie gezien. In zo'n medisch programma. Ik kom zo terug.'

'Stop!'

Ik was al bij de kelderdeur. 'Ik ben zo terug.' Ik deed de deur open, maakte licht en liep naar de bovenste tree.

Ze stond enkele passen achter me met het pistool. 'Niet zo snel,' zei ze. 'Ik ga met je mee naar beneden.'

We liepen samen de trap af, langzaam en voorzichtig. Ik liep door de kelder om de snoerloze elektrische zaag te pakken die op de werkbank van DeChooch lag. Vrouwen willen een kind. Mannen willen elektrisch gereedschap.

'Terug naar boven,' zei ze geagiteerd. Kennelijk wilde ze niet langer in de kelder blijven dan strikt noodzakelijk was.

Ik liep weer langzaam naar boven, extra traag, in het besef dat ze nerveus achter me liep. Ik voelde het pistool achter me. Ze was te dichtbij. Ze nam risico omdat ze de kelder uit wilde. Ik bereikte de bovenste tree, draaide me razendsnel om en trof haar halverwege de borst met de elektrische zaag.

Ze uitte een zachte kreet, een schot zwaaide af en toen viel ze van de trap. Ik wachtte de afloop niet af. Ik sprong naar de deur, smeet hem achter me dicht, deed hem op slot en rende het huis uit. Ik raasde door de voordeur die ik achteloos had vergeten op slot te doen toen ik met DeChooch naar de keuken ging.

Ik bonsde op Angela Marguchi's deur en schreeuwde dat ze moest opendoen. De deur ging open en ik liep Angela zowat omver in mijn haast om binnen te komen. 'Doe de deur op slot,' zei ik. 'Doe alle deuren op slot en geef me het jachtgeweer van je moeder.' Toen rende ik naar de telefoon om het alarmnummer te bellen.

De politie arriveerde voordat ik genoeg moed had verzameld om het huis weer binnen te gaan. Het had geen zin om erheen te gaan zolang mijn handen nog zo beefden dat ik het jachtgeweer niet stil kon houden.

Twee agenten in uniform gingen het huis van DeChooch binnen en even later gaven ze de ambulancemensen toestemming de kelder binnen te gaan. Sophia was nog in de kelder. Ze had haar heup gebroken en waarschijnlijk een paar ribben gekneusd. Die gekneusde ribben vond ik op een lugubere manier wel ironisch.

Ik liep achter de broeders aan en bleef stokstijf staan toen ik in de keuken kwam. DeChooch lag niet op de vloer.

Billy Kwiatkowski was het eerste uniform dat naar binnen was gegaan. 'Waar is DeChooch?' vroeg ik aan hem. 'Daarnet lag hij nog op de vloer bij de tafel.'

'Er was niemand in de keuken toen ik binnenkwam,' zei hij.

We keken allebei naar het bloedspoor dat naar de achterdeur leidde. Kwiatkowski deed zijn zaklantaarn aan en liep de tuin in. Even later kwam hij terug.

'Lastig om in het donker een bloedspoor te volgen, maar er ligt wat bloed in de steeg achter de garage. Het ziet ernaar uit dat hij daar een auto had staan waarmee hij is weggereden.'

Ongelooflijk. Ongelooflijk, godverdomme. De man leek wel een kakkerlak... doe het licht aan en hij verdwijnt.

Ik legde een verklaring af en glipte weg. Ik maakte me zorgen over oma. Ik wilde zekerheid dat ze thuis was. En ik wilde bij mijn moeder in de keuken zitten. En dan wilde ik een cakeje.

Overal brandde licht toen ik voor het huis van mijn ouders parkeerde. Iedereen zat in de voorkamer naar het nieuws te kijken. En als ik mijn familie kende: iedereen wachtte op Valerie.

Oma schoot overeind van de bank toen ik binnenkwam. 'Heb je hem te pakken gekregen? Heb je DeChooch opgebracht?'

Ik schudde mijn hoofd. 'Hij is ontsnapt,' zei ik. Ik had geen zin om het uitvoerig uit te leggen.

'Hij is me er eentje,' zei oma en liet zich terugzakken op de bank.

Ik ging naar de keuken om een cakeje te halen. Ik hoorde de voordeur open- en dichtgaan en Valerie sjokte naar de keuken en liet zich op een stoel vallen. Boven haar oren was haar haar met gel naar achteren geplakt en op haar hoofd stond het een beetje bol. Blonde lesbische Elvis-imitator.

Ik zette de schaal met opgemaakte cakejes voor haar neer en ging zitten. 'En? Hoe was je avond?'

'Het was een ramp. Ze is mijn type niet.'

'Wat is je type dan wel?'

'Vrouwen niet, blijkt nu.' Ze trok het papiertje los van een chocoladecakeje. 'Janeane kuste me en er gebeurde niets. Toen kuste ze me nog een keer en werd... hartstochtelijk, als het ware.'

'Hoe hartstochtelijk?'

Valerie werd vuurrood. 'Ze befte me!'

'En?'

'Bizar. Het was echt bizar.'

'Dus je bent niet lesbisch?'

'Ik denk het niet.'

'Nou ja, je hebt het geprobeerd. Wie niet waagt, die niet wint,' zei ik.

'Ik dacht dat het iets was dat je moest leren waarderen. Weet je nog dat we klein waren en geen asperge lustten? En nu ben ik dol op asperges.'

'Misschien moet je langer doorzetten. Je hebt er twintig jaar over gedaan om asperges lekker te vinden.'

Daar dacht Valerie over na terwijl ze haar cakeje at.

Oma kwam binnen. 'Wat gebeurt hier? Mis ik iets?'

'We eten cakejes,' zei ik.

Oma nam er ook een en ging zitten. 'Heb je Stephanies motor al gezien?' vroeg ze aan Valerie. 'Ik heb vanavond achterop gezeten en mijn jeweetwel begon helemaal te tintelen.'

Valerie bleef bijna in haar cakeje.

'Misschien moet je het lesbisch zijn opgeven en het eens met een Harley proberen,' zei ik tegen Valerie.

Mijn moeder kwam de keuken in. Ze keek naar de schaal cakejes en zuchtte. 'Die waren voor de meisjes bedoeld.'

'Wij zijn toch ook meisjes,' zei oma.

Mijn moeder ging zitten en pakte een cakeje. Ze koos vanille met hagel. We keken allemaal geschokt toe. Mijn moeder at vrijwel nooit een volmaakt gelukt opgemaakt cakeje. Mijn moeder at de overgebleven helften en cakejes waarvan de glazuurlaag was mislukt. Ze at de gebroken koekjes en de pannekoeken die aan een kant waren aangebrand.

'Zo, hé,' zei ik. 'Je neemt een hele.'

'Ik heb het verdiend,' zei mijn moeder.

'Ik wed dat je weer naar Oprah hebt gekeken,' zei oma tegen mijn moeder. 'Ik merk het altijd als je naar Oprah hebt gekeken.'

Mijn moeder speelde met het papieren vormpje. 'Er is nog iets...'

We hielden allemaal op met eten en staarden naar mijn moeder.

'Ik ga weer leren,' zei ze. 'Ik heb toelatingsexamen gedaan voor Trenton State en ik heb net bericht gekregen dat ik ben aangenomen. Ik ga parttime studeren. In de avonduren.'

Ik loosde een diepe zucht van opluchting. Ik was al bang dat ze zou zeggen dat ze een tongpiercing wilde nemen of een tattoo. Of misschien dat ze van huis wilde om bij het circus te gaan werken. 'Dat is geweldig,' zei ik. 'Wat voor opleiding ga je doen?'

'Voorlopig is het nog een algemene cursus,' zei mijn moeder. 'Maar eigenlijk wil ik verpleegkundige worden. Ik heb altijd gedacht dat ik goed zou kunnen zijn in de verpleging.'

Het was bijna twaalf uur toen ik thuiskwam. De adrenalinestorm was voorbij en er was uitputting voor in de plaats gekomen. Ik zat vol met cake en melk en wilde het liefst in bed kruipen en een week slapen. Ik nam de lift en toen de deuren openschoven, liep ik verder en bleef stokstijf staan omdat ik mijn ogen niet kon geloven. In de hal, voor mijn deur zat Eddie DeChooch.

Een tot prop verfrommelde theedoek werd door zijn riem tegen zijn slaap gekneld; de gesp bevond zich zwierig net boven zijn oor. Hij keek op toen ik langs hem liep, maar hij kwam niet overeind, lachte niet, schoot niet op me en zei me evenmin gedag. Hij zat daar maar voor zich uit te staren.

'Je hebt vast behoorlijke hoofdpijn,' zei ik.

'Ik zou wel een aspirientje willen.'

'Waarom ben je niet gewoon naar binnen gegaan? Dat doet iedereen.'

'Geen gereedschap. Daar heb je gereedschap voor nodig.'

Ik hielp hem overeind te komen en nam hem mee naar binnen. Ik installeerde hem in mijn leunstoel in de huiskamer en diepte de halfvolle fles drank op die oma in mijn kast had verstopt toen ze een keer bij me logeerde.

DeChooch schonk zichzelf een stevige borrel in en kreeg weer wat kleur in zijn gezicht.

'Jezus. Ik dacht dat je me zou aansnijden als een kerstgans,' zei hij.

'Het scheelde niet veel. Wanneer ben je bijgekomen?'

'Toen je het had over ribben doorzagen. Jezus. Ik voel het nog in mijn ballen als ik eraan denk.' Hij sprak de fles opnieuw aan. 'Ik ben hem gesmeerd zodra jullie de trap af gingen.'

Ik moest lachen. Ik was zo snel door de keuken geraasd dat het vertrek van DeChooch me niet was opgevallen. 'En daarna?'

Hij zakte onderuit in de leunstoel. 'Tijdje rondgereden. Ik wou wel ergens heen, maar mijn kop doet pijn. Ze heeft mijn halve oor weggeschoten. En moe dat ik was. Tjees, wat was ik moe. Maar weet je: mijn depressiviteit is minder. Dus ik dacht: ach verdomme, laat ik maar kijken wat mijn advocaat voor me kan doen.'

'Je wilt dat ik je opbreng.'

DeChooch deed zijn ogen open. 'Nee, verdomme! Ik wil dat Ranger het doet. Ik weet alleen niet hoe ik hem kan bereiken.'

'Na alles wat ik heb doorgemaakt vind ik dat ik er recht op heb je aan te houden.'

'En ik dan? Ik heb nog maar een half oor!'

Ik zuchtte diep en belde Ranger op.

'Ik heb hulp nodig,' zei ik. 'Maar het is een beetje vreemd.'

'Zoals altijd.'

'Ik zit hier met Eddie DeChooch en hij wil niet door een meisje worden opgebracht.'

Ik hoorde Ranger zachtjes lachen.

'Het is niet grappig,' zei ik.

'Het is geweldig.'

'Kom je me nou nog helpen, of hoe zit het?'

'Waar ben je?'

'Thuis.'

Het was niet het soort hulp dat ik had voorzien en ik vond ook niet dat de afspraak nog hoorde te gelden. Maar met Ranger weet je het nooit. Ik wist zelfs niet of hij de afspraak ooit serieus had gemeend.

Twintig minuten later stond Ranger voor de deur. Hij droeg zwarte arrestatiekleding en zijn koppel was behangen met hulpmiddelen. God mocht weten waar ik hem bij vandaan had gehaald. Hij keek me grijnzend aan. 'Blond?'

'Een opwelling.'

'Nog meer verrassingen?'

'Niets waar ik nu over wil praten.'

Hij liep door en trok een wenkbrauw op naar DeChooch.

'Ik heb het niet gedaan,' zei ik.

'Hoe ernstig is het?'

'Ik overleef het wel,' zei DeChooch, 'maar het doet verdomd veel pijn.'

'Sophia kwam opdagen en heeft zijn oor eraf geschoten,' legde ik Ranger uit.

'En waar is ze nu?'

'Politiecel.'

Ranger legde zijn arm om DeChooch heen en hees hem overeind. 'Tank staat met de terreinwagen voor de deur. We brengen Chooch naar de eerste hulp om te zorgen dat hij wordt opgenomen. Dat is beter dan het bureau. Ze kunnen hem ook in het ziekenhuis insluiten.'

Het was slim geweest van DeChooch om te eisen dat Ranger zou komen. Ranger kreeg onmogelijke dingen voor elkaar.

Ik deed de deur achter Ranger dicht en draaide hem in het slot. Ik zette de tv aan en zapte wat. Geen worstelen of ijshockey. Geen interessante film. Achtenvijftig kanalen en niets om naar te kijken.

Ik had een hoofd vol beslommeringen waar ik niet aan wilde denken. Ik liep rusteloos door mijn huis, geërgerd maar ook opgelucht dat Morelli niet had gebeld.

Ik had niets meer op mijn bordje. Ik had iedereen gevonden. Ik had geen open zaken meer. Maandag zou ik bij Vinnie mijn beloning krijgen en dan kon ik alle maandrekeningen betalen. Mijn auto stond in de garage. Ik had nog niet gehoord hoeveel het ging kosten. Maar als ik geluk had, kreeg ik het terug van de verzekering.

Ik bleef lang onder de douche staan en toen ik eronder vandaan kwam, vroeg ik me af wie die blonde vrouw in de spiegel was. Ik was het niet, vond ik. Waarschijnlijk zou ik komende week naar het winkelcentrum gaan om het weer in de oorspronkelijke kleur te laten verven. Eén blondje in het gezin is genoeg.

De lucht die door het openstaande slaapkamerraam naar binnen kwam rook naar de zomer, dus besloot ik in slipje en T-shirt te gaan slapen. Geen flanellen nachthemden meer tot november aanstaande. Ik liet een wit hemd over mijn hoofd glijden en kroop onder de doorgestikte deken. Ik deed het licht uit en lag me lange tijd in het donker alleen te voelen.

Er zijn twee mannen in mijn leven en ik weet niet wat ik van die twee moet vinden. Vreemd hoe de dingen gaan. Morelli ken ik al vanaf mijn zesde. Hij lijkt op een komeet die elke tien jaar binnen mijn aantrekkingskracht raakt, als een razende om me heen draait en dan weer in de ruimte verdwijnt. Onze behoeften lijken nooit gelijk op te gaan.

Ranger is nieuw in mijn leven. Hij is een onbekende grootheid, aanvankelijk mijn mentor en nu... wat? Moeilijk te schatten wat Ranger van me wil. Of wat ik van hem wil. Seksuele bevrediging. Verder weet ik het niet goed. Ik huiverde onwillekeurig bij de gedachte aan een seksuele ontmoeting met Ranger. Ik weet zo weinig van hem dat het in sommige opzichten zou zijn als de liefde bedrijven met een blinddoek voor... pure sensatie en lichamelijke verkenning. En vertrouwen. Ranger heeft iets dat vertrouwen wekt.

De blauwe getallen van mijn digitale klokje zweefden in het donker in mijn kamer. Het was één uur. Ik kon niet slapen. Het beeld van Sophia zweefde me voor ogen. Ik kneep mijn ogen stijf dicht om het beeld te verdrijven. Minuten zonder slaap tikten voorbij. De blauwe cijfers gaven 1:30 aan.

En in de stille flat hoorde ik de herkenbare klik van een slot dat werd omgedraaid. En de zachte geluidjes van de loshangende veiligheidsketting die aan de houten deur bungelde. Mijn hart stond stil in mijn borst. Toen het weer begon te kloppen, bonsde het zo hard tegen mijn borstkas dat ik niet goed uit mijn ogen kon kijken. Er was iemand binnen.

De voetstappen waren licht. Niet voorzichtig. Niet telkens onderbroken om te luisteren en rond te kijken in de donkere flat. Ik vermoedde dat ik de indringer kende, maar dat dempte de paniek niet echt.

Hij bleef in de deuropening van mijn slaapkamer staan en klopte zachtjes tegen de deurstijl. 'Ben je wakker?'

'Nu wel.'

Het was Ranger.

'Ik wil je zien,' zei hij. 'Heb je een nachtlampje?'

'In de badkamer.'

Hij haalde het lampje uit de badkamer en stak het in een stopcontact in mijn slaapkamer. Het gaf niet veel licht, maar genoeg om hem goed te kunnen zien.

'Vertel,' zei ik zo nonchalant als ik kon. 'Hoe is het gegaan? Alles goed met DeChooch?'

Ranger deed zijn koppel af en liet hem vallen. 'Met DeChooch is alles in orde, maar wíj hebben nog iets te regelen.'

Tami Hoag
VERLOREN ONSCHULD

Als de achtjarige Josh Kirkwood na zijn ijshockeytraining spoorloos verdwijnt, stort de wereld van zijn ouders in. Advocate Ellen North duikt in de zaak en vindt al snel de dader: buurman Garret Wright. Als Josh plotseling thuis op de stoep staat, in de war, maar lichamelijk in orde, keert de rust langzaam terug. De zaak lijkt opgelost, maar dan wordt, terwijl de hoofdverdachte achter de tralies zit, een tweede kind gekidnapt en vermoord.
Ellens bewijsmateriaal valt onder haar handen uit elkaar. Is Garret Wright wel de dader? En waarom raakt Josh, die sinds de verdwijning geen woord heeft gezegd, zo in paniek als zijn vader in buurt is? Als dan ook nog in haar eigen huis dreigbriefjes opduiken van de moordenaar, verandert de zaak in een levensgevaarlijk kat- en-muisspel.

'Sluit alle deuren en ramen en doe het licht aan. Hoag heeft weer een geweldig spannende, nieuwe thriller geschreven' *New Woman*

Tami Hoag woont in Minnesota. Haar boeken zijn wereldwijd een enorm succes en werden verfilmd voor televisie. Van haar verschenen eveneens *Gekidnapt* en *Schaduwland*.

ZILVER POCKET 191
ISBN 90 5831 232 1